AF653927

नीरजा माधव

प्रेम सम्बन्धों की कहानियाँ

आप इन्हें भी पढ़े—

प्रेम सम्बन्धों की कहानियाँ /*कमल कपूर*
प्रेम सम्बन्धों की कहानियाँ /*कृष्णा अग्निहोत्री*
प्रेम सम्बन्धों की कहानियाँ /*हृदयेश*
प्रेम सम्बन्धों की कहानियाँ /*जोगिन्दर पाल*
प्रेम सम्बन्धों की कहानियाँ /*महीप सिंह*
प्रेम सम्बन्धों की कहानियाँ /*सिम्मी हर्षिता*
प्रेम सम्बन्धों की कहानियाँ /*सुनीता जैन*
प्रेम सम्बन्धों की कहानियाँ /*कमल कुमार*
प्रेम सम्बन्धों की कहानियाँ /*अंजु दुआ जैमनी*
प्रेम सम्बन्धों की कहानियाँ /*मुर्शरफ आलम जौकी*
प्रेम सम्बन्धों की कहानियाँ /*मीरा कान्त*
प्रेम सम्बन्धों की कहानियाँ /*हरदर्शन सहगल*
प्रेम सम्बन्धों की कहानियाँ /*रामदरश मिश्र*
प्रेम सम्बन्धों की कहानियाँ /*निरजा माधव*
प्रेम सम्बन्धों की कहानियाँ /*नवनीत मिश्र*
प्रेम सम्बन्धों की कहानियाँ /*कमलेश बक्शी*

नीरजा माधव

प्रेम सम्बन्धों की कहानियाँ

सम्पादक

अनिल कुमार

नमन प्रकाशन
नई दिल्ली-110002

© लेखक
प्रथम संस्करण : 2010
ISBN : 81-8129-229-4
Rs. 650/-

नमन प्रकाशन
4231/1, अंसारी रोड, दरियागंज
नई दिल्ली–110002
फोन : 23247003, 23254306

श्री नितिन गर्ग द्वारा नमन प्रकाशन के लिए प्रकाशित तथा
एशियन ऑफसेट प्रिंटर्स, मौजपुर, शाहदरा, दिल्ली में मुद्रित।

सम्पादक की ओर से

साधारण जन प्रेम से ही बढ़ते हैं और प्रेम से ही सबको बढ़ाते हैं। अगर प्रेम रूपी आनन्द न हो तो जीव-लोक नष्ट हो जाता है। प्रेम ही स्वार्थ का कारण है और वह स्वार्थ के त्याग में भी है। अगर प्रेम रस न हो तो मानव-मानव जो अन्तर है, वह न हो। प्रेमांकुर कब, कहाँ, कैसे पल्लवित हो जाए कोई नहीं जान सकता। कई बार तो एक-दूसरे को जाने-पहचाने बिल ही यह शुरू हो जाता है और इसकी अन्तिम परिजति बड़ी ही सुखद होती है। ऐसा ही प्रेम है समीर और 'अनुगूँज' का। समीर आकाशवाणी में उद्घोषक के रूप में कार्यरत है। श्रोता केवल उसकी आवाज ही सुन पाते हैं परन्तु एक समीर की आवाज से इतना प्रभावित होती है कि वह बिना देखे ही अपने एक तरफ प्यार का इज़हार के माध्यम से कर देती है। एक दिन अचानक पत्रों के माध्यम से कर देती है। एक दिन अचानक समीर में कार्यालय में एक व्यक्ति आकर गिड़गिड़ाता है कि उसकी बेटी अस्पताल में भर्ती है और उसका रक्त ग्रुप एबी पाजिटिव हैं। कृपया यह सूचना आप रेडियो से प्रसारित कर दें। समीर उस वृद्ध को आश्वासन देकर भेज देता है। तभी उसे ध्यान आता है कि उसका रक्त ग्रूप भी वही है जो उस लड़की का है। वह अपने अधिकारी से इस विषय में चर्चा करता है कि कार्यक्रम समाप्त होने से पहले ही वह वापस आ जाएगा इस प्रकार लड़की की जान भी बच जायगी और किसी प्रकार की समस्या भी नहीं आएगी। अस्पताल में पहुँचकर समीर वृद्ध से मिलकर सारी बात बताता है और तत्काल अपने खून देने की पेशकश करता है। इस सबसे मुक्त होने में समीर को वक्त लग जाता है और वह आफिस समय पर नहीं पहुँच पाता और वहाँ से उसे निलम्बित की दिया जाता है अचानक एक दिन वही लड़की समीर के घर पहुँच जाती है और बताती है कि उसे समीर से मिलना है। बातचीत में लड़की को सारी बात पता चलती है तो उसे समझाता है कि मानवीय कर्त्तव्य और सरकारी कर्त्तव्य में निर्वाह में मानवीय संवेदनाओं की ही

जीत होगी। चलते वक्त जब लड़की बताती है कि मैं हूँ अनुगूँज हो उसकी आवाज की अनुगूँज समीर के हृदय को गुदगुदा जाती है आज के समय में ऐसे प्रेमी भी मिल जाते है जो शम्ल-सूरत से ज्यादा सीरत की कद्र है। ऐसे ही प्रेम की कहानी है अनुगूँज।

आज के समय में गृहस्थी को सुचारु रूप से चलाने के लिए पति-पत्नी दोनों का ही नौकरपेशा होना जरूरी है। नौकरी करते हुए दोनों को ही एक दूसरे पर विश्वासा भी करना चाहिए अन्यथा शक की दीवार तो बसे बसाए घर को उजाड़ देती है। ऐसी ही है 'इतना सा सच' और 'वह नहीं तो यह' में। इतना सा सच में इमरान अपनी नीलोफर पर न जाने क्यों शक करने लगता है परन्तु जब उसका शक दूर होता है तो वह कहता है, ''नीलोफर, इसी तरह के शक में कितनी जिन्दगियाँ उजड़ जाती हैं न? अपने-अपने स्वाभिमान में जकड़े वे लोग एक दूसरे से स्पष्टीकरण लिए ही दूर खिंचते चले जाते हैं और फिर होता है बिखराव। सम्बन्धों की मधुरता और निर्वाह के लिए दोनों ही पक्षों का उदार और स्पष्ट होना आवश्यक होता है, अन्यथा शक का एक छोटा सा दीमक भी उसे धीरे-धीरे चाटकर खत्म कर देता है।'' दूसरी कहानी ''वह नहीं तो यह'' में पत्नी प्रशमिक अधिकारी है और पति एक साधारण सा क्लर्क। स्वाभाविक है कि पद की वजह के दोनों के बीच कहीं न कहीं तनाव उत्पन्न हो और यह तनाव पूरे घर को बर्बादी के कगार पर लाकर खड़ा कर देता है। ऐसा ही कार्यालय में कार्य करने वाली 'हव्वा' की नैना के साथ होता है। वह सबसे दूरी तो बनाकर रखती पर परन्तु काम के सिलसिले में एक-दूसरे से सम्पर्क भी रखना पड़ता है। लोग उसे बदनाम करने की भी कोशिश करते हैं और ये चीजें उसे दिमाग पर इतनी हावी हो जाती हैं कि रात को पति की बाँहों में भी उसमें मुँह से किसी दूसरे का नाम सुनकर अचानक उसका पति चौंक जाता है।

'हवाओं पर लिखी पाती' शुभांगी की कशमकश की हृदयस्पर्शी कथा है। शुभांगी की मोटी आवाज ही उसके विवाह में रोड़ा बन जाती है। अचानक ही एक रिश्ता आता है औरा लड़के वाले शुभोगी को पसन्द कर लेते हैं। इसकी वजह से कि लड़का भारतीय सेना में है और उसकी माँ को डर है कि कहीं युद्ध में वह मारा न जाए। यही सोचकर वह उसकी शादी करना चाहती है ताकि उसे इस बहाने से छुट्टी मिल जाए और युद्ध कमें लड़ने से वह बच जाए। शुभांगी मन ही मन सोचती है। कि ऐसे कायर पुरुष से क्या विवाह करना जो युद्ध सोच ही रही थी कि उसकी माँ उसे एक लिफाफा दे जाती हैं। जब वह उसे खोलती है तो उसे एक पत्र मिलता है जो लेफ्टिनेट कार्तिकेय द्वारा लिखा गया है। उसे पढ़ने के उपरान्त शुभांगी की

सभी शंकाओं का समाधान हो जाता है और वह भी चाहती है कि उसका भावी पति युद्ध में विजय प्राप्त कर लौटे।

'प्रेम सम्बन्धों की कहानियाँ' शृंखला में लेखिका नीरजा माधव की 18 कहानियाँ शामिल की गयी हैं। इनकी कहानियों के पात्र हमारे आस-पास के आम आदमी ही प्रतीत होते हैं। कहानियों में कल्पना कम यथार्थ का पुट व्यापक मात्रा में देखने को मिलता है। कहानियों की भाषा सहज, सरल और रोचक है। नारी होने के कारण लेखिका ने नारी-मन के अन्तर्द्वंद्व की गुत्थियाँ को भली-भाँति प्रस्तुत किया है। साथ ही नारी समस्याओं को महीन ताने-बाने से पिरोया गया है। यही इन कहानियों की विशेषता है।

—अनिल कुमार

एच-3/72, विकास पुरी, नयी दिल्ली-110018

मो. : 09810226748

अनुक्रम

अनुगूँज

चारों तरफ से घिरा अण्डमान निकोबार द्वीप समूह और इसी का एक खूबसूरत छोटा सा शहर पोर्टब्लेयर। चारों तरफ विशाल वृक्षों से घिरे इस शहर में स्थित आकाशवाणी में समीर एनाउन्सर था। उस दिन उसकी रात की ड्यूटी थी। फिल्म संगीत का कार्यक्रम चल रहा था। दूसरे दिन रविवार को श्रोताओं के पत्रों पर आधारित फिल्मी गीतों के कार्यक्रम के लिए वह बीच-बीच में चिट्ठियाँ भी छाँटता जा रहा था। एकाएक वही चिरपरिचित लिखावट और वही नीले रंग का लिफाफा देखकर उसने उसे उठा लिया था। लिफाफे के एक कोने पर गाढ़े नीले रंग के स्केच पेन से लिखा था "अनुगूँज"। समीर का हृदय किसी मिठास से धड़क उठा था। उसने जल्दी से पत्र खोला था— समीर!

रेडियो से आती तुम्हारी आवाज़, यूँ प्रतीत होती है जैसे सागर की उत्ताल लहरें मेरे आस-पास ही लहरा रही हैं। मैं नन्ही सलिल प्रवाहिनी सी विलीन हो जाना चाहती हूँ तुम्हारे विशाल अस्तित्व में, पर लहरें आती हैं, उद्वेलित कर वापस चली जाती हैं। रह जाती है केवल अनुगूँज, तन्हा सी, बेबस सी। बस तुम्हारी—
"अनुगूँज"

समीर ने हौले से पत्र को चूम लिया था। स्वयं ही बुदबुदाया था—

"पागल लड़की, तुम्हें शायद एहसास नहीं कि इस विलीनता में तुम्हें कितना खारापन सहन करना होगा। मेरे धैर्य को अपनी भावुकता से विचलित न करो। अनुगूँज।" पत्र को पाकेट में रखते हुए समीर ने अपने मन को झटका दिया था और दूसरे गाने का रिकार्ड लगाने लगा था।

फिल्म संगीत का कार्यक्रम समाप्त होने के बाद दिल्ली न्यूज़ रिले होते ही वह प्रसारित सामग्री पहुँचाने स्टूडियो से ड्यूटी रूम में चला गया था। एक वृद्ध व्यक्ति गिड़गिड़ा कर ड्यूटी आफिसर मिस्टर शर्मा से अपनी बेटी की जान बचा

लेने की प्रार्थना कर रहा था। शर्मा जी ने कुछ रूखे स्वर में उस वृद्ध व्यक्ति से कहा था–

"देखिए, हम पूरा प्रयास करेंगे कि आपकी सूचना प्रसारित कर दें, परन्तु इस समय से लेकर रात के ग्यारह बजकर दस मिनट तक हमारा राष्ट्रीय प्रसारण होता है इसलिए हम उसे बीच में रोक नहीं सकते।" कहते हुए शर्माजी ने सूचना वाला फार्म समीर की ओर बढ़ा दिया था।

समीर ने एक बार वृद्ध की कातर निगाहों में झाँका था। उसे वहाँ विवशता ही विवशता नज़र आई थी। उसने सूचना को सरसरी निगाह से पढ़ा था–एक रोगी को तत्काल रक्त की आवश्यकता है। रक्त का ग्रूप है ए बी पाजिटिव। कृपया इच्छुक रक्तदाता सम्पर्क करें–श्री युसूफ परवेज, बेड नं॰ 4, सर्जरी विभाग, जी॰ बी॰ पन्त अस्पताल, पोर्ट ब्लेयर।

समीर ने यूसुफ की ओर मुख़ातिब होते हुए पूछा था–आप ही हैं युसूफ?

"जी हाँ। मेरी बेटी का एपेन्डिसाइटिस का आपरेशन आज ही होने जा रहा है। उसे खून की सख़्त ज़रूरत है और यह रेयर ग्रुप है। बहुत मेहरबानी होगी यदि आप मेरी मदद कर दें।" वृद्ध ने हाथ जोड़ते हुए कहा था। उसकी आँखें छलछला आई थीं। समीर ने उसके कन्धे पर सान्त्वना भरा हाथ रखते हुए कहा था–

"आप बिल्कुल बेफिक्र रहिए। सूचना प्रसारित करने की मैं पूरी कोशिश करूँगा। छोटा सा शहर है, आपकी बेटी को खून अवश्य मिलेगा"।

वृद्ध पुनः हाथ जोड़ते हुए चला गया था। समीर ने स्टूडियो में जाकर एक बार फिर शेष कार्यक्रमों पर निगाह डाली थी। कहीं भी सूचना प्रसारित करने का थोड़ा सा भी समय नहीं मिल पा रहा था। वह परेशान हो उठा था। उसे याद आया उसका अपना ब्लड-ग्रुप भी तो ए बी पाजिटिव ही था, परन्तु इस समय वह ड्यूटी छोड़कर कैसे जाता? एकाएक उसने कुछ सोचा और ड्यूटी रूम में जा पहुँचा था। शर्माजी से उसने निवेदन किया था–

"शर्मा जी, अभी ग्यारह बजे तक केवल रिले कार्यक्रम ही है। इस समय नौ बज रहे हैं। यदि आप यहाँ सँभाल लें तो मैं उस पेशेन्ट को अपना खून दे आऊँ क्योंकि मेरा भी ग्रुप वही है। ट्रान्समिशन क्लोज करने के समय तक आ जाऊँगा। अस्पताल यहाँ से मात्र एक किलोमीटर ही तो है।"

शर्मा जी की बेरूखी से उसे लगा था कि वे इस कार्य में सहयोग देने को कतई तैयार नहीं परन्तु वह उनकी अनिच्छा की परवाह किए बिना लपक कर

आकाशवाणी परिसर से बाहर आया और टैक्सी पकड़कर जी॰ बी॰ पन्त अस्पताल की ओर चल पड़ा था।

सर्जरी विभाग के बाहर ही उसे यूसुफ परवेज मिल गए थे। एक हाथ में ट्रान्जिस्टर लिए वे बेचैनी से बरामदे में घूम रहे थे। समीर ने उनके करीब पहुँचकर पूछा था–

"लगता है आप ट्रान्जिस्टर पर अपनी सूचना के प्रसारण का इन्तज़ार कर रहे हैं, यूसुफ जी।" वह वृद्ध व्यक्ति चौंक पड़ा था।

"आप...आप स्वयं आ गए समीरजी? क्या हुआ मेरी सूचना का?" एक साथ कई प्रश्न कर बैठा था वृद्ध।

"मेरा भी रक्त ग्रुप वही है। सूचना प्रसारित करने की जगह नहीं थी अतः मैं स्वयं ही चला आया खून देने। आप की बेटी की ज़िन्दगी ख़तरे में है। ऐसे में पता नहीं सूचना प्रसारित होने के बाद भी कोई व्यक्ति मिल पाता या नहीं। इस रिस्क को बचाने के लिए अपनी ड्यूटी का रिस्क लेकर चला आया हूँ मैं। ज़रा ज़ल्दी करवा दीजिए डाक्टर से ताकि ड्यूटी समाप्त होने से पहले मैं आफिस पहुँच जाऊँ।" समीर ने मुस्कुराते हुए वृद्ध व्यक्ति के कन्धे पर हाथ रखते कहा था। वृद्ध की आँखों में कृतज्ञता के आँसू चमक पड़े थे। वह समीर को लेकर डॉक्टर के पास चला गया था।

समीर जाकर उस लम्बी मेज पर लेट गया था। अपनी कमीज़ की आस्तीन को ऊपर चढ़ाते हुए उसने अपनी बाँह मेज़ पर ढीली छोड़ दी थी। डॉक्टर ने उसकी दाहिनी भुजा पर कसकर पट्टी बाँध दी थी और कुहनी के पास सामने की ओर नस में खून लेने के लिए सूई चुभो दी थी। रक्त की एक लाल धारा प्लास्टिक की पारदर्शी पतली नलिका से होकर बोतल में इकट्ठा होने लगी थी। डॉक्टर ने समीर को लगातार मुट्ठी बन्द करने और खोलने का निर्देश दिया था ताकि खून आसानी से निकल सके। मुट्ठी बन्द करने से समीर की बलिष्ठ भुजाओं की माँसपेशियाँ कस जा रही थीं। समीर कभी अपनी बाँहों को और फिर कभी उससे निलकते रक्त को तिरछी नजरों से देखे जा रहा था। उसे एक विचित्र सा सन्तोष मिल रहा था। अपनी गरदन को मोड़ते हुए प्लास्टिक की नली से होकर बोतल में इकट्ठे होते अपने खून को उसने देखा था और सोचने लगा था–

'कितना खूबसूरत रंग होता है खून का। बिल्कुल चटक और इस खूबसूरती को प्रकृति ने सभी प्राणियों में एक सा ही दिया है, परन्तु कितनी विचित्रता है इस रंग की कि बाहर रहने पर समान दीखने वाला यह रक्त शरीर में कैद होते

ही न जाने किन-किन बन्धनों में बँध संकुचित हो उठता है। धर्म, जाति, सम्प्रदाय, वर्ग, न जाने कितने नामों और उपनामों में बँट जाता है यह खून।'

सोचते-सोचते समीर के होठों पर एक व्यंग्य भरी मुस्कान तैर गई थी। 'शायद प्रकृति की तरफ से ही मानव में इतना भेद-भाव किया गया होता तो इस पेशेन्ट के रक्त ग्रुप से उसका ग्रुप न मिलता। कहाँ उत्तर प्रदेश से आकाशवाणी पोर्ट ब्लेयर में एनाउन्सर की नौकरी करने आया समीर और कहाँ चारों तरफ समुद्र और वृक्षों से घिरे नील द्वीप पर रहने वाली यह पेशेन्ट। उत्तर दक्षिण की इस विस्तृत दूरी को किस तरह समेट दिया है इस लाल रंग ने।' सोचते-सोचते समीर ने पुनः बोतल की ओर देखा था। निःशब्द सा रक्त बोतल में आधा भर चुका था। हल्का सा चक्कर महसूस किया था समीर ने और फिर स्वयं में ही हँस पड़ा था। कितना मनोवैज्ञानिक प्रभाव पड़ता है खून निकलता देखकर अन्यथा इतने से खून से शरीर पर क्या फर्क पड़ता है? सोचते हुए समीर ने घड़ी की ओर देखा था। रात्रि के दस बजे रहे थे वह परेशान सा हो उठा था। ट्रान्समीशन क्लोज डाउन करने के वक्त वह आफिस पहुँच पाएगा भी या नहीं? आज के ड्यूटी आफिसर मिस्टर शर्मा से उसकी कभी बनी नहीं। हाँलाकि उसने आते समय सारी बातों की जानकारी उन्हें दे दी थी। ड्यूटी आफिसर चाहे तो इस बात को सँभाल सकते हैं, परन्तु वह तो मौका देखकर उसे नीचा ही दिखाने की कोशिश करेंगे।

समीर ने सिर को एक झटका दिया था। 'जो होगा देखा जाएगा। कम से कम मेरी आत्मा पर यह बोझ तो नहीं रहेगा कि किसी की ज़िन्दगी मैं बचा सकता था मगर नहीं बचाया। आखिर इसके अलावा कोई दूसरा रास्ता भी तो न था।' उसने पसीना पोछने के लिए जेब से रूमाल निकालना चाहा था पर रूमाल से पहले ही अनुगूँज का पत्र उसके हाथ में आ गया था। वह मुस्कुरा पड़ा था। लेटे-लेटे उसने लिफाफे को ध्यान से देखा था। अनुगूँज की एक काल्पनिक आकृति सामने मुस्कुराती हुई खड़ी हो गई थी। एक क्षण के लिए पूरा अतीत वर्तमान हो गया था।

उस दिन भी उसे श्रोताओं के पत्रों में ही वह नीला लिफाफा पहली बार मिला था। उसने खोल कर पढ़ना शुरू किया था—

समीर!

एक लम्बे अरसे से मुक्ति और बन्धन में एक संघर्ष चल रहा है। अपने वजूद को मुक्त रखने का प्रयास निरर्थक साबित हो गया है और उसने बन्धन स्वीकार कर लिया है। तुम्हारी सागर-गर्जना सी आवाज़ मेरे चारों तरफ की फिज़ाओं

में इस तरह घुल मिल गई है कि मैं मुक्ति के लिए जितनी ही छटपटाती हूँ उतने ही बन्धन कसते जा रहे हैं। मैं जानती हूँ यह बन्धन एक तरफा है। आवश्यक नहीं है कि तुम्हें भी स्वीकार्य हो, पर नील द्वीप के इस नन्हे टापू पर रहने वाली अंजुम तुम्हारी आवाज़ की अनुगूँज भी बनकर सन्तुष्ट रहेगी क्योंकि उसे अपने पृथक अस्तित्व की कोई अभिलाषा नही। विश्वास मानो कभी मिलने का प्रयास कर तुम्हें विचलित नहीं करूँगी और न ही तुम्हारी उस छवि को परिवर्तित करना चाहूँगी जो कल्पना से मैंने हृदय में चित्रित की है। बस तुम्हारी–

"अनुगूँज"

समीर मुस्कुरा पड़ा था। उस पत्र को निकाल कर उसने अपने पाकेट में रख लिया था। तब से न जाने कितने ही पत्र अनुगूँज के ही नाम से आते रहे थे। जब भी वह कोई कार्यक्रम प्रस्तुत करता, कल्पना में अनुगूँज आ जाती थी और सहज ही उसका हृदय शायर हो उठता था। न चाहते हुए भी एक अनजाना आकर्षण उसे अनुगूँज के बहुत करीब बिठा देता था।

"अब आप जा सकते हैं"। डॉक्टर की आवाज़ से समीर की सोचों का ताना बाना टूटा था। वह झटके से उठा था और बाहर की ओर बढ़ा था। तभी यूसुफ परवेज़ ने हाथ जोड़ते हुए कहा था–

"जिस बच्ची को आपने जीवनदान दिया है उसे देखेंगे नहीं?"

"इस समय तो ज़ल्दी में हूँ यूसुफ जी! फिर कभी अवश्य मिलूँगा।" कहते हुए समीर बाहर निकल गया था।

× × ×

आज दस दिन हो गए थे जब समीर आफिस नहीं गया था। वह ड्राइंग रूम में बैठा अख़बार पढ़ रहा था तभी दरवाज़े पर दस्तक हुई थी। उठ कर दरवाज़ा खोला तो सामने लगभग बीस वर्षीया एक छरहरी सुन्दरी लड़की नीली प्लेन साड़ी पहने खड़ी थी। उसके लम्बे काले बाल कमर से नीचे तक खुले लहरा रहे थे। सागर उसकी बड़ी-बड़ी कजरारी आँखों में जैसे डूब उतरा रहा था। एक पल के लिए दोनों स्तब्ध से हो गए। लड़की ने ही मौन तोड़ा था–"आप समीर जी हैं?"

वह अपलक समीर को निहारे जा रही थी। लम्बा स्वस्थ शरीर, हल्की दाढ़ी के बीच प्रौढ़ावस्था का संकेत करते कुछ सफेद बाल, बोझिल सी आँखें जैसे अभी अभी नींद से उठी हो।

"जी हाँ, मैं ही हूँ समीर। कहिए..."।

समीर ने आगन्तुका को सोफे पर बैठने का इशारा किया था।

''मैं आपसे मिलने आपके आफिस गई थी परन्तु वहाँ पता चला कि...''।

''मैं निलम्बित हो गया हूँ। यही न?''

समीर ने हँसते हुए लड़की की बात बीच में ही काट दी थी।

''क्या यह मुझे पूछने का अधिकार आप देंगे कि क्यों?'' लड़की ने समीर की आँखों में गहराई से झाँकते हुए कहा था।

''ड्यूटी छोड़कर एक रोगी की जान बचाने चला गया था मैं। उसे खून की तुरन्त आवश्यकता थी और मेरे सामने दूसरा विकल्प न था।'' समीर ने मुस्कुराते हुए बताया था। लड़की ने एक ठण्डी साँस छोड़ते हुए कातर स्वर में कहा था–

''जिसे आपने अपना खून देकर जीवनदान दिया था वह मैं ही हूँ समीर साहब। अब्बा ने जब मुझे आपके बारे में बताया तो मैं स्वयं को आपसे मिलने से रोक न सकी। इसलिए आफिस से आपके घर का पता लेकर यहाँ भी चली आई। मेरी कल्पना में आपकी जैसी छवि थी, शुक्र है खुदा का, वह सचमुच भी वैसी ही है।'' लड़की की आँखें भर आई थीं। लगता था वह रो पड़ेगी। समीर ने उसके हृदय के बोझ को हल्का करने के लिए समझाया था–

''मामला कोर्ट में है और जल्दी ही फैसला हो जाएगा। मानवीय कर्तव्य और सरकारी कर्तव्य के निर्वाह के इस संघर्ष में मुझे पूरी उम्मीद है कि जीत मानवीय संवेदना की ही होगी। तुम अपने हृदय पर किसी प्रकार का बोझ मत महसूस करना। निर्णय के लिए कुछ प्रतीक्षा तो करनी ही होगी।''

''मैं प्रतीक्षा करूँगी समीर साहब। मेरी रगों में दौड़ते आपके लहू ने हमारे बीच की कई दीवारों को गिरा दिया है।'' कहते हुए वह चलने के लिए उठ खड़ी हुई थी। उसके आत्मविश्वास और शालीन व्यक्तित्व से समीर जैसे सम्मोहित सा हो उठा था। उसने अपनी माँ को आवाज़ लगाते हुए कहा था–''अपनी माँ से आपका परिचय करवा दूँ। ये हैं मेरी माँ ये हैं...''। समीर ने लड़की का नाम जानने के लिए उत्सुक निगाहों से उसकी ओर देखा था। क्योंकि वह नाम पूछना भूल ही गया था। लड़की मुस्कुरा पड़ी थी।

''मैं हूँ अनुगूँज''।

समीर अवाक् सा कभी माँ को और कभी अनुगूँज को देखे जा रहा था। सागर के विशाल हृदय में लहरें मचल-मचल उठी थीं और उसकी अनुगूँज समीर के हृदय को गुदगुदा गई थी।

वह नहीं तो यह

डॉ सन्ध्या सक्सेना, एस॰ डी॰ एम॰, सदर। बोर्ड पढ़ते ही कुमुद आश्वस्त हुई थी कि वह अपने गन्तव्य पर पहुँच गई हैं। उसने एक ठण्डी साँस ली थी। कचहरी तक आने और डॉक्टर सन्ध्या का चैम्बर ढूँढने में वह पसीने से तर-बतर हो चुकी थी। जून की तपता महीना। सुबह से ही लू के थपेड़े। ओफ, कितना मुश्किल होता है इस महीने में कहीं आना जाना। पसीना पोंछते हुए कुमुद चैम्बर के सामने बरामदे में धीमी गति से चल रहे पँखे के नीचे खड़ी हो गई थी परन्तु पँखा भी जैसे आग उगल रहा था। तभी चैम्बर के अन्दर से क्रोधित नारी स्वर गूँजा था–

"आप लोग एक फाइल तक ठीक से नहीं रख सकते? आखिर किस मर्ज़ की दवा हैं आप? जाइए, आधे घण्टे के अन्दर फाइल पुट-अप करिए मेरे सामने।"

"मैडम वो..."। एक पुरुष स्वर मिमियाया था।

"मैं कुछ नहीं सुनूँगी। जाइए, आधे घण्टे में ले कर आइए।" नारी स्वर कुछ और तेज़ हो उठा था। चैम्बर का परदा उठा था और एक बाबू नुमा व्यक्ति फाइल लिए बाहर निकला था।

"हुँः, सनकी कहीं की।" वह क्लर्क बुदबुदाता हुआ चला गया था। कुमुद ने दरवाज़े के पास बैठे अर्दली से पूछा था–"सन्ध्याजी अन्दर हैं न?"

"हैं तो, मगर इस समय ज़रा मूड गरम है।" अर्दली ने अपने सिर की ओर उँगली से इशारा करते हुए कहा।

"आप उनसे कहिए...।" कुमुद की बात को बीच में ही अर्दली ने काटते हुए कहा था–"मेरी मानिए तो इस मूड में उनसे न ही मिलिए तो अच्छा है। बना काम भी बिगड़ जाएगा। बस नाम की ही महिला हैं, गुस्सानें में पुरुषों के कान काटती हैं।"

"क्या गुस्सा करना केवल पुरुषों का अधिकार है?" कुमुद ने हँसते हुए पूछा था।

"अगर अन्तर न होता तो भगवान औरत और आदमी जात अलग-अलग क्यों बनाता?" अर्दली ने कुमुद से ही प्रश्न किया था।

"हाँ, अन्तर तो है बाबा। पुरुष कभी नहीं बदलता और औरत बार-बार स्वयं को बदलती रही है।" कुमुद ने ठण्डी साँस लेते हुए कहा था। अर्दली कुमुद की गूढ़ बातें ने समझ सकने के कारण बिटिर-बिटिर मुँह देखता रहा था।

"सन्ध्याजी से कह दो की जी॰ जी॰ आई॰ सी॰ की प्रिंसिपल कुमुदजी आई है।" कुमुद ने अर्दली को अपना कार्ड देते हुए समझाया था। वह कार्ड लेकर अन्दर चला गया था। कुमुद वहीं बेन्च पर बैठ गई थी।

उस दिन आकाशवाणी केन्द्र पर कितने नाटकीय ढंग से सन्ध्या दीदी से मुलाकात हुई थी 'नारी प्रगति में बाधक तत्व' विषय पर आयोजित परिचर्चा में भाग लेने हेतु शहर के दो बुद्धिजीवी पुरुषों और काम-काजी महिलाओं में सन्ध्या और स्वयं उसे अनुबँधित किया गया था। सभी लोग आ चुके थे। बस सन्ध्याजी की प्रतीक्षा की जा रही थी। कुमुद कुछ ही महीने पहले ट्रान्सफर होकर यहाँ आई थीं। इस शहर से कुछ कम ही परिचित थीं। तभी सन्ध्याजी ने स्टूडियो में प्रवेश किया। कुमुद की नज़रें उन पर पड़ी थीं। दोनों एक दूसरे को देखकर कुछ याद करने लगी थीं।

"तुम कुमुद हो न?"

"जी, और आप सन्ध्या दीदी हैं न?" कुमुद ने उठकर सन्ध्या का हाथ पकड़ते हुए जोश में हिला दिया था। सन्ध्या दीदी ने भी उसे लिपटा लिया था। रिकार्डिंग समाप्त होने के पश्चात् सन्ध्या दीदी ने अपना कार्ड थमाते हुए कहा था—"कभी समय निकालकर अवश्य आना मुझसे मिलने कुमुद। आज एक आवश्यक मीटिंग है। मैं जा रही हूँ। कहते हुए सन्ध्या दीदी पोर्टिको में खड़ी अपनी जीप पर जा बैठी थी।

कुमुद कुछ देर खड़ी सोचती रही थी। 'यही सन्ध्या दीदी हैं जो हास्टल में मेरी रूम-मेट थी। गाँव से आई सीधी-साधी सन्ध्या दीदी एम॰ ए॰ प्रथम वर्ष में थी और मैं बी॰ एस॰सी॰ प्रथम वर्ष में, परन्तु हम दोनों किसी हमउम्र सहेली की तरह ही थे। कहीं कोई दुराव छिपाव नहीं। एम॰ ए॰ फाइनल में ही सन्ध्या दीदी का विवाह आनन्ददेव जी से हो गया था। आनन्ददेवजी लखनऊ में नगर निगम में एकाउन्टेन्ट पद पर थे। सन्ध्या दीदी पहली बार ससुराल से लौटकर हास्टल आई थीं तो बहुत खुश थीं। पति नौकरी में हो और पत्नी को बहुत प्यार दुलार भी देता हो तो अन्य तमाम अभाव स्वयं ही ओझल हो जाते हैं। न चाहते

हुए भी सन्ध्या दीदी ने अपनी प्रथम रात्रि की अनेक बातें मुझसे लजाते सकुचाते बता ही दी थी। शायद प्रसन्नता से छलकते हृदय थोड़ी खुशियाँ वह बाँटकर महसूस करना चाहती थीं। मैंने भी उनकी खुशी में शामिल होते हुए पूछा था—"दीदी, जीजाज़ी को आपमें सबसे सुन्दर क्या लगा?"

"मेरे लम्बे काले बाल। जब मैं भी सँवारने के लिए खोलती वे मेरे खुले बालों से अपना चेहरा ढँक लेते थे।" बताते बताते सन्ध्या दीदी के चेहरे की लालिमा बढ़ गई थी। लाज से माथे पर पसीने की बूँदे उभर आई थीं। सचमुच लम्बी छरहरी, सामान्य से नाक नक्श वाली सन्ध्या दीदी के लम्बे काले बाल उनके व्यक्तित्व को एक विशिष्टता प्रदान करते थे।

"जाइए मैडम, अन्दर साहब आपको बुला रही हैं।" अर्दली की आवाज़ सुनकर कुमुद चौंककर वर्तमान में आ गई थी। बेन्च से उठते हुए उसने अर्दली को धन्यवाद दिया था और परदा उठाकर अन्दर चली गई थी। सामने सन्ध्या दीदी अपनी कुर्सी पर बैठे-बैठे मुस्कुरा रही थी।

"आओ कुमुद! उस दिन तुमसे बातें ही न हो सकी थीं। ढेर सारे प्रश्न मन ही में रह गए थे। एक लम्बा अन्तराल भी तो आ गया दस वर्ष का।" सन्ध्या दीदी मानों अतीत को खुरच कर सामने रख रही थीं।

कुमुद बैठ गई थी। उसने सन्ध्या दीदी को ध्यान से निहारा था। भारी भरकम शरीर पर कटे छोटे-छोटे बाल कानों के ऊपर से थोड़े सफेद हो चले थे। उनका रंग भी कुछ सँवला गया था।

"क्या देख रही हो कुमुद? यही न कि हास्टल वाली और इस सन्ध्या में कितना अन्तर आ गया है?" सन्ध्या दीदी ने एक फीकी हँसी के साथ कहा था।

"हाँ दीदी अन्तर तो आया है पर आपके पद के अनुरूप लग रहा है।" कुमुद भी हँसी थी।

"पर तेरे में कोई परिवर्तन नहीं आया है फिर भी तू अपने पद के अनुरूप लग रही है। अच्छा, ये बता, कब शादी हुई? बच्चे और पति कहाँ हैं?" सन्ध्या दीदी ने एक साथ कई प्रश्न किए थे।

"एक तीन साल का बेटा है। मेरे पति सुकान्त गन्ना अधिकारी हैं। इस समय यहीं जौनपुर में ही पोस्टेड हैं। हम दोनों का कार्यक्षेत्र बिल्कुल पृथक है पर हमने एक दूसरे के साथ बहुत एडजस्ट किया हुआ है। सुकान्त बहुत ही सुलझे इन्सान हैं दीदी। मुझे बहुत कोआपरेट करते हैं अन्यथा मेरा नौकरी करना तो मुश्किल ही था। एम० एससी० में ही मेरी शादी हो गई थी। उस समय तो आप

हास्टल में ही कम्पटीशन की तैयारी कर रही थी।'' कुमुद ने सन्ध्या दीदी को याद दिलाया था।

''ओह हाँ, याद आया, पर एम.एससी. पूरा होते ही तू अपने पति के साथ चली गई थी। है न? दरअसल आजकल मैं बहुत भुलक्कड़ हो गई हूँ। तुझे देखकर लग रहा है जैसे अभी हम हॉस्टल में ही हैं।'' सन्ध्या दीदी की बातें कुछ बिखरी-बिखरी सी थीं।

''आप तो प्रशासनिक नौकरी में भी आ गईं। अब तो आपकी मनचाही सारी बातें पूरी हो गईं।'' कुमुद ने अनजाने में सन्ध्या दीदी को उदास कर दिया था।

''हाँ, पूरी हो गई सारी उम्मीदें।'' सन्ध्या दीदी ने कुछ ठण्डी साँस लेते हुए कहा था।

''आप के बच्चे कितने हुए दीदी?''

''एक बेटा है सात वर्ष का।'' सन्ध्या दीदी ने ऊपर पँखे को देखते हुए कुमुद को जवाब दिया था।

''जीजाजी लखनऊ में हैं या यहाँ?''

''लखनऊ ही हैं।'' सन्ध्या दीदी ने कालबेल दबाते हुए बताया था।

''जी मैडम?'' चपरासी अन्दर आया था।

''कोल्ड ड्रिंक ले आओ।'' सन्ध्या दीदी का आदेश पा चपरासी चला गया था।

''अच्छा हुआ तुम लोग भी इस शहर में आ गए हो। अब मुझे अकेलापन खलेगा नहीं।'' सन्ध्या दीदी ने कुमुद की ओर देखते हुए कहा था।

''बेटा कहाँ है?'' कुमुद ने उत्सकता जताई थी।

'उसे सैनिक स्कूल में हास्टल में डाल दिया है। छुट्टियों में मिलने जाती हूँ।'' सन्ध्या दीदी की आवाज़ कुछ भीग गई थी।

कोल्ड ड्रिंक पीते हुए कुमुद ने सन्ध्या दीदी के आवास का पता लिया था और रविवार को सुकान्त तथा बेटे के साथ उनके घर आने का वादा कर चली गई थी। रास्ते भर सन्ध्या दीदी की उदासी और चिड़चिड़ेपन के पीछे छिपे कारण वह स्वयं ही ढूँढती रही थी पर सफल नहीं हुई।

रविवार को सन्ध्या दीदी के आवास पर कुमुद पहुँची थी। पाँच कमरों का बड़ा सा फ्लैट। तीन कमरों में ताले लगे थे। एक कमरा ड्राइंगरूम और दूसरा बेडरूम था सन्ध्या दीदी का। सचमुच बहुत उदासी सी छाई थी चारों ओर। घर और परिवार ये दो शब्द आपस में अन्योन्याश्रित क्यों हैं यह उसी दिन कुमुद समझ सकी थी। नाश्ते के बाद सुकान्त अपने मित्र के यहाँ चले गए थे। कुछ

ही देर में कुमुद का बेटा सो गया था। जब तक जाग रहा था, सन्ध्या दीदी उसे कुछ न कुछ खिलाने का प्रयास करती रही थीं। कुमुद ने मना किया था तो उन्होंने कहा था–

"इसे खिलाने में मुझे बहुत सुख महसूस हो रहा है कुमुद! नहीं तो ये सारी वस्तुएँ यूँ ही फ्रिज में पड़ी रहती हैं। मैं नौकरों को बाँट देती हूँ। कोई खाने वाला ही नहीं। मेरा बेटा गौरव रहता है तो एक भी चीज़ बची नहीं रहती।" सन्ध्या दीदी का दर्द आँखों से छलक पड़ा था। कुमुद को मौका मिला था कुछ पूछने का।

"दीदी क्या मैं...?" कुमुद की बात को बीच काटते हुए सन्ध्या दीदी ने कहा था–

"तुझे पूछने की जरूरत नहीं हैं। मैं स्वयं ही बताना चाहती हूँ। आज तक मेरा बाह्य रूप ही सब देखते रहे हैं। एस॰ डी॰ एम॰ का मुखौटा पहने-पहने सन्ध्या का असली चेहरा किसी को दिखाई पड़ना सम्भव ही नहीं है, क्योंकि इस मुखौटे को मैं उस समय उतारती हूँ जब सभी नौकर जा चुके होते हैं और रात के सन्नाटे में मेरी सिसकियाँ किसी को सुनाई नहीं पड़ सकतीं। अब लगता है कि यदि तुमसे भी नहीं बताऊँगी तो मैं पागल हो जाऊँगी।" सन्ध्या दीदी गाव तकिए के सहारे बिस्तर पर करवट लेट गई थी। कुमुद भी उनके पास ही तकिए को अपनी गोद में रख तन्मयता से उनकी बातें सुनने लगी थी। सन्ध्या दीदी बता रही थी–

बचपन से ही प्रशासनिक नौकरी के प्रति मेरा आकर्षण था, पर मेरे पति को यह पसन्द नहीं था। उन्होंने कई बार मना करते हुए कहा था–

"मैं नौकरी में हूँ फिर तुम्हें नौकरी की क्या आवश्यकता है! मेरे घर में किसी महिला ने आज तक ऐसा नहीं किया है।"

"तो क्या जो मेरी दादी ने किया वहीं तक मुझे भी सीमित रहना चाहिए?" मेरे जवाब से आनन्ददेव तिलमिला उठे थे। उन्हें मनाने की लाख कोशिशें निरर्थक साबित हुई थीं मेरी। इसी बीच सिविल सर्विसेज़ के लिए मैं चुन ली गई थी। बचपन का स्वप्न साकार हुआ तो उसे तोड़ने का साहस मुझमें कतई न था। ट्रेनिंग में जाने से पहले मैंने ज़ल्दी-ज़ल्दी अपनी थीसिस जमा की थी। मन में एक उमंग यह भी थी कि डॉक्टरेट की डिग्री के साथ मैं एस॰ डी॰ एम॰ बनूँ। गौरव एक वर्ष का हो चुका था। मेरी अम्मा उसे अपने पास रखे हुए थीं। मैंने आनन्ददेव से विचार विमर्श किया था–

"जब तक मेरी ट्रेनिंग समाप्त नहीं हो जाती तब तक गौरव को अम्मा के पास ही रहने देते हैं। उसके बाद जहाँ मेरी पोस्टिंग होगी वहीं आप अपना भी

स्थानान्तरण करवा लीजिएगा। फिर गौरव को हम लोग अपने साथ ही रखेंगे।''

''अब इस तरह के ख़्याली पुलाव पकाने से कुछ अर्थ नहीं निकलेगा। सरकारी नौकरी है, किसी दुकान की नौकरी नहीं।''

आनन्ददेव का स्वर कुछ तल्ख हो उठा था। इस अटपटे उत्तर की मुझे कतई उम्मीद न थी। मैंने मनाने का प्रयास किया था परन्तु आनन्देव नही पिघले थे। एक बार मन में आया कुमुद कि नौकरी का मोह त्याग दूँ, पर दूसरे ही क्षण मेरे स्वाभिमान ने मुझसे ऐसा करने को मना किया था। यदि मेरे पति को मेरी पद-प्रतिष्ठा प्रिय नहीं तो क्या मैं आजीवन उनके सामने हाथ फैलाने के लिए अपनी नौकरी छोड़ दूँ?

''यह तो सरासर नादानी थी जीजाजी की।'' कुमुद ने कहा था। सन्ध्या दीदी पुनः बताने लगी थीं—''बोझिल मन से मैं ट्रेनिंग में गई थी। जानती थी मेरी पोस्टिंग या अपने ट्रान्सफर के लिए आनन्ददेव कभी प्रयास नहीं करेंगे और नन्हे गौरव की कोमल भावनाएँ माँ बाप के स्नेह के बिना मुरझा जाएँगी, इसलिए मैंने ही प्रयास करके अपनी पहली पोस्टिंग लखनऊ करवा ली थी। गौरव को अम्मा के यहाँ से ले आई थी। मेरे सरकारी आवास में जाकर रहने के लिए भी आनन्ददेव ने बहुत आना-कानी की थी। कितना बचकाना सा तर्क उन्होंने दिया था—

''इस किराए के फ्लैट में इतने दिनों से रह रहा हूँ इस लिए इसे छोड़ने का मन नहीं है। तुम्हें उचित लगे तो तुम भी यहीं रहो।''

मैंने भी हँसकर पूछा था—''और इतने वर्ष पहले आपने जिसके साथ जीवन बिताने का अग्नि के सम्मुख वचन लिया, वह इस किराए के फ्लैट से भी गया गुजरा हो गया?''

''क्या पत्नी के टुकड़ों पर पलने वाला पति मुझे बनाना चाहती हो?'' आनन्ददेव चीख पड़े थे। मैं भौंचक्की सी उनका मुँह देख रही थी। कब इस तरह की खाई हम दोनों के बीच बन गई इसका एहसास भी न हुआ मुझे? मन की टीस आँसू बन आँखों से बह निकली थी। आनन्ददेव बिना कुछ बोले उठकर दूसरे कमरे में चले गए थे।

रात में सोते समय मैंने उनसे कहा था—''आप यदि नहीं चाहते तो हम लोग इसी फ्लैट में रहेंगे।''

''हूँ।'' कहकर वे करवट बदलकर सो गए थे। न जाने कौन सी कुण्ठा उनके मन में घर करती जा रही थी जो हर पल उन्हें मुझसे दूर किए जा रही थी।

उस दिन गौरव के जन्म दिन पर मैंने डी० एम० साहब और उनके परिवार

को भी आमन्त्रित किया था। हमारे अन्य मित्र भी आए थे। मैंने आनन्ददेव से उन लोगों के पास चलकर बैठने को कहा था।

"मैं ज़रा आराम करना चाह रहा हूँ। तुम जाओ।" उन्होंने बड़ी उपेक्षा से जवाब दिया था।

"लोग क्या सोचेंगे? आप कुछ देर के लिए चले चलिए।" मैंने विनती की थी।

"ओफ, शायद मुझे मरने भी न दोगी चैन से।" कहते हुए वे उठकर ड्राइंगरूम की ओर चल पड़े थे। डबडबा आई अपनी आँखों को पोछते हुए मैं भी पीछे हो ली थी। ड्राइंगरूम में पहुँचकर मैंने आनन्ददेव का परिचय करवाया था–

"ये हैं मेरे पति आनन्ददेव।"

"आप किस डिपार्टमेन्ट में हैं भाई साहब?" डी॰ एम॰ साहब की मिसेज ने पूछ दिया था।

"नगर निगम में एकाउन्टेन्ट।" आनन्ददेव के इस उत्तर के पीछे छिपी कुण्ठा मैंने पढ़ ली थी, परन्तु असहाय थी। बात का रूख बदलने के लिए मैंने सभी को नाश्ते की मेज पर आमन्त्रित किया था। सभी लोग नाश्ते में जुट गए थे। मेरी निगाहें अपने पति को ढूँढ रही थीं। मैंने धीरे से नौकर को बुलाकर पूछा था। नौकर ने जवाब दिया था–

"साहब बाज़ार की ओर गए हैं।"

धीरे-धीरे सभी मेहमान मुझसे विदा लेकर चले गए थे। गौरव सो गया था। मैं ड्राइंगरूम में बैठी आनन्द का इन्तज़ार कर रही थी। रात में ग्यारह बजे के लगभग लड़खड़ाते हुए घर में घुसे थे। पहली बार उन्होंने नशे का सेवन किया था। मेरी आत्मा चीत्कार उठी थी। उनकी मनोदशा मैंने समझने का प्रयास किया था। बढ़कर सहारा देना चाहा तो उन्होंने मुझे ज़ोर से धक्का देते हुए लड़खड़ाती जुबान से कहा था–

"मुझे तुम्हारे सहारे की आवश्यकता नहीं। मैं स्वयं में सक्षम हूँ।"

उनके सो जाने पर मैं चुपचाप उनकी बगल में जाकर लेट गई थी। एक प्यार का सागर उमड़ पड़ा था आनन्द के लिए। मैं नींद में सोए आनन्द का सिर सहलाने लगी थी। सोचा था–"कितनी स्वाभाविक सी है यह बात किसी पुरुष के लिए। पत्नी के सामने वह स्वयं को नीचा नहीं देखना चाहता।"

उस दिन के बाद से मैं जितनी ही उनके करीब होने का प्रयास करती, आनन्द मुझे उतनी ही घृणा से देखते।

उस दिन मैंने शाम को आफिस से आने के बाद अपने कसकर बँधे बालों

के जूड़े को खोलकर बिखरा दिया था और बाहर लान में ही पड़ी आराम कुर्सी पर अधलेटी सी हो गई थी। डूबते सूरज की किरणों से दमक मेरे बाल सुनहरे हो रहे थे। मैं स्वयं ही मुग्ध सी अपने बालों पर धीरे-धीरे हाथ फेरने लगी थी। आनंद कमरे में गौरव को पढ़ा रहे थे। तभी डी॰ एम॰ साहब की गाड़ी गेट के बाहर आकर रुकी थी। अपनी सोचो में गुम मुझे पता भी न चला कि डी॰ एम॰ साहब मेरे पास आकर खड़े हो गए थे।

"क्या बात है। शाम का आनन्द उठा रही हैं सन्ध्या जी?" एकाएक उनकी आवाज़ से मैं चौंक कर खड़ी हो गई थी।

"अरे सर आप?" मैं संयत नहीं हो पा रही थी।

"इधर से गुज़र रहा था तो सोचा आपके यहाँ से चाय पीता चलूँ।"

"अवश्य सर।" मैंने चपरासी को आवाज़ दी थी। कुर्सी आगे बढ़ाते हुए उन्हें बैठने के लिए कहा था। हमारे ही बैच के आई.ए.एस. होने के कारण डी॰ एम॰ साहब हम लोगों से बहुत मित्रवत व्यवहार करते थे। कभी-कभी उनके खुलेपन से मैं भयभीत हो जाती थी पर बास होने के नाते चुप रहती। आनन्द के स्वभाव में आए परिवर्तन के कारण मैं कुछ ज़्यादा ही सजग रहती थी।

"आपके बाल इतने लम्बे हैं और आप इन्हें हमेशा लपेटे रहती हैं।" डी॰ एम॰ साहब ने एक निश्छल मुस्कान से साथ प्रशंसा की थी। मैं हँस पड़ी थी। तभी मेरी निगाह बरामदे में खड़े आनन्द पर पड़ी थी। मेरा चेहरा सफेद पड़ गया था। मैंने जल्दी से अपने बालों को लपेटते हुए कहा था–

"मैं चाय ले लाऊँ सर।"

"आप बैठिए तो सही चपरासी ले आएगा न।" मैं विवशता में बैठ गई थी। मुझे डी॰ एम॰ साहब की बातें जैसे सुनाई नहीं पड़ रही थीं। आनन्द की ओर डी॰ एम॰ साहब की पीठ थी इसीलिए वे उन्हें नहीं देख पा रहे थे। आनन्द के चेहरे पर एक घृणा का सैलाब उमड़ते मैंने देखा था। वे अन्दर कमरे में चले गए थे।

डी॰ एम॰ साहब के चले जाने के बाद मैं एक अपराधी की तरह आनन्द के पास गई थी, पर मेरी ओर बिना देखे ही वे बाहर चले गए थे। प्रतिदिन की तरह उस दिन भी वे शराब पीकर काफी रात गुजरने पर लौटे थे। हमेशा की तरह ही हम दोनों किसी अजनबी की तरह एक छत के नीचे सोए थे।

कुमुद ने देखा था, सन्ध्या दीदी की आँखें शून्य में कुछ तलाशने का प्रयास कर रही थीं। शायद अन्दर उठते तूफान को रोकने के प्रयास में वे कुछ देर के लिए मौन हो गई थीं। कुमुद ने उनके हाथ पर अपना हाथ सहानुभूतिपूर्वक रखते

हुए कहा था—

"दीदी इतने दिनों का जमा गुबार निकल जाने दीजिए। सब कुछ कह डालिए मुझसे। मन हल्का हो जाएगा। नारी की अन्तर्वेदना समझ पाना सभी के वश की बात नहीं। नारी अक्षम हो तो व्यथा, वह सक्षम हो तो व्यथा। बस प्रकार में अन्तर हो जाता है। न जाने किस परीक्षा के दौर से गुजर रही है नारी इस समय?"

सन्ध्या दीदी अपनी सोचों में डूबी मानों चित्रलिखित सी अपना अतीत कुमुद के सामने रखती चली जा रही थीं—

उस दिन रात में मैं सोई थी परन्तु मि॰ आनन्ददेव ने सोने का बहाना कर रखा था। उन्हें अपनी घृणा को एक घृणित अन्जाम देना था। सुबह मैं सो कर जब उठी थी तो मेरे लम्बे बाल बिस्तर पर ही छितराए रह गए थे। मैं घबराकर ड्रेसिंग टेबुल के सामने खड़ी हो गई थी। अपना ही चेहरा देख मैं चीत्कार कर उठी थी। शायद किसी आत्मीय की मृत्यु पर भी हृदय इतना हाहाकार न करता। मेरे लम्बे घने बालों को बड़ी बेदर्दी से आड़ा बेड़ा करके जड़ों से काटा गया था। एक तरफ करवट रहने से उसके नीचे दबे थोड़े से बाल उसी तरह छूट गए थे। मैं घुटने में मुँह छिपा रो पड़ी थी। गौरव भी जागकर आश्चर्य से मुझे देख रहा था। आनन्द का कहीं अता पता नहीं था। मैंने शर्म से अपना सिर आँचल से ढक लिया था। एकाएक बुद्धि भावुकता पर हावी हुई थी। मैंने कैंची लेकर अपने शेष बालों को भी काट कर छोटा कर दिया था और गौरव को समझाकर स्वयं गाड़ी ड्राइव कर ब्यूटी पार्लर गई थी। तबसे मैंने बालों को बढ़ने नहीं दिया कुमुद।"

सन्ध्या दीदी सिसक पड़ी थी। कुमुद के अन्दर एक आक्रोश सा भड़क उठा था—

"आपने आनन्ददेव से नहीं पूछा दीदी?"

"पूछा था कुमुद और पहली बार अपने क्रोध की चरम सीमा के साथ, पर उनका जवाब सुनकर मन और भी दुखी हो उठा था।" उन्होंने कहा था—

"तुम अपने रूप का लाभ उठाना चाह रही हो तो मैं तुम्हें इससे भी विकृत कर दूँगा। बहुत घमण्ड था न बालों का तुम्हें?"

कुछ देर के लिए कुमुद और सन्ध्या दोनों ही अपने-अपने ख़्यालों में गुम हो गई थीं। कुमुद ने ही बात शुरू की थी—

"दीदी इस तरह से कुण्ठाग्रस्त लोग मनोरोगी होते हैं। आपने जीजाजी

का इलाज... ।''

कुमुद की बात सन्ध्या ने बीच में ही काट दी थी–

''सब किया था कुमुद! डॉक्टर को दिखाना चाहती थी पर वे बिफर पड़े थे। उनके बारे में सब बातें बताकर मैं डॉक्टर से दवा ले आई थी। मैंने गिलास का पानी और दवा देते हुए उन्हें समझाने का प्रयास किया था–

'ये दवा लीजिए। डॉक्टर ने कहा है आपको तनाव है। इससे ठीक हो जाएगा।'' मेरे हाथ पर झपट्टा सा मारते हुए आनन्ददेव ने दवा अपने हाथ में ले ली थी और ज़ोर से चिल्लाते हुए कहा था–

''तुम मुझे ज़हर देना चाहती हो ताकि तुम्हारे रास्ते का काँटा हमेशा के लिए समाप्त हो जाए।''

मैं हतप्रभ सी पानी का गिलास लिए खड़ी थी और आनन्ददेव बाहर की ओर मुँह किए ज़ोर-ज़ोर से चिल्ला रहे थे–

''अरे देख रहे हैं न आप लोग, इसने मुझे मार डालने की योजना बना डाली थी।''

कुछ पास पड़ोस के स्त्री पुरुष जुट गए थे तमाशा देखने के लिए। मैं अपमानित सी कुछ देर आनन्द को संयत करने का प्रयास करती रही। फिर अन्दर कमरे में जाकर फूट-फूट कर रोने लगी थी।

मैंने उसी दिन अपने ट्रान्सफर के लिए आवेदन पत्र दिया था। गौरव को साथ नहीं रख सकती थी क्योंकि इस वातावरण का प्रभाव मैं उसके कोमल मस्तिष्क पर नहीं डालना चाहती थी। उसे सैनिक स्कूल में भर्ती कर मैं इस ज़िले में स्थानान्तरित हो चली आई थी।''

सन्ध्या दीदी की आँखें वीरान सी लग रही थी। कुमुद ने पूछा था–

''जीजा जी का कुछ समाचार मिला?''

''हाँ वे मेन्टल हॉस्पीटल में भर्ती हैं। छुट्टियों में मैं वहाँ अक्सर जाती हूँ। अब नौकरी करना मेरी विवशता है क्योंकि उनका इलाज और गौरव की पढ़ाई सब मेरे ऊपर है।'' सन्ध्या दीदी खामोश हो गई थी। कुमुद भी किंकर्त्तव्यविमूढ़ उन्हें देखे जा रही थी।

चिटके आकाश का सूरज

संयम और साहस की अद्भुत समन्वय थी जीरा। लगभग पच्चीस-छब्बीस वर्ष की श्याम वर्णा स्वस्थ और ठिगनी देहयष्टि की स्वामिनी जीरा को देखने पर बबूल के कुन्दे का भान होता था। उसकी निर्विकार और सहज जीवन शैली को देखते हुए कुछ लोग उसे कुन्द बुद्धि भी कहते थे, परन्तु मैं जीरा के साहस और धैर्य से इतना प्रभावित थी कि उसे आकाश की उपमा से सम्बोन्धित करती। जीरा के लिए वह सम्बोधन भी शायद पूर्ण नहीं था क्योंकि आकाश तो शून्य है। उसमें कोई भाव या संवेदना नहीं है, अतः किसी परिस्थिति के चलते उसके विचलित होने की भी सम्भावना नहीं, परन्तु जीरा मानवीय भावों और संवेदनाओं के साथ निर्विकार और अविचलित थी।

उस छोटे से कस्बे में अशिक्षा को देखते हुए ही मैंने एक विद्यालय खोलने का निश्चय किया था। अध्यापिकाओं और चपरासियों का चयन हो जाने के बाद विद्यालय का भवन बनाने वाला बूढ़ा मिस्त्री केदार जीरा को लेकर मेरे पास पहुँचा था। जीरा मेरी ओर तटस्थ भाव से देखते हुए खड़ी थी। केदार ने बताया कि बगल के गाँव में ही इसका मायका है। माँ बूढ़ी है। दो भाई हैं, शराबी। भाभियाँ इसे फूटी आँख नहीं देखना चाहतीं। फिर आज के इस मँहगी के युग में वे भी क्या करें? अपना पेट पालें या ननद और उसके परिवार का। फिर एक दिन की बात तो है नहीं। पूरी ज़िन्दगी पड़ी है। सो बहिन जी मैं इसे आपके पास ले आया। इसकी माँ ने मुझसे रो रोकर बिनती की है कि इसका भी कोई ठौर लगा दो।

एक साँस में केदार ने जीरा के बारे में सब कुछ बताने की चेष्ट की थी। मैंने जीरा की ओर मुखातिब होते हुए पूछा था—

"तुम्हारे आदमी क्या करते हैं?"

"वो तो कब के गुजर गए। जब हमारी नन्हकी सवा महीना की थी। इस समय उसे चइत के एकादशी से तीसरा लगा है।" जीरा ने मुझे समझाने का प्रयास किया था। मैंने पुनः उससे प्रश्न किया था–

"इस समय तुम्हारी उम्र क्या है? रजिस्टर में भरना पड़ेगा न।"

जीरा कुछ देर सोचती रही थी और फिर मुझे समझाना शुरू किया था–

"इग्यरहवाँ में हमारा विवाह हुआ था, उसके तीसरे में गवना गया। उसके दो साल में चार महिन्ना बाकी था तभी हमार बड़ा बेटा पैदा हुआ था। इस समय उसको बारहवाँ लगा है। अरे बहिनजी, हम आज के हैं? अब तो उमिर नगचा गई।" कहते हुए जीरा के होठों पर एक सहज मुस्कान तिर आई थी।

मैं उसकी कुन्दता पर कुछ खिझला गई थी, परन्तु जीरा की निश्छल आँखों की उत्सुकता देख मैं अपनी झुँझलाहट भूल मुस्कुरा पड़ी थी। जीरा को मैंने काम समझा दिया था। विद्यालय खुलने से पहले ही कमरों की सफाई हो जानी चाहिए। शिकायत का मौका नहीं मिलेगा, का आश्वासन देती जीरा मेरे पैरों में झुक गई थी। मैंने झट पैर खींचते हुए समझाया था।

"प्रणाम उस ईश्वर को करना चाहिए।"

"हमारे लिए तो आपै भगवान हैं।" कहते हुए जीरा दूसरे दिन सुबह ही आने का वादा कर चली गई थी।

दूसरे दिन मुँह अन्धेरे ही दरवाज़े पर दस्तक सुनकर मैंने आँखें खोली थीं। घड़ी देखा तो भोर से चार बज रहे थे। बाहर कुछ भी साफ दिखाई नहीं दे रहा था। मैंने खिड़की में से पूछा तो पता चला जीरा है। विद्यालय भवन में ही एक ओर मेरा आवास भी था। मुख्य द्वार की चाबी मैं अपने ही पास रखती थी। मैंने उठकर गेट खोला।

"इतने अन्धेरे में ही क्यों आ गई जीरा?" मैंने अलसाए स्वर में पूछा था। घड़ी ने होने के कारण समय का पता न चल पाने का जीरा का उत्तर सुनकर मेरा मन द्रवित हो उठा था। मन ही मन एक भय भी उत्पन्न हुआ कि कहीं इतनी दूर से इस अन्धेरे में ही चल देने वाली जवान जीरा के साथ कोई दुर्घटना न हो जाए। मैंने समझाया था।

"कुछ और देर करके चला करो जीरा। अन्धेरे में कहीं कोई...।" मेरी बात को बीच में ही काटते हुए जीरा बोली थी–

"डिवटी करने निकले हैं बहिनजी चोरी नहीं कि डर लगेगा। फिर इस पन में अब किसका डर?" मैं झुँझला पड़ी थी उसके तर्क पर। बात-बात में जीरा

अपनी प्रौढ़ावस्था का विश्वास दिलाती। शायद वह इस तरह स्वयं को भ्रमित करने का प्रयास करती थी। मेरे मना करने पर भी जीरा अपने नियत समय से ही आकर सफाई कर लेती थी। प्रातः कालीन विद्यालय होने के कारण जहाँ जीरा का यह कार्य सराहनीय था वहीं अन्य चतुर्थ श्रेणी के कर्मचारियों के लिए एक मुसीबत। उस दिन सफाई कार्य पूरा कर लेने के पश्चात जीरा आकर मेरे पास खड़ी हो गई थी। मैंने उसकी ओर ध्यान से देखा था। मुस्कुराते हुए जीरा कुछ देर मेरी ओर देखती रही थी और फिर हुलसते हुए बोली थी–

"इस समय तो हम ये ही टेम से आएँगी बहिन जी लेकिन भादों महिन्ना में तनी देर हो जाएगा"। मैंने कुछ रूखाई से कारण पूछा था। जीरा के चेहरे पर उत्साह और उम्मीद का एक सागर सा लहरा उठा था। कल्पना में डूबते हुए उसने उत्तर दिया था–

"अधिया पर एक बिस्सा नेनुआ बोई हूँ। भादों तक उसमें फल आ जाएगा तो तोड़ने में तनी अबेर हो जाएगा। सोचते हैं बेचकर बच्चों को कपड़ा बनवा देंगे।"

उसकी आस्था और विश्वास पर मैं कुछ देर के लिए किंकर्तव्यविमूढ़ सी देखती रही थी। जीरा के बारे में मेरी रुचि कुछ बढ़ गई थी। मैंने उसे पास बिठाकर उसके बारे में बहुत कुछ जानना चाहा था। जीरा ने अपने उसी सहज और निर्विकार भाव से सब कुछ बताया था कि किस तरह उसके पति उसकी ससुराल से दूर शहर में घर बनाने वाले मिस्त्री का कार्य करते थे। एक दिन दोपहर में लू लग जाने के कारण तुरन्त गिरे और गुजर गए। उसी दिन वे घर आने वाले थे क्योंकि मालिक से उन्होंने बताया था कि परिवार की याद आ रही है, मजदूरी मिल जाए तो कुछ सर-सामान लेकर घर हो जाएँ। जीरा ने पुनः बताया था कि घर वो तो नहीं आए उनका शरीर आया था। लुँगी के कोने में पाँच सौ रुपया गठियाये थे। उसी से उनका काम-किरिया हुआ। ससुराल में पहले ही तँगी थी। दो-दो दिन तक चूल्हा ही नहीं जलता था क्योंकि दोनों देवर जो थोड़ा बहुत कमाते थे उसे अपने पास ही रखते थे। बड़े भाई की मजदूरी से पूरा घर चलता था। उनके गुजर जाने पर उनके परिवार का बोझ कोई लेने को तैयार न था। हार कर जीरा बच्चों को लेकर मायके आ गई थी, परन्तु भाई भौजाइयों ने भी दीर्घकालीन जिम्मेदारी के डर से मुँह फेर लिया था। अतः वह पड़ोस के ही एक मध्यमवर्गीय परिवार के खेत में मड़ई डाल कर उनकी खेती का काम देखने लगी थी। मेरे पूछने पर जीरा ने सकुचाते हुए बताया कि अभी उसके पास बर्तन नहीं है।

कभी-कभी अपने खेत की मालकिन से तवा माँगकर रोटी सेंक लेती है। मेरा मन कराह उठा था। इतनी विडम्बनाएँ और इतनी तटस्थता? पूरा प्रकरण बताने में एक बार भी जीरा के चेहरे पर मलिनता या अवसाद की कोई रेखा नहीं दिखाई दी थी। मैंने पर्स में से सौ का नोट उसे पकड़ाया था और तवा, बेलन, चौका तथा आटा वगैरह खरीदने का निर्देश दिया था। बहुत इनकार के बाद अपने वेतन के एडवान्स के रूप में जीरा ने उसे स्वीकार कर लिया था।

दूसरे दिन जीरा अपनी ड्यूटी पर आई थी। कुछ ही देर बाद एक वृद्ध महिला मेरे पास पहुँची थी और स्वयं को जीरा की माँ बताते हुए मेरी कुर्सी के पास ज़मीन पर बैठ गई थी। जीरा ने माँ को आते देखा तो कौतूहल वश वह भी आकर खड़ी हो गई थी। वृद्धा ने हाथ जोड़ते हुए मुझसे जीरा को समझाने के लिए कहा था।

"बहिनजी, ये आपका बहुत गुणगान करती है। इसको समझाएँ कि अपनी जिन्दगी फिर से सँवार ले।"

जीरा कुछ उखड़ गई थी माँ पर। बिगड़ते हुए ही उसने कहा था—

"तुम्हारे ऊपर भार नहीं हैं न हम। फिर अपनी इस उमिर में हम अब क्या सोचें।" और फिर उसने मुझसे बताना शुरू किया था कि किस तरह एक बार गर्मी के दिन में वह अपनी ससुराल में बाहर पेड़ के नीचे अपनी छोटी बच्ची को लिए सो रही थी। रात में शहर से उसके पति वापस आए थे, लेकिन उसे पता न चला था। किसी ने उसके पैर के अँगूठे को पकड़ कर खींचा था और उसने नींद में चौंकते हुए एक साँस में कई गलियाँ दे डाली थी। तब उसके पति ने बताया था कि कोई और नहीं बल्कि उन्होंने ही उसके चरित्र की परीक्षा लेने के लिए ऐसा किया था। जीरा ने दुखी होते हुए फिर ऐसी परीक्षा न लेने के लिए कहा था क्योंकि इस तरह गालियों का प्रभाव उन्हीं पर तो पड़ा।

बताते बताते जीरा शून्य में कुछ देखने लगी थी। मैंने उसकी ओर देखा था, परन्तु उसकी आँखों में ज़रा भी नमी नहीं थी। चेहरा उसी तरह सहज़ और तटस्थ। मैंने मन ही मन सोचा था, सचमुच यह आकाश है, अविचल और निर्विकार।

तभी उसकी माँ ने पुनः मुझसे सामने बरामदे की दीवाल प्लास्टर करते अधेड़ मिस्त्री की ओर इशारा करते हुए बताया था कि उसके दो बच्चे हैं। पत्नी को टिटनेस हुआ था। बहुत दवा करने पर भी नहीं बची। मिस्त्री ने स्वयं जीरा की माँ से आकर बात की थी कि वह जीरा को उसके बच्चों के साथ स्वीकार

करने को तैयार है। उसके अपने भी बच्चों को माँ मिल जाएगी। जीरा की माँ ने मुझसे हामी भरवानी चाही थी–

"क्या बुरा है बहिनजी?"

मेरे कुछ उत्तर देने से पहले ही जीरा उठकर पीरियड की घण्टी बजाने चली गई थी। मैंने मन ही मन सोचा था, सचमुच इसमें बुराई ही क्या है? पहाड़ सी ज़िन्दगी किसी का साथ पाकर शायद घिसटने से बच जाएगी। स्वयं को बुजुर्ग समझ लेने से उम्र बढ़ तो नहीं जाएगी, पर जीरा को समझा पाना मुश्किल था।

दिन बीत रहे थे। जीरा नियमित रूप से अपनी ड्यूटी और घर की ज़िम्मेदारियाँ सँभाल रही थी। उस दिन आई तो मैंने यूँ ही पूछ लिया था–

"रात में क्या बनाई थी जीरा?" वह हँस पड़ी थी। हँसते हुए ही उसने बताया था कि रात में उसकी दस वर्षीय लड़की ने रोटी सेंकी थी। बाहर छोटी बच्ची को सुलाते-सुलाते वह स्वयं भी झपकी लेने लगी थी। लड़की रोटी खुली छोड़ कर मड़ई के बाहर हाथ धोने चली गई थी। कुत्ता आया था और पूरी रोटी खा गया था। उसने बेटी को बहुत मारा था और सभी लोग भूखे ही सो गए थे।

मैंने जीरा को कुछ बिस्कुट खाने को दिये और आँगन की सफाई करने को कहा था, क्योंकि रात में बेसिन के ऊपर टँगा आईना गिर कर दो तीन टुकड़े हो गया था। किरचों के चुभने का डर था।

मैं कुछ लिखने में व्यक्त थी तभी चुपचाप जीरा आकर मेरे पास खड़ी हो गई थी। मैंने उसकी ओर देखा था। उसके चेहरे पर एक अप्रत्याशित उदासी और तड़प दिखाई पड़ी थी। मैंने उससे पूछा था–

"क्या बात है जीरा? एकाएक तुम उदास हो गई?"

जीरा ने बताया था–

"शीशा का टुकड़ा फेंकने गई थी तो अपना चेहरा उसमें दिखाई पड़ गया था। नन्हकी के बाबू के गुजरने के बाद से आज तक सीसा नहीं देखा था।" जीरा कुछ देर के लिए चुप हो गई थी, फिर हताशा भरे स्वर में बोली थी–

"अभी बड़ी उमिर बाकी है बहिनजी।" कहते-कहते पहली बार जीरा की आँखें छलछला आई थीं। बहुत उदास आँखों से उसने सामने की ओर देखा था। सामने वही मिस्त्री दरवाज़े की चौखट बना रहा था। कहीं से सूरज की एक नन्हीं किरण आकर जीरा के ललाट को स्पर्श कर गई थी।

सुभद्रा का चक्रव्यूह

नीहारिका को धीरे-धीरे होश आ रहा था परन्तु एनेस्थिसिया के प्रभाव के कारण वह अपनी आँखें नहीं खोल पा रही थी। उसके पति सिद्धार्थ उसे नर्स की सहायता से स्ट्रेचर से उतारकर बेड पर लिटा रहे थे। उन दोनों की आवाज़ जैसे कुएँ में से आ रही थी। नीहारिका को महसूस हुआ था जैसे उसकी अँतड़ियाँ उलट-पुलट रही हैं और एक विचित्र सी गन्ध उसके पूरे मस्तिष्क को अपने घेरे में ली हुई हैं। उसे उबकाई महसूस हुई थी, पर निर्जीव से हाथ पैर बैड पर पड़े थे। उसके मुँह से झाग मिश्रित लार निकली थी। सिद्धार्थ ने झपटकर उसे तौलिए से पोंछ दिया था। नीहारिका ने धीरे से आँखें खोल दी थीं। सिद्धार्थ उसके बेड पर बैठे उसका सिर सहला रहे थे। उनकी आँखों से अथाह स्नेह छलक पड़ रहा था। उन्होंने कमरे में इधर-उधर नज़र दौड़ाई थी। नर्स पीछे मुँह किए नीहारिका का पर्चा देखने में व्यस्त थी। सिद्धार्थ ने झट झुककर नीहारिका के गालों को चूम लिया था और मुस्कुराने का प्रयास करते हुए बोले थे–

"अब कैसा महसूस कर रही हो निक्की? चिन्ता मत करो। सब ठीक हो जाएगा।" कहते सिद्धार्थ ने नीहारिका का हाथ अपनी दोनों हथेलियों में छिपा लिया था।

नीहारिका ने आँखें बन्द कर ली थीं। उसे अभी भी चक्कर आ रहा था। वह सिद्धार्थ की ओर चाहकर भी नहीं देख पा रही थी।

डाक्टर निशि ने कमरे में प्रवेश करते हुए पूछा था–

"कैसी हो निक्की अब?"

नीहारिका ने आँखें खोल दी थीं। डाक्टर निशि की ओर देखते हुए उसे संकोच हो रहा था। बिना उत्तर दिए उसने पुनः आँखें बन्द कर ली थीं।

"तीन चार घण्टे बाद इसे आप घर ले जा सकते हैं मिस्टर सिद्धार्थ।"

डाक्टर ने मुस्कुराते हुए सिद्धार्थ से कहा था और निहारिका का माथा थपथपाते हुए चली गई थी।

"आँखें खोलो निक्की! चाय पिओगी?"

सिद्धार्थ ने नीहारिका को कम्बल ठीक से ओढ़ाते हुए पूछा था।

"नहीं।" संक्षिप्त सा उत्तर दिया था उसने।

"क्या सोच रही हो निक्की? कुछ दर्द हो रहा है? सिद्धार्थ बेचैन हो उठे थे। नीहारिका ने कुछ लड़खड़ाती जुबान से बताना शुरू किया था।

"सिद्धार्थ एक विचित्र सा अनुभव हो रहा था होश में आने से पहले। लग रहा था जैसे चारों ओर आसमान पिघल-पिघल कर फैल गया हो। उसके अतिरिक्त कहीं कुछ भी न था। बस एक नन्हे बिन्दु सी कोई चीज़ चारों ओर मँडरा रही थी पर उसे कोई आश्रय नहीं मिल पा रहा था। मुझे बस इतना भर एहसास हो रहा था कि वह बिन्दु मैं थी। ओफ...सिद्धार्थ...विचित्र सी थी वह बेचैनी।" कहते हुए नीहारिका ने सामने दीवार की ओर देखा था। होंठो पर उँगली रख चुप रहने का इशारा करते हुए एक नन्हे बच्चे का पोस्टर वहाँ चिपका था। नीहारिका ने घबड़ाकर आँखें बन्द कर ली थीं। उसका एबार्शन हो चुका था। आँखें बन्द किए किए ही उसने अपना पेट धीरे से सहलाया था और मातृत्व का वह अल्प समय उसकी पलकों के अन्दर घूम गया था।

उसके विवाह को अभी मात्र छः महीने ही हुए थे। सिद्धार्थ ने उसे पहली बार खेल के मैदान में देखा था। वह अथलीट थी। मंडलीय खेल स्पर्धा में अपने ज़िले का प्रतिनिधित्व करने आई थी। सिद्धार्थ आकाशवाणी की ओर से खेल का आँखों देखा हाल की कमेन्ट्री करने के लिए उपस्थित थे।

साँवली सलोनी, सुकुमार सी दिखने वाली नीहारिका दौड़ में प्रथम आएगी इसका किसी को अनुमान भी न था। सिद्धार्थ ने अपनी कमेन्ट्री में जी खोल कर उसकी प्रशंसा की थी।

खेल समाप्त होने के पश्चात सिद्धार्थ ने सबसे पहले मैदान में आकर उसे बधाई दी थी। अपने जूतों के फीते बाँधते हुए नीहारिका ने कनखियों से सिद्धार्थ की ओर देखा था। पास ही खड़े लम्बे और स्वस्थ देहयष्टि वाले सिद्धार्थ की उनींदी आँखों में बच्चों सी निर्मलता थी। नीहारिका ने अपना लाल रंग का कोट पहनते हुए सिद्धार्थ से उनका परिचय पूछा था। आवाज़ की दुनिया के एक महत्वपूर्ण हिस्सा सिद्धार्थ से बधाई पा वह निहाल हो उठी थी। सिद्धार्थ ने

उसका पता जानने की इच्छा ज़ाहिर की थी। उसने अपने घर का पता लिख कर दे दिया था।

कुछ ही दिनों के बाद सिद्धार्थ के माता पिता उसके घर आए थे और नीहारिका का हाथ अपने बेटे के लिए माँगा था। बेटी के विवाह के नाम पर अत्यन्त कठोर नियमों शर्तों वाले इस युग में इस तरह का प्रस्ताव वास्तव में किसी चमत्कार से कम न था। नीहारिका के मम्मी पापा तुरन्त तैयार हो गए थे। नीहारिका को अपने कैरियर के व्यवधान की आंशका हुई थी पर मम्मी ने समझा दिया था कि इतने सुसभ्य परिवार में सौभाग्य से जा रही हो। बहुत से लोग विवाह के बाद भी कितनी उन्नति करते हैं। वहाँ भी तुम अपनी प्रैक्टिस जारी रख सकती हो।

सचमुच विवाह के बाद नीहारिका को महसूस हुआ था जैसे वह चौबीस घण्टे प्यार के हिंडोले में झूल रही है। सिद्धार्थ उसे एक पल भी आँखों से दूर नहीं रखना चाहते थे। आफिस में जाते तो हर आधे घण्टे बाद उनका टेलीफोन आ जाता। नीहारिका को प्रतिदिन सुबह स्टेडियम में ले जाकर प्रैक्टिस करवाना और फिर साथ-साथ जॉगिंग करते लौटना उनकी आदत बन गई थी। मुहल्ले वाले उन्हें कला और खेल की जोड़ी कहते। नीहारिका बहुत तन्मयता से अपनी प्रैक्टिस कर रही थी क्योंकि उसे उत्तर प्रदेश का प्रतिनिधित्व करने का अवसर मिला था और इसमें सफलता का अर्थ था कि वह राष्ट्रीय स्तर का प्रतिनिधित्व करने के लिए भी अवसर पा जाती। इसीलिए वह जी जान से अपनी प्रैक्टिस कर ध्यान दे रही थी, परन्तु उसने इस बात को सिद्धार्थ को नहीं बताया था क्योंकि वह उन्हें अवसर नज़दीक आ जाने पर बताकर सरप्राइज देना चाहती थी। डॉ॰ निशि ही केवल यह राज जानती थी। डॉ॰ निशि नीहारिका की अन्तरंग मित्र थी।

उस दिन स्टेडियम में प्रैक्टिस करते समय एकाएक उसे चक्कर सा आया था और वह सिद्धार्थ को पकड़कर बैठ गई थी। सिद्धार्थ तुरन्त रिक्शे से उसे पास के लेडी डॉक्टर के पास ले गए थे। डॉक्टर ने उसे बधाई देते हुए प्रैक्टिस न करने की सलाह दी थी। नीहारिका को महसूस हुआ था जैसे उसके सपनों का महल भरभराकर उसके सामने गिर पड़ा हो। किसी तरह स्वयं को संयत रखते हुए वह घर आई थी और आते ही बिस्तर पर गिरकर फूट फूटकर रोने लगी थी। सिद्धार्थ को कुछ आश्चर्य हुआ था परन्तु वे उसकी मनःस्थिति पढ़ने की

कोशिश कर रहे थे। उन्होंने नीहारिका को उठाकर धीरे से अपनी गोद में लिया था और स्नेह से बोले थे–

"निक्की, मैं मानता हूँ तुम्हारा कैरियर बाधित हो रहा है। मुझे भी इसका दुःख है, पर कुछ महीने की बात है। एक नन्हा फूल हमारे बीच आ जाए बस उसके बाद... ।" कहते हुए सिद्धार्थ ने हँसकर अपने दोनों कान पकड़ लिए थे। नीहारिका को भी हँसी आ गई थी, पर अगले ही पल वह फिर खामोश हो गई थी।

"चलो, अब घर चलें निक्की।"

सिद्धार्थ की आवाज़ सुन नीहारिका के सोचों का ताना बाना टूट गया था। वह वर्तमान में लौट आई थी। उसने पुनः अपना पेट स्पर्श किया था। एक शून्य सा अन्तर में भर उठा था। वह कराह उठी थी।

घर पहुँचकर सिद्धार्थ ने गावतकिए के सहारे उसे लिटा दिया था और स्वयं उसके लिए चाय बनाने किचने में चले गए थे। सिद्धार्थ का निश्छल स्नेह देख नीहारिका का मन भर गया था। उसकी आत्मा कचोट उठी थी। बेड के ठीक सामने दीवार पर हाथ में बैट पकड़े गोल मटोल बच्चे की तस्वीर टँगी थी। नीहारिका ने ध्यान से तस्वीर की ओर देखा था।

कितने प्रसन्न थे सिद्धार्थ पिता बनने की खुशी में। इस बच्चे का पोस्टर सामने टाँगते हुए उन्होंने कहा था–

"निक्की, इसे रोज सुबह उठते ही देखा करो ताकि हमारा नन्हा भी ऐसा ही हो। उसकी माँ एथलीट है तो वह भी क्रिकेट चैम्पियन बनेगा। आख़िर मेरा बेटा है।"

नीहारिका ने पूछा था–

"आप बहुत प्रसन्न हैं?"

"हाँ। और तुम भी प्रसन्न रहा करो। इससे बच्चे पर अच्छा प्रभाव पड़ेगा।"

सिद्धार्थ की प्रसन्नता छलकी पड़ रही थी।

एक दिन आफिस से लौटते समय सिद्धार्थ ढेर सारी खेल सम्बन्धी पत्रिकाएँ खरीद लाए थे। घर में पहुँचते ही उन्होंने निक्की को आवाज़ लगाई थी–

"लेटे-लेटे इन पत्रिकाओं को पढ़ा करो। अभिमन्यु की तरह मेरा बेटा भी खेल में निपुण होकर बाहर आएगा।"

धीरे-धीरे नीहारिका को तीसरा महीना पूरा हो रहा था। अन्तर्प्रान्तीय प्रतियोगिता का समय भी बिल्कुल नजदीक आ गया था।

उसके बारे में सोच सोचकर वह उद्विग्न हो उठती। इतना अच्छा अवसर उसके हाथ से निकला जा रहा था और वह विवश थी। कभी-कभी उसे अपने ऊपर ही क्षोभ होता। क्यों नहीं उसने विवाह से नन्कार कर दिया उस समय। बुलन्दियों पर पहुँचने के बाद तो अच्छे से अच्छा व्यक्ति भी उसका हाथ थामने में गर्व महसूस करता।

उस दिन पत्रिका में एक लेख पढ़ वह सीधे अपनी दोस्त डाक्टर निशि के यहाँ पहुँची थी। सिद्धार्थ आफिस गए थे। नीहारिका ने डा॰ निशि से पूछा था–

"निशि, क्या यह सच है कि गर्भावस्था के प्रारम्भिक महीनों में हार्मोनल परिवर्तन के कारण महिलाओं की कार्य क्षमता और स्फूर्ति अधिक हो जाती है?"

"हाँ यह सत्य है।" निशि ने बताया था।

"निशि, तुम मेरे कैरियर की ख़ातिर एक झूठ बोल सकोगी?" नीहारिका ने बेचैनी से पूछा था।

"बोल तो सही क्या है?" निशि ने वाश बेसिन में हाथ धोते हुए पूछा था। "देख निशि तू तो जानती है मैं अपने कैरियर से भी उतना ही मोह रखती हूँ जितना सिद्धार्थ को हृदय से चाहती हूँ और सिद्धार्थ को मैं अपनी किसी बात से दुःखी नहीं करना चाहती।" नीहारिका बोलते-बोलते चुप हो गई थी। निशि ने उसका आशय समझ लिया था। कुछ परेशान सी हो उठी थी डाक्टर निशि। बहुत गम्भीरता से उसने कहा था–

"निक्की, डाक्टर होने का मतलब निर्मम और संवेदन शून्य होना नहीं होता। तुम्हारे स्वस्थ गर्भ को विकलांग होने का झूठ बोल एबॉर्शन करवाने की सलाह देने के लिए मेरी आत्मा तो गवाही नहीं देती।"

"पर निशि, यदि यह अवसर मेरे हाथ से निकल गया तो मेरा भविष्य अन्धेरे के गर्भ में समा जाएगा। उसे बचा लो निशि। मेरी गोद तो उसके बाद भी हरी हो जाएगी।" नीहारिका आशान्वित नज़रों से निशि की ओर देख रही थी। निशि ने कुछ संजीदगी से कहा था–

"हम डाक्टरों की ज़िन्दगी भी क्या है? कर्तव्य का नैतिक जामा पहना कितने अनैतिक कार्य यही हमारे हाथ करते हैं। कितनी ज़िन्दगियाँ प्रकाश में आने से पहले समाप्त कर दी जाती हैं इन्हीं हाथों द्वारा। कभी भ्रूण परीक्षण में कन्या होने पर तो कभी सम्पन्न परिवारों के पुरुषों के मनोरंजन के परिणाम। कभी अज्ञानता वश कोख में आ जाने वाले अनिच्छित सन्तान को तो कभी नाजायज़

सन्तानों का अस्तित्व मिटाते रहते हैं हमारे हाथ। इन हाथों के लिए हथकड़ी नहीं बनी शायद इसीलिए इतना दुस्साहस आ सका है, पर सच मानो, निक्की, हमारी अन्तरात्मा हमें दण्ड देती है। मन होता है चीखकर कहूँ कि क्यों नहीं लोग इस सम्बन्ध में भी योजनाबद्ध तरीके से जीते हैं। पहले से क्यों नहीं सावधान रहते?'' कहते-कहते डाक्टर निशि भावुक हो उठी थी। नीहारिका के कन्धों पर हाथ रखते हुए उसने आश्वाँसन देते हुए कहा था।

''तेरे कैरियर की ख़ातिर मैं झूठ बोल दूँगी निक्की...।''

''लो चाय पियो निक्की। इतना गुमसुम क्यों हो?'' सिद्धार्थ चाय लेकर बेड के पास खड़े थे। निक्की चौंक पड़ी थी। लगा था उसकी चोरी पकड़ी गई। उसने हँसने का प्रयास किया था पर हँस नहीं पाई थी। सिद्धार्थ अपना कप लेकर उसके पास ही बैठे गए थे। उसकी हथेली को अपने हाथों से सहलाते हुए सिद्धार्थ ने कहा था–

''सोचता हूँ, तुम जल्दी स्वस्थ हो जाओ तो इस अन्तर्प्रान्तीय प्रतियोगिता में भाग ले लो। तुम्हारा मन थोड़ा बदल जाएगा।''

''सच सिद्धार्थ।'' नीहारिका चहक उठी थी।

× × ×

स्टेडियम दर्शकों से खचाखच भरा हुआ था। नीहारिका में एक अद्‌भुत आत्मविश्वास और स्फूर्ति भरी थी। वैज्ञानिक था या नहीं पर मनोवैज्ञानिक ऊर्जा उसके अन्दर थी। दौड़ में वह प्रथम आई थी। ट्राफी लेकर वह मैदान में ही सिद्धार्थ से लिपट गई थी। सिद्धार्थ उसे बाहों में सँभाले दर्शक दीर्घा तक ले आए थे। चारों ओर तालियों की गड़गड़ाहट और सीटियों की आवाज़ से वातावरण गूँज रहा था। सफलता की लालिमा से नीहारिका का चेहरा दमक रहा था। वह सिद्धार्थ के साथ आकर सामने वाली कतार में बैठ गई थी।

एकाएक उसकी टीशर्ट की आस्तीन किसी ने पकड़ ली थी। वह चौंककर पीछे मुड़ी थी। पीछे बैठी महिला की गोद में एक चार पाँच महीने का बच्चा अनजाने ही उसकी आस्तीन को मुट्ठियों में पकड़ किलकारी भर रहा था। नीहारिका के हाथों से ट्राफी छूटकर ज़मीन पर गिर पड़ी थी और पश्चाताप के आँसुओं से उसका चेहरा मलिन हो गया था। वह सिद्धार्थ को पकड़ फफक पड़ी थी। सिसिकियों के बीच ही उसने सुना दी थी अपने अभिमन्यु की कुर्बानी।

अपने न होने का एहसास

ना जाने कितनी बार जिया हैं मैंने अपने न होने का एहसास। बार-बार मेरे कन्धों पर बेताल सा आकार झूलता वह एहसास और हर बार अपनी सहनशक्ति और आन्तरिक तर्कशक्ति से उसे परास्त करती मैं, पर बेताल को अपने कन्धे पर लादे उस राजा की तरह मैं भी कहाँ पूर्ण मुक्त हो पाई थी उस बेताली एहसास से?

दबा सा गेहुँआ रंग, छोटा कद और उभरे ललाट के कारण भीतर को धँसी प्रतीत होती छोटी-छोटी आँखें। बाहर निकले सामने के चार दाँत निचले होंठ पर हमेशा टिके रहते और जब कभी ऊपरी होंठ का आवरण उन पर थोपा जाता तो चेहरे की भंगिमा मुझे मुँह चिढ़ाने लगती? आपके ज़हन में जो तस्वीर बन रही होगी उसे देखकर आप भी मुस्कुरा रहे होंगे और एक बार फिर घुमड़ आया है वही बेताली एहसास अपने न होने का क्योंकि मैं ही हूँ वह नायिका जिसकी यह तस्वीर है। थोड़ी सी उम्र खिसकी थी जब माँ ने एक दिन मुलायमियत से मुझे समझाया था–

"हँसते समय हथेली से मुँह को ढँक लिया करो बेटा ताकि दाँतों के साथ ही खुल गए लाल मसूड़े सामने वाले को दिखाई न दें। भरसक कोशिश करके मुँह बन्द रखा करो।"

मेरा गेहुँआ रंग माँ की सीख से कुछ अपमानित हो और सँवला गया था। बिना कुछ बोले मैं जाकर आईने के सामने खड़ी हो गई थी। चुपके से इधर उधर देखते हुए हँसी थी मैं। मेरा प्रतिबिम्ब हँस पड़ा था। तिलमिला कर स्वयं ही मेरी हथेली मुँह के सामने आ गई थी। टप-टप झर पड़े थे आँसू। पहली बार हृदय ने शिकायत की पाती आँसुओं से लिखकर भेजी थी अपने स्रष्टा के नाम। न जाने कब माँ आकर मेरे पीछे खड़ी हो गई थीं। शायद अपनी कही बात की पीड़ा का

एहसास था उन्हें इसीलिए चली आई थीं पीछे-पीछे। सिर पर स्नेहिल स्पर्श से आँखें और भी बेकल हो उठी थीं और माँ के कन्धों से चिपक रो पड़ी थी मैं। माँ ने समझाया था–

"आवश्यक नहीं कि सभी में सारे गुण हों। ईश्वर किसी को भी पूर्ण नहीं बनाता बेटी। देख, तेरी सहेली रमा कितनी सुन्दर है देखने में, पर कितने वर्षों से ग्यारहवीं कक्षा में फेल हो रही है। देखते-देखते ही तू कक्षा सात से आज उसके समकक्ष हो गई है। अध्यापिकाएँ तुम्हारी लगन और मेहनत की प्रशंसा करते नहीं थकतीं। तेरे पापा का सिर गर्व से ऊँचा हो जाता है जब तू अपना परीक्षाफल उनके सामने रखती है।"

पर मेरी उस परीक्षाफल से पापा का सिर नीचे झुक गया था जब लोग मुझे देखने आए थे। परीक्षा मेरी थी तैयारी पापा मम्मी कर रहे थे। मुझे कौन सी साड़ी पहननी है जिसमें रंग कुछ साफ दिखे। क्या नाश्ता कराना है जिससे लड़के वालों पर अच्छा प्रभाव पड़े सके। ट्यूबलाइट की रोशनी ठीक रहेगी या ढलते सूरज की सुनहरी किरणों के प्रकाश में मेरा व्यक्तित्व कुछ जँचेगा।

लड़के वाले आए थे। मैं सिर नीचा किए नाश्ते की प्लेट लिए सामने गई थी। इतने दिनों से माँ द्वारा मुझमें भरा गया आत्मविश्वास भरे चाय के प्याले की तरह छलक गया था और मैं रूआँसी हो उठी थी। चाय का प्याला ट्रे से उठाकर देते हुए आई हुई महिला से नजरें मिली थीं। मेरा झुका चेहरा ऊपर उठते ही उस महिला की भेदती निगाहें मुझे अन्दर तक चीर गई थीं। मैं फेल हो गई थी इस परीक्षा में। पहली बार पराजय का सामना हुआ था और उमड़ आया था अपने न होने का एहसास मन में। क्या बिगड़ जाता ईश्वर का जो मुझे इस दुनिया में न भेजता? कम से कम पापा मम्मी को इस तरह का अपमान तो न झेलना पड़ता।

उसके बाद पूरी ताकत झोंक दी थी मैंने अपनी पढ़ाई में। जो प्रतिभा है मुझमें मैं उसका उपयोग करूँगी और आत्मनिर्भर बनूँगी। पूरे मनोयोग से मैं जुटी थी अपनी पढ़ाई में और पापा मेरे लिए सुयोग्य वर तलाशने में। इस बार परीक्षा में हम दोनों ही उत्तीर्ण हुए थे। मैं माध्यमिक शिक्षा सेवा आयोग द्वारा लेक्चरर पद के लिए चुन ली गई थी और पापा ने मेरे लिए वर चुन लिया था। अपने ही शहर के वर पक्ष द्वारा मुझे फोटो से ही पसन्द कर लिया जाने पर मुझे आश्चर्य हुआ था। पापा ने मुझे आश्वस्त करने के लिए माँ को सम्बोधित करते हुए सुनाया था–

"बहुत सीधे लोग हैं सविता की भावी ससुराल के।"

मेरे मन ने विश्वास कर लिया था। इस ज़माने में भी सतयुगी लोग हैं, अभी जिन्हें लड़की को नाप तौल कर फिर सौदा करना अच्छा नहीं लगता।

विवाह की तिथि दो महीने बाद गर्मी के मौसम में निश्चित हो गई थी। पापा का वश चलता तो वे अगले हफ्ते ही कर देते, पर लड़के वालों को किसी भी तरह नाराज़ नहीं करना चाहते थे। मैं उनकी ज़ल्दबाजी का कारण जानते हुए भी मौन थी। माँ ने बहाने सहित समझाया था–

"ज़्यादा घर से बाहर नहीं निकलना। विवाह तय हो जाने के बाद लड़कियों के लिए ऊपरी हवा का डर रहता है।" मैं माँ की हिदायत का अर्थ भली-भाँति समझ रही थी। टोने-टोटके या भूत-प्रेत में माँ पापा को कभी विश्वास करते नहीं देखा था मैंने। जिसका डर उन्हें था, उसी से मैं भी भयभीत थी। कहीं वर-पक्ष वाले मुझे देख न लें।

इस बीच पापा और मैं दोनों ही चाहते थे कि मैं अपने ही शहर के किसी विद्यालय में ज्वायन कर लूँ। दो-दो विद्यालयों में प्रिंसिपल और मैनेजर से सारी बातचीत हो जाने के बाद जब मैं पापा से साथ ज्वायन करने गई थी तो उन लोगों ने कोई न कोई अड़चन बता कर रोक दिया था। आयोग का बौनापन मुझे अपनी तरह लगा था जहाँ से चुनकर आना धरती पर जीवन पाने जैसा है और किसी विद्यालय में ज्वायन करना वर-पक्ष की पसन्द-नापसन्द की तरह है।

किसी तरह भागदौड़ करके पापा ने मुझे लड़कों के एक इण्टर कालेज में ज्वायन करवा दिया था। गर्मी की छुट्टियाँ थी। मैं ज्वायन करने के बाद पापा के साथ घर जाने के लिए प्रिंसिपल की आफिस से निकलकर गेट की ओर बढ़ी थी। पीछे से पुरुष हँसी के साथ एक आवाज़ कानों में पिघले शीशे की तरह पड़ी थी–

"प्रिंसिपल साहब, ये मैडम बच्चों को पढ़ाएँगी या डराएँगी?"

उफ्! क्या धरती को एक बार ही फटना था और केवल एक ही सीता को उसमें समाना था? क्या मेरे लिए धरती की गोद में कोई स्थान नही? एक मेरे न होने से पृथ्वी पर भूचाल तो न आ जाता।

डरी सहमी सी वह तारीख भी आ गई थी जिस दिन विदा होकर मुझे ससुराल जाना था। करीब-करीब विवाह के दौरान पूरे समय सुरेन्द्र ख़ामोश रहे थे। उनकी चुप्पी से मेरा हृदय सशंकित हो रहा था। कार में सुरेन्द्र की बगल में बैठाकर माँ पापा के चेहरे पर राहत का भाव उभर आया था मानों उनकी परीक्षा का भार ख़त्म हुआ, पर मेरी अग्नि परीक्षा शुरू होने वाली थी। ज्यों-ज्यों मायका दूर

होता जा रहा था मेरा वजूद मुझसे पृथक होकर मेरी असमर्थता का मज़ाक उड़ा रहा था। नए जीवन की शुरुआत की न कोई उमंग और न ही कोई रोमांच।

मुँह दिखाई की रस्म होते-होते शाम घिर आई थी। जब भी मेरी सास घूँघट उठा किसी को मेरा चेहरा दिखातीं, मेरी बन्द आँखों में भी सामने वाले का बिचका मुँह घूम जाता और हर पल गहरा जाता वही बेताली एहसास अपने न होने का। काश! मैं न होती इस दुनियाँ में तो इतनी कुँठा ओर अपमान की वेदना तो न मिलती।

रात आई थी और कमरे के सन्नाटे को भेदा था दरवाज़े की चरमराहट ने। सुरेन्द्र के कदमों की आहट से बेकाबू हो गई थी दिल की धड़कनें। मुट्ठी भर हृदय की सीमा तोड़ बाहर फूट पड़ने को आतुर। मेरा घूँघट कुछ और लम्बा हो उठा था। महिलाओं की कानाफूसी तो अवश्य ही पहुँची होगी सुरेन्द्र तक। न जाने क्या प्रतिक्रिया होगी उनकी? क्लर्क ही सही आखिर हैं तो पुरुष! पत्नी के रूप में तमाम पुरुषों की ही भाँति उनकी भी तो तमन्ना होगी किसी रूपसी यौवना की। मेरी नौकरी और प्रेमपूर्ण समर्पण क्या भर पाएँगे उस अभाव को? सहम कर मैं पलंग पर सिमट गई थी।

"ह् ह् ह् ह् हमसे क् क् क् कैसा परदा?"

उनकी आवाज़ से मैं चौकी थी। सुरेन्द्र मेरे पास पहुँच चुके थे। उनकी हकलाहट से मन को एक अनजानी तसल्ली सी मिली थी। फिर भी अपनी ओर से मैं सशंकित थी। उजाले से डर लग रहा था। घूँघट की आड़ से ही मैंने धीमे स्वर में अनुनय किया था—

"प्लीज लाइट आफ कर दीजिए।"

ल् ल् ल् लो, अ अ अभी किए द् दे देता हूँ।" बत्ती बुझाते ही वे मेरे बिल्कुल करीब आ गए थे। एक भभका सा मेरे नथुनों से टकराया था। सुरेन्द्र शराब भी पिए हुए थे। फोटो देखकर ही लड़की पसन्द करने के राज का पर्दाफाश हो चुका था। वे हकलाते थे। एक सहानुभूति सी उमड़ी थी मन में। शायद अपनी कमज़ोरियों पर परदा डालने के लिए व्यक्ति नशे के करीब जाता है और सुरेन्द्र को भी अपनी हकलाहट से कोई न कोई कुण्ठा तो अवश्य होगी। उनका मनोविज्ञान मेरे हृदय की स्वानुभूतियों से जुड़ा था और मैं उनके प्रति और भी राग-रंजित हो उठी थी।

कितने प्यार भरे शब्दों में उन्हें मैं उस दिन समझाने गई थी। सोचा था मौका

अच्छा है। आज वे नशे में नहीं हैं। वे बिस्तर पर लेटे थे। मैं धीरे से जाकर उनकी बगल में बैठ गई थी।

उनके हाथों को स्नेह से सहलाते हुए मैंने कहा था–

"हकलाना कोई ऐसा ऐब तो नहीं जिसके लिए आपको शराब का सहारा लेना पड़े। यह गन्दी आदत है। छोड़ दीजिए न?"

मेरा वाक्य समाप्त होने से पहले ही झटके से उठ बैठे थे वे। मेरा हाथ झटकते हुए आँखें लाल-लाल कर बोले थे–

"क् क् क् क् क्या...कहा? अ अ अ अपना च्च्चेहरा द्द् देखा है? त्त्तुम क्क्यों...नहीं प्प्पपीती? म्म्मैं मर्द हूँ, इ इ इसलिए प्प्पीता हूँ।"

सावन भादों बन गई थी आँखें और कमरे में चलता पँखा आग उगलने लगा था। सुरेन्द्र उठकर चले गए थे। मन में आया था, साड़ी समेत पँखे से झूल जाऊँ पर रात के अन्धेरे में नगण्य सी मेरी सूरत के साथ रति-वन के आखेट का जो सौगात उन्होंने मेरी झोली में डाल दिया था उस अमूर्त उपहार ने अपने नन्हें-नन्हें हाथों से रोक लिया था मुझे। अपने गर्भ पर हौले से स्पर्श कर मैं बिलख पड़ी थी।

तब से अब तक न जाने कितनी बार अपने न होने का वह एहसास गहराया था, धुँधलाया था। डाली पैदा हुई थी और अब वह पाँच वर्ष की भी हो गई थी। अब तो वह साफ बोलने लगी थी। हर बार अपने उस बेताली एहसास को तर्क और धैर्य से परास्त करती मैं जिए जा रही थी।

डाली की किलकारियों में व्यंग और तानों को अनसुना करने का प्रयास करती मैं। उसकी कोमल देह की गन्ध में मैं विस्तृत कर देती शराब के भभके। चुभक-चुभक कर स्तनपान करते समय उसके नन्हें नाखूनों से लगे खरोंच हर लेते टीस पाशाविक नोच-खसोट की।

उस दिन डेटाल के पानी में डाली के कपड़े डुबा-डुबाकर फैला रही थी तो सास ने कुछ व्यंग्य से पूछा था–

"क्या ज़रूरत है इसकी?"

"दुर्गन्ध खत्म हो जाएगी कपड़ों की और कीटाणु भी मर जाएँगे।" मेरे उत्तर पर उनका व्यंग कुछ चुटीला हो गया था–

"तो अपने भी कपड़े इसी में डुबो दिया करो।" कहते हुए वे चली गई थीं। मैं मर्माहत हुई थी पर उस एहसास को उभरने नहीं दिया था। आश्चर्य हुआ था स्वयं पर। शायद बेताल चला गया था।

लेकिन आज फिर अचानक वह बेताली एहसास प्रकट हुआ था और मेरे

कन्धों पर पूरी ताकत के साथ झूल गया था। टी॰ वी॰ पर फिल्मी गीतों का कार्यक्रम चल रहा था। मैं भी सोई डाली को गोद में लिए ज़मीन पर बैठी कार्यक्रम देख रही थी। सुरेन्द्र, उनकी माँ और उनकी दोनों बहनें मेरे पीछे डबल बेड पर बैठी थीं। सामने ड्रेसिंग टेबुल के आदमकद आइने में सभी की आकृति मैं देख पा रही थी। गीत चल रहा था। हीरो गा रहा था–

"चन्दन सा बदन, चन्चल चितवन, धीरे से तेरा ये मुस्काना...।"

"ज्जैसे य्ये...ही हीरोइन।" सुरेन्द्र ने मेरी ओर इंगित करते हुए धीरे से कहा था। सभी लोग ठठाकर हँस पड़े थे। मैं तिलमिला उठी थी। नारी स्वाभिमान ने हुँकार भरी थी–

"इस हीरोइन का हीरो भी तो उतना ही हैण्डसम है।" मेरे इस अप्रत्याशित जवाबी हमले के लिए शायद वे तैयार नहीं थे। नारी से मानसिक रूप से परास्त होने पर ही पुरुष शारीरिक बल का सहारा लेता है, क्योंकि उसे भी ज्ञात है कि प्रकृति ने नारी को कोमल बनाया है और वह अपने शारीरिक बल से पुरुष को परास्त नहीं कर सकती।

सुरेन्द्र द्वारा मुझ पर शारीरिक बल प्रयोग मेरे लिए असहनीय हो उठा था। मैं डाली को लिए अपने कमरे में चली गई थी। बिस्तर पर लिटाते हुए नींद में ही डाली ने अपनी छोटी-छोटी बाहें मेरी गर्दन में डाल दी थी। धीरे से छुड़ाते हुए मैंने उसे सुला दिया था। मेरी आँखों में आँसू न थे। बस गुमसुम हो मैं कुछ सोच रही थी।

"मम्मी, सपना डरा रहा है मुझे।" कहते हुए डाली उठकर मेरी गोद में लेट गई थी। मैं उसके बालों में अपनी उँगलियाँ फिराने लगी थी। मन न जाने कहाँ-कहाँ भटक रहा था। डाली को अपनी मम्मी के यहाँ छोड़कर तब मुझे कोई निर्णय लेना चाहिए। मैं अपने किसी भयानक निर्णय के बारे में सोच रही थी। तभी डाली जागकर उठ बैठी थी। उनींदे स्वर में ज़िद करते बोली थी–

"मम्मी, तुम भी सोओ न। मैं सो जाऊँगी तो तुम चली जाओगी।" और उसने जबरदस्ती मुझे अपने पास सुला दिया था। मेरे गले में बाँहें डालते हुए उसने मेरा मुँह चूम लिया था। शायद मेरा मौन वह अपने चुम्बन से तोड़ना चाहती थी। उसका मन रखने के लिए मैं उसकी ओर देख मुस्कुरा पड़ी थी। एक अर्थहीन मुस्कुराहट। मन में अभी भी एक भयानक निर्णय उमड़ घुमड़ रहा था। शायद बेताल के भार से मेरा धैर्य और तर्क दोनों टूट चुका था।

"मम्मी, तुम चुप क्यों हो?" उसका नन्हा भोला प्रश्न मुझे उद्वेलित कर रहा

था।

"कुछ नहीं बेटा।" मेरे मौन तोड़ने पर वह खुश होकर मुझसे और चिपक गई थी। मेरी गर्दन के पास एक लम्बी साँस अपने नथुनों में भरते हुए उसने भाव विभोर होकर कहा था—

"तुम्हारा पसीना कितना अच्छा महकता है मम्मी और तुम्हारी साड़ी भी।"

मैं अचानक लौट आई थी उसकी दुनिया में। उसे अपने से और चिपकाते हुए मैं स्नेह से भर उठी थी।

"तुम्हारी मम्मी हूँ, न बेटा, इसलिए...।"

मैंने धीमे से कहा था। डाली की उत्सुकता बढ़ गई थी। उसने पूछा था—

"सबकी मम्मी तुम्हारी तरह ही अच्छी होती हैं मम्मी?"

"हाँ।" इस बात का जवाब देने में मैं थोड़ी संकुचित हो उठी थी, पर डाली के प्रश्न बढ़ते ही जा रहे थे।

"सब मम्मी लोगों की साड़ी ऐसी ही महकती है?"

"हाँ। क्योंकि उसमें ढेर सारा प्यार मिला होता है न?" मैंने उसके बाल सुलभ प्रश्न का जवाब दिया था।

"पर जिन के पास मम्मी नहीं होती होंगी तो वह किसके पास सोता होगा?"

मैं चौंक पड़ी थी उसके प्रश्न पर। कुछ क्षण पहले का भयानक निर्णय कल्पना में मूर्त हो उठा था। मैं सिहर उठी थी। डाली को अपने सीने से चिपकाते हुए मैं बुदबुदाई थी—

"नहीं, ऐसा नहीं होगा। किसकी साड़ी में और पसीने की गन्ध में ढूंढेगी अपनी मम्मी की महक मेरी बच्ची? नहीं ऐसा नहीं होगा।"

आज पहली बार एहसास हुआ था अपने वास्तविक सौन्दर्य का। आज पहली बार बोध हुआ था अपने अस्तित्व के महत्व का। आज पहली बार महसूस किया था मैंने अपने न होने के एहसास से उपजे अभाव को।

शप्त

सौमित्र ने डायरी बन्द कर दी थी। कहानी उसे ज्ञात थी। वह गम्भीर हो उठा था। बेचैनी में उठकर वह कोठरी में टहलने लगा था। उसने यदि साफ इनकार कर दिया होता तो शायद एक ज़िन्दगी इस तरह काँटों की शय्या पर न होती? पर वह भी तो अपने बुनियादी जज़्बातों के आगे विवश हो गया था। आख़िर क्यों? उसने आवेश में अपनी मुट्ठी कोठरी की दीवार पर दे मारी थी। आज उसे पहली बार स्वयं के ऊपर क्रोध आया था। टीस में ऊभर आया था अतीत। एक-एक घटना मूर्त हो उठी थी।

"बस इतनी सी बात पर गोली मार दी थी?

उस दिन ठण्डी हँसी के साथ कहा गया अनीता का वाक्य सौमित्र की दुखती रग को छेड़ गया था। वह गुस्से से उठकर जाने लगा था। अनीता अचकचा गई थी। सौमित्र इतनी सी बात पर छू जाएगा, इसका उसे अन्दाज़ भी न था। उसने उसे रोकने की कोशिश की थी–

देखिए सौमित्र जी, मेरा मतलब...।"

सौमित्र ने उसकी बात बीच में काटते हुए क्रोध में कहा था।–

"आपको इतनी सी बात लगती है? किसी भाई के लिए इससे बड़ी अपमान जनक स्थिति हो सकती है क्या कि कोई उसकी बहन के साथ छेड़खानी करे और वह मूक रहे?" सौमित्र की आँखों में फिर से खून उतर आया था।

"क्षमा कीजिए सौमित्र जी। आपको मैंने कष्ट पहुँचाया। लेकिन मैं जो फीचर लिख रही हूँ उसमें कैदियों की उस मनःस्थिति को चित्रित करने के लिए इस तरह का प्रश्न आवश्यक था जिस मनःस्थिति में उससे वह अपराध हो गया।" अनीता ने सौमित्र को समझाने का प्रयास किया।

अनीता पत्रिका के लिए एक फीचर लिख रही थी जिसमें कैदियों के उस आवेश के क्षण को जिसमें अपराध किया गया था और आजीवन कैद की सज़ा

भुगतते इन कैदियों की वर्तमान मानसिक स्थिति का चित्रण करना था। इसी सिलसिले में कैदियों का इन्टरव्यू लेने वह ज़िला कारागार आई थी। कई कैदियों से बातचीत कर लेने के बाद जेलर साहब ने युवा कैदी सौमित्र को बुलाया था। वह आकर चुपचाप बैठ गया था। साँवले लम्बे चौड़े सौमित्र के चेहरे पर ऊभरी सी बड़ी-बड़ी आँखों में एक वीरानी सी देख अनीता का हृदय भर आया था। इतना सुन्दर व्यक्तित्व और जेल की चारदीवारी में कैद। यदि यह युवक मिलिट्री में होता तो देश का एक होनहार जवान कहलाता। अनीता के हृदय की बात बाहर आ गई थी। उसने सौमित्र से कहा था–

''थोड़ा सा अपने क्रोध पर आप उस दिन नियन्त्रण कर लेते तो आज आप शायद अपने देश की सेवा कर रहे होते किसी पद पर।''

''सब कुछ परिस्थिति जन्य होता है अनीता जी। आप अपने लेखन से देश सेवा कर रही हैं न, कल हो सकता है आप भी परिस्थितिवश कहीं और पहुँच जाएँ। मैं तो आज समझता हूँ कि दोष मेरा था परन्तु बहुत से मेरे भाई ऐसे भी हैं जिन्हें अपना वह अपराध ही ज्ञात नहीं जिसके लिए वे सज़ा काट रहे हैं। कानून की आड़ लेकर बहुत से खेल हो जाते हैं।'' सौमित्र ने कुछ कड़वेपन से जवाब दिया था।

''हो सकता है आप अपने अनुभव से कह रहे हों और इसमें सत्यता भी हो पर मैं सहमत नही हूँ।'' अनीता ने अविश्वास प्रकट किया था। सौमित्र ने अपनी बड़ी-बड़ी आँखों से अनीता को गहराई से देखा था और शब्दों को चबाते हुए कहा था–

''किसी भी एहसास के लिए अनुभव आवश्यक है और ईश्वर ना करें कि आप को यह अनुभव हो।'' कहते हुए सौमित्र उठकर चला गया था।

अनीता का फीचर प्रकाशित हुआ था तो पत्रिका की एक प्रति वह सौमित्र को भी देने आई थी। सौमित्र ने महसूस किया था कि अनीता के हृदय में उसके लिए पूरी सहानुभूति है। उसके हृदय में किसी कोमल एहसास ने करवट ली थी पर सौमित्र ने तुरन्त ही उसे सुला दिया था।

× × ×

उस दिन नित्य की भाँति सौमित्र जेल के कैम्पस में बने हनुमान मन्दिर की सीढ़ियों पर जाकर बैठ गया था। मन उचाट था। मन्दिर के सामने दूसरी ओर मस्जिद थी। जेल में एक साथ उठते-बैठते, खाते-पीते भी धर्म की दीवार इन्सान ने खींच

ही ली थी। यह मन्दिर और मस्जिद इन्हीं कैदियों ने ही बनाई थी जिस पर वे नित्य अपनी आस्था के फूल चढ़ाने आते। महिला कैदियों के लिए अलग चार दीवारी थी पर मन्दिर या मस्जिद के सामने शीश झुकाने वे इसी प्राँगण में आती थीं। एक पृथक संसार ही बस गया था यहाँ कैदियों का, जहाँ बाहरी दुनिया चारदीवारी में सिमट आई थी। एकाएक एक महिला कैदी को देख सौमित्र चौंक उठा था। सूरत जानी पहचानी सी लगी थी। वह ध्यान से पहचानने की कोशिश करने लगा था। महिला नजदीक आई थी तो सौमित्र भौचक्का सा उठकर खड़ा हो गया था।

"अनीता जी आप...?" आगे उसके शब्द बढ़ नहीं पा रहे थे। वह फटी-फटी आँखों से अनीता को देखे जा रहा था। अनीता ने भी सौमित्र को पहचान लिया था। उसकी नज़रें शर्मिन्दगी से उठ नहीं पा रही थीं। अनीता के बगल में ही खड़े दूसरे कैदी ने अनीता से पूछा था—

"तुम दोनों एक दूसरे से परिचित हो क्या?"

"हाँ भइया, ये सौमित्र हैं। एक बार यहाँ का इन्टरव्यू लेने आई थी। और सौमित्र जी, ये हैं मेरे भइया राकेश।" अनीता ने दूसरे कैदी की ओर इशारा किया था।

सौमित्र ने दोनों हाथ जोड़ दिए थे। स्वयं को नियन्त्रित रखने के प्रयास में अनीता की आँखें लाल हो आई थीं। बिना एक दूसरे से कुछ बोले ही तीनों सीढ़ियों पर बैठ गये थे। सौमित्र कभी अनीता की ओर कभी राकेश को देखे जा रहा था। उसकी समझ में नहीं आ रहा था कि वह क्या पूछे? अनीता की आँखों में पसरा दुख उसे कुछ भी पूछने से मना कर रहा था। अनीता ने स्वयं ही बताना शुरू किया था—

"आपने उस दिन ठीक कहा था सौमित्र जी कि सब कुछ परिस्थिति जन्य होता है और कभी-कभी कानून का दुरूपयोग भी लोग अपने स्वार्थ में कर लेते हैं।" कहते-कहते अनीता का गला भर आया था। राकेश ने उसे स्नेह पूर्वक धीरे से थपथपाया था। वह घुटनों में मुँह छिपा फफक पड़ी थी। सौमित्र ने राकेश की ओर मुखातिब होते हुए पूछा था—

"राकेशजी, मैं भी यहाँ पर कैदी ही हूँ और वह भी आजीवन कारावास का। अतः मैं यह दावा तो नहीं कर सकता कि आपकी परेशानियों को मैं दूर कर दूँगा पर एक सच्चे मित्र की तरह आपके दुख को महसूस अवश्य करूँगा। क्या आप मुझे अपने दोनों के बारे में कुछ बताना उचित समझेंगे?" सौमित्र का

अपनत्व देखकर राकेश भी भावुक हो उठा था। उसने आत्मीयता से सौमित्र का हाथ पकड़ लिया था और बताना शुरू किया था–

अनीता के जन्म के बाद ही माँ चल बसी थी। पिताजी ने हम दोनों को कभी माँ का अभाव महसूस नहीं होने दिया था, पर जब हम दोनों आत्मनिर्भर हुए और उनकी सेवा करने योग्य हुए तो पिछले वर्ष वे भी हमें छोड़कर दुनिया से चले गए। घर का सूनापन खत्म करने के लिए मौसी ने मेरी शादी इसी शहर में तय कर दी। मैंने भी स्वीकार कर लिया क्योंकि अनीता की भी शादी मुझे जल्दी ही करनी थी। घर को सँभालने के लिए एक महिला का होना आवश्यक था, पर मेरी मँगनी होने के एक हफ्ते बाद ही मुझे टेलीफोन पर गुमनाम धमकियाँ मिलने लगी कि यदि मैं यह शादी करूँगा तो मुझे जान से मार दिया जाएगा। एक दिन सुबह-सुबह अनीता गेट खोलने बाहर गई तो एक लिफाफा पड़ा मिला। उसे हम लोगों ने खोला तो उसमें भी गुमनाम व्यक्ति द्वारा धमकी भरा पत्र था कि हम लोग शादी से इनकार कर दें अन्यथा चौदह दिनों के अन्दर हम दोनों को ख़त्म कर दिया जाएगा। अनीता डर गई थी। मैं भी सहम गया था। न जाने इसके पीछे क्या रहस्य हो? अतः हम दोनों ने इस विवाह से इनकार कर दिया। लड़की के पिता को यह बात बुरी लगी थी और उन्होंने हम दोनों के खिलाफ पुलिस में यह रिपोर्ट कर दी थी कि भाई बहन मिलकर अधिक दहेज न मिलने के कारण विवाह से इनकार कर रहे हैं। हर सम्भव सभी प्रमाण देने के बाद भी हमें दो महीने की सज़ा हो ही गई।" कहते-कहते राकेश चुप हो गया था। आक्रोश में उसकी मुट्ठियाँ भिंच गई थीं। सौमित्र ने अपना सान्त्वना भरा हाथ राकेश के कन्धों पर रख दिया था। अनीता अब भी अपनी हथेलियों पर चेहरा टिकाए दूर पेड़ों के पीछे अस्त होते सूर्य को देख रही थी। उसका चेहरा सूर्य के प्रकाश में अरुणिम सा हो रहा था।

एकाएक झन्न की आवाज़ से सौमित्र की एकग्रता टूट गई थी। सोचों में डूबे उसके हाथ से अनीता की दी हुई डायरी कोठरी में रखे चन्द बर्तनों पर जा गिरी थी। उसने लपककर डायरी उठा ली थी। उसे अपने कुर्ते के कोने से पोंछ कर चूम लिया था। मन व्यग्र हो उठा था। वह अनीता के ख्याल से उबरना नहीं चाह रहा था। यादें ही तो उसकी थाती थी। वह अपनी थाती में पुनः डूब गया था–

दो महीने किस तरह पँख लगाकर उड़ गये थे इसका उन तीनों को आभास ही नहीं हुआ था। प्रतिदिन शाम को वे मन्दिर पर इकट्ठा होते थे। अपने बीते

दिनों की बातें करते और कुछ देर साथ रहकर पुनः अपने-अपने बैरकों में वापस चले जाते। अनीता दिन पर दिन कमज़ोर होती जा रही थी। सौमित्र उसका दर्द समझ रहा था पर उसकी आत्मा तड़पने के सिवा कुछ नहीं कर पा रही थी। अनीता का पूरा भविष्य ही धूमिल सा हो गया था। एक हँसता खिलखिलाता उज्ज्वल जीवन किस तरह राख बन रहा था यह उसे अनीता को देखकर महसूस हो रहा था। उस दिन भी अनीता कितनी मायूस लगी थी जब सौमित्र ने उससे मन्दिर पर पूछा था–

"अनीता अब तो चन्द दिनों बाद ही तुम दोनों रिहा हो जाओगे। मुझसे मिलने आओगी भइया के साथ या नहीं?"

हँस पड़ी थी अनीता। एक फीकी सी हँसी। एक गहरी दृष्टि सौमित्र पर डालते हुए उसने कहा था–

"वहाँ कौन सा नया जीवन मेरी प्रतीक्षा कर रहा है सौमित्रजी। अब तो सामाजिक मृत्यु वरण करने जाना है बाहर। कभी-कभी मन में आता है कि मैं यहीं रह जाऊँ। असंख्य प्रश्नभरी निगाहों से बची तो रहूँगी।"

"यही तो विडम्बना है अनीता कि यहाँ रहने में अपनी इच्छा का कोई महत्व नहीं है। वैसे भी तुम्हें हताश नहीं होना चाहिए। मेरे मम्मी पापा से तो तुम मिल चुकी हो। कितने कड़वे घूँट पीकर भी वे ज़िन्दा हैं। जवान बेटा आजीवन कारावास की सज़ा जेल के अन्दर काट रहा है और बूढ़े माँ बाप बाहर।"

कहते-कहते सौमित्र चुप हो गया था। उसकी आँखों में एक पीड़ा उभर आई थी। अनीता और राकेश की ही भाँति वह भी तो एक भाई एक बहन ही था। पिता की कितनी उम्मीदें उसके साथ जुड़ी थीं, पर आक्रोश के उस क्षण में उस पर न जाने कैसा जुनून सवार हो गया था। पड़ोस के उस आवारा लड़के ने उसकी बहन पर अश्लील छींटाकशी की थी और वह स्वयं को रोक न सका था। उसे सज़ा हो जाने के बाद कितनी मुश्किलें उसकी बहन की शादी में आई थीं। फिर अनीता तो स्वयं ही सज़ायाफ्ता थी। एक सज़ायाफ्ता लड़की को यह समाज कत्तई सहन नहीं कर पाता। क्या होगा अनीता का जीवन? उसने घबराकर अनीता की ओर देखा था। अनीता चुपचाप उसी को देखे जा रही थी। उसकी भीगी आँखों में दर्द का अथाह समुद्र हिलोरें ले रहा था। राकेश भी मौन बैठा कुछ सोच रहा था। कितनी आत्मीयता हो गई थी उन तीनों में इन दो महीनों में। कहीं कोई औपचारिकता नहीं। अनीता उन दोनों से ही उम्र में छोटी थी इसलिए अपनेपन के किन क्षणों में वह आप से तुम पर उतर आया था इसका उसे पता

ही न चला। अपनी मम्मी से अनीता और राकेश का परिचय करवाते हुए जब सौमित्र ने उन दोनों के बारे में बताया था तो मम्मी ने स्नेह से दोनों के सिर पर हाथ रखते हुए कहा था–

"आज से मेरे दो बेटे और दो बेटियाँ हो गई हैं।" सौमित्र के दिल को तसल्ली हुई थी।

उस दिन सौमित्र को अपनी सज़ा सबसे कठिन लगी थी जिस दिन राकेश और अनीता जेल से छूट कर चले गए थे। कितना तन्हा रह गया था वह। मन्दिर गया था लेकिन तुरन्त ही लौट आया था अपनी कोठरी में। अन्धेरे में तौलिए से मुँह ढककर फफक पड़ा था। अनीता की भोली और मायूस सूरत आँखों के सामने नाच उठी थीं। एक अन्जाना सा बन्धन हृदय कब से महसूस कर रहा था। आज वह एकान्त में मुखर हो उठा था, पर अनीता सम्मुख नहीं थी। अनीता के सामने उसने इसे कभी मुखरित नहीं होने दिया था। उसे अपनी सीमा ज्ञात थी। वह अनीता के जीवन में और अन्धेरा नहीं भरना चाहता था। इसीलिए कभी-कभी अनीता की झुकी-झुकी पलकों में दबी भाषा को पढ़कर भी वह अनजान बना रहता।

राकेश उससे बीच-बीच में मिलने आता रहता था। कभी अनीता उसके साथ होती, कभी वह अकेले होता। हर बार राकेश उसे पहले से अधिक चिन्तित दिखाई देता। वह अनीता के विवाह में आ रही अड़चनों से बहुत परेशान था। एक दिन अनीता अकेले ही उससे मिलने आई थी। चेहरे पर वही चिर उदासी। कुछ देर के मौन के पश्चात् अनीता ने ही शुरू किया था–

"सौमित्र जी, आपसे भइया अपने हृदय की सारी बातें कह डालते हैं, इसलिए मेरे विवाह के बारे में भी कुछ छिपा नहीं होगा। आप ही उनको समझाइए न कि मेरी चिन्ता छोड़ वे कम से कम अपना विवाह तो कर लें। घर में भाभी आ जाएँ तो कुछ तो राहत मिले। मेरे विवाह के लिए वे दर-दर अपमानित हो रहे हैं, यह मुझसे बर्दाशत नहीं होता अब।"

कहते-कहते अनीता हथेलियों में चेहरा छिपा सुबक पड़ी थी। सौमित्र ने उसे समझाने का प्रयास किया था–

"देखो अनीता, इस बात को मैंने राकेश के सामने रखा था पर उसका भी यह सोचना तो सही है कि उसके विवाह के चक्कर में ही तो तुमको बिना दोष के सज़ा हुई थी और उसके कारण तुम्हारा विवाह न हो और वह लड़का है तो अपना विवाह करके अपनी गृहस्थी बसा ले?"

पर अनीता लगातार हथेलियों में चेहरा छिपाए सिसक रही थी। सौमित्र का दिल भर आया था। अनचाहे ही उसके हाथों ने अनीता की हथेलियों को धीरे से पकड़ लिया था। अनीता ने अपनी भीगी पलकों से सौमित्र की आँखों में झाँका था। सौमित्र ने कुछ कहना चाहा था तभी किसी के बूटों की ठक-ठक से चौंक कर उसने अनीता की हथेलियों को धीरे से उसकी गोद में रख दिया था। अनीता उठ खड़ी हुई थी। सिर झुकाए मद्धिम स्वर में कहा था–

"आज तक तुमसे जो माँग न पाई थी अनजाने ही उसे तुमने मुझे दे दिया।" और वह चली गई थी। दूसरे दिन राकेश ने आकर अनीता के दृढ़ निश्चय की सूचना सौमित्र को दी थी। सौमित्र ने राकेश से कहा था–

"राकेश, अभी मुझे दस वर्ष जेल में ही रहना है। अनीता को मैं कौन सा सुख दे सकूँगा। नहीं, नहीं, राकेश! तुम उसे समझाओ। यह विवाह नहीं उसकी माँग में अँगारे भरना होगा।" सौमित्र का गला भर आया था। राकेश की भी आँखें छलछला आई थी। उसने भर्राई आवाज में कहा था–

"मैं उसे समझा चुका हूँ सौमित्र, पर अब मुझे भी लगता है कि तुमसे अच्छा वर मैं उसे अपने समाज में नहीं दिला पाऊँगा। आजीवन वह नरक की आग में जलती रहे उससे बेहतर है कि वह दस वर्षों की प्रतीक्षा की मीठी आँच सहे। सास ससुर का भरपूर प्यार तो मिल सकेगा मेरी बहन को। सौमित्र उसे अपना लो। वह बहुत स्वाभिमानी है। कहीं तुम्हारा भी इनकार उसे एकदम से तोड़ न दे।' राकेश ने भावुक हो उठा था।

दूसरे दिन उसी हनुमान जी के मन्दिर में उसने अपनी मम्मी पापा और राकेश की उपस्थिति में अनीता की माँग में सिन्दूर पहना दिया था। सभी लोग भावुक हो उठे थे। कुछ देर साथ रहने के बाद अनीता मम्मी पापा के साथ वापस चली गई थी।

एक लम्बी साँस लेते हुए सौमित्र वर्तमान में लौट आया था। उसने डायरी को उलट-पुलट कर देखा था। एक नन्हा गुलाब पन्नों के बीच से मुस्कुरा रहा था।

इतना सा सच

नीलोफर और एक अजनबी की मिली जुली उन्मुक्त हँसी की आवाज़ ने इमरान के कदमों को दरवाज़े के बाहर ही ठिठक जाने के लिए विवश कर दिया था।

"आप यहाँ अभी कब तक रहेंगे?" नीलोफर ने अजनबी से पूछा था।

"कोई ठीक नहीं है एक वर्ष भी रह सकता हूँ, एक महीने भी"। अजनबी ने मुस्कुरा कर कहा था।

"तब मैं क्या करूँगी"। नीलोफर की आवाज़ आई थी। इमरान के अन्दर जैसे ज्वालामुखी सा धधक उठा था। स्वयं को संयत करते हुए उसने परदा उठाकर कमरे में प्रवेश किया था। बिना किसी औपचारिकता के वह नीलाफर के सामने वाली कुर्सी पर बैठ गया था। नीलोफर अपनी बड़ी-बड़ी पलकें झपकाकर अपनी मुस्कान से उसका मौन स्वागत कर पुनः अजनबी की ओर मुखातिब हो गई थी। इमरान के लिए यह उपेक्षा असह्य हो उठी थी। वह तुरन्त उठ खड़ा हुआ था। इमरान को उठते देख नीलोफर से उसे टोका था–

"इमरान! सुनिए तो सही...।"

परन्तु इमरान तीर की तरह निकल गया था कमरे से बाहर। मोटर साइकिल स्टार्ट होने की आवाज़ नीलोफर के कानों में पड़ी थी। वह उसे रोकने के लिए तेज़ी से कमरे से बाहर आई थी परन्तु तब तक इमरान की मोटर साइकिल गति पकड़ चुकी थी। नीलोफर की आँखों में हताशा के भाव उभर आए थे। अजनबी ने उससे जाने की इजाज़त माँगी थी। अजनबी के जाने के बाद नीलोफर निढाल सी सोफे पर गिर गई थी।

नीलोफर इमरान की मँगेतर थी। स्वास्थ्य की लालिमा लिए ताँबई रंग की इकहरी देहयष्टि पर बड़ी-बड़ी काली सपनीली आँखें नीलोफर को सहज ही आकर्षण

का केन्द्र बिन्दु बना देती थीं। नीलोफर ने अपने और इमरान के बारे में सोचना शुरू किया था।

वह इमरान की मौसी की लड़की थी। इमरान से उम्र में चार वर्ष छोटी नीलोफर जब बी॰ ए॰ की पढ़ाई करने अपनी मौसी के यहाँ शहर में आई थी तो इमरान उस समय एम॰ एस-सी॰ अन्तिम वर्ष में थे। बला की खूबसूरत नीलोफर की चंचल आँखों में इमरान के व्यक्तित्व की दृढ़ता कब खो गई इसका एहसास उन्हें उस दिन हुआ था। जब नीलोफर का एक क्लासमेट उससे नोट-बुक माँगने के बहाने घर आया था और नीलोफर का उससे हँस-हँस कर बात करना उन्हें अन्दर से एक टीस दे गया था। शायद नीलोफर भी उनकी दृढ़ता की परीक्षा ही ले रही थी क्योंकि कनखियों से उनकी उपस्थिति भाँप कर भी वह अपने सहपाठी से बातें करती रही थी। इमरान ज़ोर से अपने स्टडी रूम का दरवाज़ा बन्द करते हुए बाहर निकल गए थे। उनके गुस्से के इस अपरोक्ष प्रदर्शन पर मुस्कुरा पड़ी थी नीलोफर।

अपने सहपाठी से क्षमा याचना करते हुए वह इमरान के पीछे-पीछे बाहर तक आ गई थी।

"इमरान, सुनिए तो सही।"

"क्या बात है?" इमरान ने कुछ रुखाई से पूछा था।

"मौसी ने कहा था कि आप आएं तो मैं चाय दे दूँ। वे बाज़ार गई हैं।" नीलोफर ने मुस्कुराते हुए कहा था।

"मैं चाय बाहर पी लूँगा।" इमरान ने बहुत गम्भीरता से कहा था।

"लेकिन मेरे क्लास-मेट के साथ आपको कुछ देर बैठना चाहिए।" नीलोफर की मुस्कुराहट से चंचलता छलक पड़ी थी। इमरान ने बहुत तीखी दृष्टि से उसे घूरा था।

"आप कुछ नाराज़ लग रहे हैं इमरान!"

नीलोफर ने पूछा था।

"आप इस तरह से किसी के साथ घुल मिल कर बातें करती हैं तो समझती हैं कि लोग आपके बारे में क्या अनुमान लगाते हैं?" इमरान ने कुछ क्रोध में कहा था।

"आपने पहले भी कहा है इमरान कि लोग भ्रमित हो सकते हैं। लेकिन मैं क्या करूँ? मैं चाह कर भी कठोरता से पेश नहीं आ पाती किसी से। इसे मेरा स्वभाव कह लें आप।" नीलोफर ने इमरान को समझाने का प्रयास किया था।

"आपको अपना स्वभाव बदलना चाहिए नीलोफर।"

"मैं जान बूझकर तो ऐसा व्यवहार नहीं करती इमरान कि लोग मेरे बारे में भ्रमित हों। बहुत आत्मीयता से बातें करना मेरा स्वभाव है, बस। यह कोई व्यसन तो नहीं मेरा, जिसे मैंने शौकिया पाल रखा है और छोड़ देना चाहिए।" नीलोफर कुछ झुँझला पड़ी थी। कोई और होता तो इमरान उसे डाँट देते क्योंकि अपने ऊपर किसी का झल्लाना उन्हें कतई पसन्द न था। यह बात नीलोफर भी जानती थी। लेकिन अपने स्वभाव के विपरीत इमरान ने उसकी झुँझलाहट को नज़र अन्दाज़ करते हुए कहा था–

"यदि कोई व्यसनी है तो जितना दोषी वह है उतना ही दोषी वह भी है जो उसके व्यसन में मददगार होता है।"

"मैं समझी नहीं इमरान।"

नीलोफर के भोलेपन पर मुस्कुरा पड़े थे इमरान। इमरान की गहरी निगाहों से स्वयं को छिपाने के प्रयास में नीलोफर की आँखों ने पलकों की झालर झुका ली थी।

"दोष तुम्हारा नहीं नीलोफर, तुम्हारी आँखों का है जो है हमेशा एक आमन्त्रण सा देती हैं। इनकी परिधि सीमित कर लो नीलोफर। इन्हें हमेशा छिपा कर रखो।"

कहते हुए इमरान ने नीलोफर के बालों को सहला दिया था। एक साथ कई झरनों का कल-कल स्वर गूँज उठा था नीलोफर के हृदय में। आज इमरान की भावना मुखर हो उठी थी। इससे पहले भी उन्होंने नीलोफर को इस सम्बन्ध में समझाया था कि वह बहुत माधुर्य घोलकर सबसे बातें न किया करें, परन्तु नीलोफर को समझ में नहीं आया था कि आखिर जिस बात को कोई भी अपने व्यक्तित्व की विशेषता बनाना चाहता है, लोगों में अपने मधुर व्यवहार के कारण लोकप्रिय होना चाहता है, यदि वही विशेषता उसमें स्वाभाविक रूप में है तो इमरान उसे मना क्यों करते हैं? परन्तु आज उसे इमरान समझ में आ गए थे। नीलोफर सकुचाती हुई इमरान के लिए चाय लेने चली गई थी।

इमरान का मुखर आकर्षण नीलोफर के प्रति देखकर मौसी ने उन दोनों के रिश्ते की बात नीलोफर की माँ से तय कर लिया था। दोनों इस रिश्ते से बहुत प्रसन्न थे। अगले महीने ही उन दोनों का निकाह होने वाला था। सभी तैयारियाँ लगभग पूरी हो गई थी, परन्तु आज इमरान का यह अप्रत्याशित व्यवहार नीलोफर को दुखी कर गया था। उनकी नाराज़गी का कारण समझते हुए भी वह कुछ कह न सकी थी।

उधर इमरान की मोटर साईकिल गति पकड़ती जा रही थी। उसे स्वयं नहीं पता था कि उसे कहाँ जाना है। उसका भी मन बहुत उद्विग्न था। कुछ देर निरूद्देश्य सा सड़क पर भटकने के बाद उसने एक चाय की दुकान के सामने मोटर साईकिल रोक दी थी। चाय का आर्डर देकर वह एक कोने की बेंच पर बैठ गया था। चाय में विलम्ब होने पर वह दुकानदार पर भड़क उठा था–

"चाय तैयार नहीं है तो क्यों बैठा लिया?"

दुकानदार ने विनम्रता से उत्तर दिया था–

"साहब अभी भट्टी में कोयला डाला है। सुलगते ही दो मिनट में चाय तैयार हो जाएगी।" पर इमरान गुस्से में दुकान से निकल गया था। मन था कि स्थिर होने का नाम नहीं ले रहा था। उसने सोचा, चलकर अपने मित्र राजेश अवस्थी के यहाँ कुछ देर बैठूँ। उन लोगों से बातें करने के बाद शायद मन हल्का हो जाएगा। उसने मोटर साईकिल उधर मोड़ दी थी। राजेश अवस्थी का घर इमरान के घर के बगल वाली लेन में था।

दरवाज़े पर पहुँचकर कालबेल बजाते-बजाते उसके कान चौकन्ने हो गए थे।

"आप अभी कब तक रहेंगे इस शहर में?" अन्दर से नारी स्वर सुनाई पड़ा था इमरान को। उसने चौंककर इधर-उधर नज़रें घुमाई थीं। कहीं वह फिर अपने ही घर में तो नहीं आ गया। नेम प्लेट पर निगाह गई थी। राजेश अवस्थी ही लिखा था उस पर। तभी अगला वाक्य उसके कानों में पड़ा था–

"आप नहीं रहेंगे तो मैं क्या करूँगी?" इमरान को लगा जैसे वह पागल हो गया है। क्यों एक ही संवाद उसे हर जगह सुनााई पड़ रहा है? वह बौखलाया सा अन्दर प्रविष्ट हुआ था। सामने वही अजनबी बैठा था जिससे थोड़ी देर पहले नीलोफर बातें कर रही थी। राजेश की पत्नी ने इमरान का स्वागत कर बैठाते हुए अजनबी की ओर उत्सुकता से देखा था। इमरान को देख क्षण भर के लिए अजनबी ठिठका था फिर बोलना शुरू किया था–

"यही प्रश्न आपके बगल वाली गली में एक मेमसाहब ने भी किया था, पर मैं बता दूँ कि आपके शहर में हमारी कम्पनी की एक एजेन्सी का अगले हफ्ते ही उद्घाटन होने वाला है। यदि कोई समस्या हो तो आप वहाँ सम्पर्क कर सकती हैं। यह कार्ड आप हमारी कम्पनी का रख लीजिए।" कहते हुए अजनबी ने एक कार्ड राजेश की पत्नी की ओर बढ़ाया था। इमरान कुछ चौकन्ना हो गया

था। उसका मस्तिष्क अब दूसरी दिशा में दौड़ने लगा था। उसने राजेश की पत्नी से पूछा था–

"भाभी क्या कोई चीज़ है...?"

उसके पहले ही राजेश की पत्नी ने फूड प्रॉसेसर मशीन दिखाते हुए इमरान को बताया था–

"यह नई मशीन आई है इनकी कम्पनी की। ये सेल्समैन हैं और... ।" उनकी बात समाप्त होने से पहले ही इमरान तेज़ी से उठ खड़ा हुआ था। बिना कुछ कहे वह मोटर साईकिल स्टार्ट कर अपने घर की ओर मुड़ गया था। उसके मस्तिष्क में तरह-तरह के विचार आ जा रहे थे। न जाने नीलोफर का क्या हाल हो? जितनी ही हँसमुख है, मिलनसार है उतनी ही भावुक भी है। उसके व्यवहार ने क्षुब्ध न जाने वह क्या कर बैठे? इमरान घबरा उठा था। घर पहुँचते ही दरवाज़े पर से उसने आवाज़ दी थी–

"नीलोफर! नीलोफर!

ड्राइंगरूम में ही सोफे पर लेटी नीलोफर अपना दुपट्टा ठीक करते हुए खड़ी हो गई थी। तभी इमरान ने कमरे में प्रवेश किया था। उसने ध्यान से नीलोफर का चेहरा निहारा था। नीलोफर की आँखें कुछ लाल हो रही थीं। इमरान ने नीलोफर का चेहरा अपनी हथेलियों में भरते हुए प्यार से पूछा था–

"मेरे दुर्व्यवहार पर तुम रोई हो न?"

"हूँ। इसलिए कि तुमने मुझे फिर ग़लत समझा। वह अजनबी कोई और नहीं बल्कि..."।

"एक सेल्समैन था"। इमरान ने नीलोफर की बात पूरी होने से पहले कहा था। नीलाफोर आश्चर्य से इमरान का मुँह देख रही थी।

"और तुमने उससे एक मशीन खरीदी थी, फूड प्रॉसेसर"। इमरान दुखी स्वर में बोले जा रहे थे।

"और मैं न जाने क्या सोच बैठा।" इमरान का स्वयं के प्रति क्षोभ बढ़ता जा रहा था।

नीलोफर ने प्यार से इमरान का हाथ पकड़ लिया था। इमरान के चेहरे पर पश्चाताप का भाव उभर आया था।

"नीलोफर, इसी तरह के शक में कितनी ज़िन्दगियाँ उजड़ जाती है न? अपने-अपने स्वाभिमान में जकड़े वे लोग एक दूसरे वे लोग एक दूसरे से स्पष्टीकरण लिए ही दूर खिंचते चले जाते हैं और फिर होता है बिखराव।"

"सम्बन्धों की मधुरता और निर्वाह के लिए दोनों ही पक्षों का उदार और स्पष्ट होना आवश्यक होता है, अन्यथा शक का एक छोटा सा भी दीमक उसे धीरे-धीरे चाटकर खत्म कर देता है"। नीलोफर की बातों में दर्शन झलक आया था। इमरान ने उसके दुपट्टे के कोने को अपनी हथेलियों पर लपेटते हुए कहा था—

"नीलोफर, तुमको कभी-कभी मुझसे वितृष्णा होती होगी कि मैं कितना शक्की व्यक्ति हूँ।"

"तुम ही नहीं संसार में बहुतों के साथ ऐसा होता है और जब भी मेरे सामने ऐसी स्थिति आती है, मैं एक नन्हा सा सच ढूँढ़ लेती हूँ।"

"कौन सा सच?" इमरान ने प्रश्न किया था।

"यही कि पजेसिव होना एक स्वभाव है और कुछ नहीं। तुम मेरे प्रति पजेसिव हो यह मेरे लिए गर्व की बात है। बस इतना सा सच है, बाकी सब भ्रम।"

दोनों एक दूसरे को देख हँस पड़े थे।

शीर्षक क्या दूँ?

यह मैं ही लिख रही हूँ पर वास्तव में मैं लेखिका नहीं। मैं तो बस एक सामान्य सी घरेलू औरत हूँ। दो भोले भाले बच्चों और एक प्यार करने लायक पति की स्वामिनी। जी नहीं, मैं अनपढ़ नहीं हूँ। पढ़ी लिखी हूँ। एम. ए. पास हूँ हिन्दी साहित्य में। बाद में बी. एड. भी कर लिया था मैंने। यहीं बगल के सरस्वती शिशु मन्दिर में हिन्दी की अध्यापिका हूँ मैं। इतना तो मिल ही जाता है कि मकान का किराया और बच्चों के स्कूल की फीस का खर्च मैं उठा लूँ। शेष प्रवक्ता पति के वेतन से आराम से चल जाता है।

विवाह के बाद कुछ समय तक कभी कभी लेख कविताएँ वगैरह लिखती थी पर एक बार भ्रष्टाचार पर लिखे मेरे एक लेख को लेकर पत्रिका के सम्पादक से हुई मेरी कहासुनी के बाद से कविताओं और लेखों वाली कापी और कुछ फुटकर स्याही में रंगे पन्नों को मैंने टेलरिंग शाप वाली मजबूत पॉलिथीन में ठूँस ठाँस कर ऊपर टाँड़ पर फेंक दिया। हुँ; कौन जाएगा अपनी थुक्का फजीहत करवाने। कितनी निर्लज्जता से वह सम्पादक बहस कर रहा था—"...मान लीजिए आपके साथ कभी बलात्कार हो जाए तो जो मानसिकता...।"

"छिः तेरे साथ हो मुँह जले...।" मन ही मन उसे कोसते हुए मेरा चेहरा लाल भभूका हो उठा था।

"आप मेरी स्क्रिप्ट लौटा दीजिए। मैं इसे प्रकाशित नहीं करवाना चाहती।" मैं क्रोध से गुर्रा उठी।

"देखिए, आज के दौर की जो डिमान्ड है हरीतिमा जी, उससे अलग अगर हम भजन कीर्तन करने लगेंगे तो हमारी पत्रिका तो बैठ ही जाएगी। आपकी भाषा में दम है, अभिव्यक्ति सशक्त है, बस थोड़ी 'बोल्डनेस' की कमी है। 'बोल्ड' लेखन करिए, देखिए रातों रात आप साहित्य जगत की चर्चित लेखिका बन जाएँगी।

दरअसल लेखन के लिए परम्परा और अतीत की ओर मुड़कर देखने वाले, बहुत होगा तो 'क्लासिकल' बन जाएँगे। प्रगतिशील विचारधारा के तो नहीं हो पाएँगे न?''

सम्पादक की बातें कुछ अटपटी कुछ चटपटी लगी थीं मुझे पर उनके हिसाब का 'बोल्ड' लेखन करने से पहले ही बाबूजी की घूरती आँखें, भइया की उपेक्षा भरी दृष्टि और बढ़ते बच्चों की जिज्ञासा भरी आँखों ने पाँवों में बेड़ियाँ पहना दीं। पति तो इतने सुलझे हुए हैं कि उन्हें किसी तरह समझा लिया जा सकता है पर औरों को क्या समझाऊँगी? पिछले सारे आदर्शों और मूल्यों की विशाल इमारत को नाखून से कुरेद कर गिराने का मूर्खतापूर्ण प्रयास और निर्लज्जता की नींव पर साहित्य-सृजन के द्वारा किन आदर्शों की स्थापना करने जा रही हूँ मैं? अपने इस 'बोल्ड' लेखन से किस समाज और पीढ़ी को संस्कारित करना चाह रही हूँ? बस विराम लग गया मेरे लेखन पर। स्वयं को एक साक्षर और सामान्य औरत मान लिया था मैंने और सुख से भर उठी मेरी जीवन-नइया। आवश्यकता तो नहीं कि समाज में सभी विशिष्ट बन जाएँ? और तब विशिष्टता का मापदण्ड क्या रह जाएगा? महाकवि मिल्टन ने भी तो लिखा है कि वो लोग ईश्वर की सेवा करते हैं जो केवल धैर्यपूर्वक प्रतीक्षा करते हैं। सो, मैं भी एक जागरूक पर मूक श्रोता, दर्शक और पाठक बन बैठी।

पर क्या कहूँ अपनी इन दोनों सहेलियों को जिन्होंने आज पुनः कलम पकड़वा दिया हाथों में। वास्तव में इस कथा को तो सुदेशना नाथ को लिखना चाहिए था। सुदेशना, मेरी सहेली। पढ़ते समय से ही लेखिका बनने के आकर्षण से मोहाविष्ट। इसी मोह ने आज उसे अपनी मंजिल तक आखिर पहुँचा ही दिया। सुदेशना एक 'बोल्ड' लेखिका के रूप में प्रान्तीय स्तर कर काफी चर्चित है। राष्ट्रीय स्तर तक चर्चित हो जाने के लिए पूरी तरह प्रयासरत और आशान्वित भी। बस एक क्रान्तिकारी कथा-संग्रह के प्रकाशित हो जाने भर की देर को किसी तरह समायोजित करती हुई। लेखन की तरह ही अपने जीवन में भी बहुत 'बोल्ड'। पता नहीं इस 'बोल्डनेस' का हिन्दीकरण मुझे क्यों नहीं सुहाता? 'साहसी' या 'साहसीपन' वैसा ही लगता है जैसे बीयर से भरी गिलास में कोई चार बूँद गोमूत्र मिला दे या फिर 'फायर' फिल्म के पोस्टर के बगल में घोड़े पर सवार तलवार चमकाती महारानी लक्ष्मीबाई की तस्वीर चस्पा कर दे। इसलिए मैं 'साहसी' या 'साहसीपन' को 'बोल्डनेस' से बचा कर रखती हूँ।

एक बार सुदेशना से एक रेस्टूरेन्ट में भेंट हो गई थी अकस्मात्। मैं अपने पति और बच्चों के साथ थी और वो अकेली। बच्चों की जिद पर ही मेरा जन्मदिन मनाया जा रहा था उस दिन और बाहर चलकर छोले भटूरे खाने का कार्यक्रम बना था। उसे मैंने ही देखा था पहले। इधर पढ़ाई छूटने के कई वर्षों बाद पहली बार मैं उससे मिल रही थी। मैंने चहककर कर पूछा–

"तुम सुदेशना नाथ हो न?"

मेरी हँसी का छोर दोनों कानों तक फैलता जा रहा था।

"ओह हरीतिमा, तुम?...पर मैं अब नाथ नहीं वैभव हो गई हूँ। सुदेशना वैभव।' उसने मेरे गाल पर चुटकी काटी।

"क्या? पर तेरी सगाई तो आशुतोष सिन्हा से हुई थी न?"

"ओह हाँ। तुझे याद है।...पर मैंने तोड़ दी।"

"लेकिन तू तो बताया करती थी कि...।" मैं संकुचित हो उठी थी। अपने पति और बच्चों के सामने कैसे कहती कि उसके और सिन्हा के सम्बन्ध तो विवाह-पूर्व ही विवाहित थे, फिर अचानक तोड़ने की क्यों सूझी? सुदेशना ने मेरी चिन्ता भाँप ली थी शायद। बहुत ही स्पष्ट ढँग से तर्क दिया–

'मैं तन के साथ-साथ मन आई मीन माइन्ड को भी किसी के पास गिरवी रखने को तैयार न थी। आखिर फेमिनिस्ट थी अरी को मैं लिखूँ तो, पर जी न सकूँ, यह कैसी विडम्बना है? खैर छोड़। चल कॉफ़ी पीते हैं। आज यहीं सामने कार्ल माइकेल लाइब्रेरी आई थी एक किताब की खोज में। सोचा, चलकर कुछ यहीं खा लूँ। तू मिल गई, अच्छा लगा।"

"क्यों, घर से खाकर नहीं चली थी क्या?" मैं हँस पड़ी थी उसकी लापरवाही पर।

"अब ज्यादातर तो हम दोनों लंच अपने अपने ढँग से ले लेते हैं। शाम को कुछ बना लेते हैं।" सुदेशना ने कुर्सी पर खींचकर बैठते हुए बताया था।

"ये तेरे ही बच्चे हैं?"

"हाँ। मौसी को प्रणाम करो गोलू और छोटू।" मेरा आदेश पा दोनों बच्चों ने झुककर सुदेशना के पैर छुए तो उसने चौंककर पैर हटा लिया।

"ओह नहीं, बेटे। पैर नहीं छुओ। आओ, हाथ मिलाओ।" लेकिन तब तक दोनों बच्चों पैर छू चुके थे।

"तुम्हारे कितने बच्चे हैं सुदेशना?"

"बच्चे नहीं हैं। दरअसल मैं नहीं चाहती बच्चे।"

"क्यों? बच्चे क्यों नहीं चाहती?" मैं साधिकार उसे अपरोक्ष डाँट लगा रही थी।

"वो, बच्चे होंगे तो लेखन में व्यवधान होगा। फिर वैभव भी नहीं चाहते। हम दोनों के बीच एक अच्छी अण्डरस्टैडिंग है हरीतिमा। कभी आओ। वैभव तुमसे मिलकर प्रसन्न होंगे।" उसने बात बदल दी थी। 'अन्डरस्टैण्डिग' का अर्थ बहुत दिनों बात मेरे सामने खुला था और तब जान पाई थी कि हमारे समाज में भी विवाह नामक संस्था के समानान्तर ही अण्डरस्टैडिंग वाली संस्था भी अंकुरित हो उठी है।

"पर धूल धूसरित बच्चों के हाथों में थमी मिट्टी की सोंधी गन्ध और तितलियों और बादलों के संग उड़ने को मचलते बच्चों के हठ ने न जाने कितने अरसिकों को भी कवि बना दिया सुदेशना। तुम्हारे लेखन के लिए बच्चे बाधक हैं, सुनकर आश्चर्य हो रहा है। खैर छोड़। नौकरी कर रही है या...?

"कर रही थी। छोड़ दिया। अब बस स्वतन्त्र लेखन। दो पुस्तकें जल्दी ही दिल्ली से छपकर आ रही हैं। तुझे भेजूँगी। अपना पता दे दे।" वह अपनी अव्यक्त कसक को उसी 'बोल्डनेस' के पीछे छिपा रही थी। मैंने अपने पति से कार्ड माँगकर दिया तो जैसे उसे अपनी भूल का एहसास हुआ। इतनी देर से नमस्कार के बाद उनसे कोई बात वह नहीं कर सकी थी।

"कभी आइए भाई साहब, हरीतिमा को लेकर। यह है मेरा पता।" सुदेशना ने अपना कार्ड थमाया था और कॉफी का अन्तिम घूँट गले के नीचे उतारती हुई खड़ी हो गई थी।

'चलूँ हरीतिमा। अचानक इतने दिनों बाद मिलकर अच्छा लगा। कभी तुम्हारे यहाँ आऊँगी तो ढेर सारी पिछली बातें करेंगे। आप लोग एन्ज्वॉए करो।"

वह अपना पर्स और गले में लिपटी शाल को सँभालती हुई चली गई थी। भूरे रंग के खादी सलवार समीज पर काले रंग की शाल में सुदेशना का गोरा चेहरा एक कृत्रिम दम्भ से तना हुआ था। अपने छोटे छोटे बालों में उँगली से कँघी करते हुए एक असहज लापरवाही का प्रदर्शन सा कर रही थी। मैंने देखा था आज भी उसकी शाल का एक छोर फटा हुआ था। मेरे पति उधर ही देख रहे थे।

"हास्टल में भी इसकी यही आदत थी। कुछ भी फटा-चीथड़ा पहन लेती थी। कोई परवाह नहीं।" मैंने अपने पति से उसकी आदत बताई।

"मुक्त हो चुकी है वह इन सब आडम्बरों से। जैसे हिप्पी-पन्थ वाले होते हैं।" उनके व्यंग्य का निहितार्थ मुझे चुभ सा गया था।

"क्या मतलब?"

"अन्यथा मत लेना। तुम्हारी पुरानी सहेली है, फिर अत्याधुनिक विचारों वाली लेखिका भी है। मैं कोई टिप्पणी नहीं कर रहा हूँ। बस यह मेरी निजी अनुभूति है।"

"तुम्हारी निजी अनुभूति केवल कपड़े के फटेपन से तो उद्भूत नहीं ही है।" मैं सशंकित भाव से पूछ बैठी थी।

"ठीक ही सोच रही हो तुम। इन्हें मैं जानता हूँ। जिस वैभव के साथ रहने की बात कह रही हैं उसके साथ विवाह नहीं किया है। बस, ऐसे ही, जैसे पश्चिम के लोगों का या यूँ कहो कि हिप्पी-पंथ वालों का किसी से कोई सम्बन्ध हो जाता है। इसी चक्कर में इन्हें नौकरी छोड़नी पड़ी है। प्रमोशन के लिए और नाम बदलने के लिए वैवाहिक रजिस्ट्रेशन तो कम से कम चाहिए ही था। बस, ताव में नौकरी से त्यागपत्र। आखिर समाज को राह दिखाने के लिए स्वयं तो आगे चलना पड़ेगा न?"

"अरे, इतनी सी बात के लिए नौकरी से इस्तीफा? आखिर पति-पत्नी की तरह रह रहे हैं तो विवाह करने में क्या परेशानी?" मैं यह प्रश्न बीच मेज पर पटक मानो स्वयं को इस तरह के आक्षेप से बरी कर रही थी।

"विवाह का मतलब बन्धन और बन्धन का मतलब शोषण। पहले ही कदम पर नारी मुक्ति आन्दोलन का झण्डा झुका देना चाहती हो?"

मेरे पति हँस रहे थे और मैं चिन्तित। आखिर क्या होना चाहिए इस आन्दोलन की दिशा? किन परम्पराओं को छोड़ना है, किन्हें साथ रखना है, पहले इसका निर्णय होना चाहिए। एकाएक समुद्र में छलांग लगा देना और फिर निर्णय करना डूबना है या तैरकर पार करना है, हास्यास्पद है। समय के साथ चलना या रूढ़ियों में परिवर्तन आवश्यक है पर वह देश, काल और समाज सापेक्ष है। इसके लिए समाजशास्त्रियों के साथ-साथ साहित्यकारों को भी सावधान रहना है।

मेरे पति कह रहे थे–

"लगता है तुम बुरा मान गई? आवश्यक नहीं कि तुम मेरी बातों के साथ सहमत होओ। यह मेरी व्यक्तिगत अनुभूति थी जिसे मैं तुम्हारे साथ बाँट रहा था। चलो, घर चलें।" मैं विचारों से निकलकर वर्तमान में आ गई थी।

उसी सुदेशना का आज सुबह सुबह टेलीफोन आया तो मैं चौंक उठी।

"क्यों, पहचाना हरीतिमा? मैं सुदेशना।"

"हाँ, हाँ, पहचानूँगी क्यों नहीं? बोल सुदेशना।"

"आज अभी दो घण्टे में हम तुम्हारे घर आ रहे हैं, फिर तुम्हारे साथ ही चलेंगे सर्किट हाउस। तैयार रहना।"

"पर...मतलब...हम यानी तू और तेरे पति?" पति कहते हुए एकाएक मेरा स्वर लड़खड़ा उठा। पता नहीं सुदेशना क्या सोचे? इधर मेरे पति भी ध्यान से मेरी ओर ही देख रहे थे। शायद सुदेशना के नाम से उत्सुकता बढ़ गई थी, इसलिए। मेरे स्वर के लड़खड़ाते ही वे हँसते हुए उठकर अन्दर वाले कमरे में चले गए थे। मैं दुविधा से क्षणांश को मुक्त हुई थी।

"वैभव नहीं यार, वो तुझे याद भी है कि नहीं? पता नहीं घर गृहस्थी के पचड़े में तू भूल गई हो।...हम लोगों के साथ उसी कमरे में एम. ए. फर्स्ट ईयर में एक और लड़की रहती थी। राजनीतिशास्त्र में थी। एक ही साल पढ़ पाई थी फिर यूनिवर्सिटी से रेस्टीकेट कर दी गई थी...अरे वही मैनावती सिंह जिसका हस्बैण्ड नेता था। कभी कभी महिला हॉस्टल के गेट पर मिलने आता था। बड़ी बड़ी मूछों वाला, नाटे कद का।"

"अब पता नहीं कब की बात कर रही है तू। सचमुच नहीं याद कर पा रही हूँ मैनावती को।"

"देखेगी तो याद आ जाएगी।"

"पर सर्किट हाउस में क्या काम है?"

"आज मैनावती की प्रेस-कान्फ्रेस है और महिला मोर्चा की सभा भी।"

"पर सुदेशना आज तो...।" मैं हिचकिचा रही थी। पता नहीं सुदेशना के साथ जाने की बात पर मेरे पति क्या सोचे?

"कुछ आज-वाज नहीं। बस छुट्टी ले लो आज। अरे हम महिलाओं के सपोर्ट में महिलाएँ नहीं आगे आएँगी तो क्या पुरुषों से अपेक्षा रखती हो?"

"पर उस प्रेस-कान्फ्रेस और महिला मोर्चा से मेरा क्या लेना देना? मैं क्या करूँगी जाकर?"

"राजनीतिक सभाओं में सभी लोग कुछ करने ही थोड़े जाते हैं। तू बस चलकर बैठी रहना।"

"मैनावती सिंह करती क्या है?" मैंने किंचित् परेशान होकर पूछा।

'ये ल्लो। अब इतना भी नहीं जानती महारानी। वह मन्त्री रह चुकी है।

इस बार चुनाव नहीं जीती अन्यथा इस बार भी कोई विभाग अवश्य मिलता।... अब तुम्हें तो यह भी बताना होगा कि वह किस पार्टी से है?"

"हाँ बता दे ठीक ही रहेगा। जानती तो है कि मैंने हाईस्कूल तक ही नागरिक शास्त्र पढ़ा है। राजनीति से हमेशा राम राम रही है।"

"वो सत्ता पार्टी की है। बस, इतना काफी है। हम पहुँच रहे हैं।" टेलीफोन कट गया था। मैंने दबे स्वर में अपने पति को जाकर सारी बातें बताईं।

"जाना चाहिए। इसमें कौन सी बुराई है? उनके साथ रहने मात्र से तुम बदल तो जाओगी नहीं। हाँ, कुछ अनुभव ही मिलेगा।" अपने पति के विचारों से मन कुछ हल्का हुआ था। आने वाले मेहमानों का भारी मन से स्वागत नहीं करना चाहिए। मैं बच्चों के साथ अपने घर की सफाई में जुट गई थी ड्राइंग रूम में सोफे ओर दीवान का कवर बदला था और डाइनिंग-टेबुल पर ताजा फूलों का गुलदस्ता सजा लिया था। सुदेशना और मैनावती पहली बार मेरे घर आ रही हैं। कहीं कोई कमी नहीं रहनी चाहिए। सुदेशना तो फिर भी अपने ही स्तर की होगी पर मैनावती का तो पूरा रंगरूप ही बदल गया होगा। नेताओं के ठाट-बाट से लकदक करती आएगी। उसके सामने कम से कम सुदामा का दारिद्र्य तो प्रकट नहीं करना है। हास्टल में तो हम सब एक ही तरह थे पर अब तो सबका अपना अलग अलग स्तर और विचार हो गया है।

"एक काम करेंगे? मैंने अपने पति से मनुहार की थीं।

"तुम्हारी सहेलियाँ मेरी भी सहेलियाँ। एक नहीं दो कहो।" पति का परिहास अन्दर तक गुदगुदा गया।

"ज़रा जल्दी से पनीर और परवल ला देते बाजार से तो झट से पूड़ी सब्जी भी बना देती। उन सबों के आते आते खाने का समय तो हो ही जाएगा। केवल नाश्ते पर टरका देना अच्छा नहीं लगेगा। फिर मेरे लौटने में न जाने कितनी देर हो जाए।"

"ठीक है, बना लो, पर चिन्तामुक्त होकर जाओ। मैं बच्चों को देख लूँगा।"

"आप परिहास तो नहीं कर रहे हैं?" मैं उनकी लगातार उदारता पर सशंकित हो उठी।

"ओफ्, तुम लोगों को तो सन्देह की बीमारी सी लग गई है। हमारे सहयोग को भी शक की ही दृष्टि से देखती हो। महीने में अट्ठाईस दिन तुम मुझे सहयोग करती हो तो क्या एक दिन भी हम करने लायक नहीं हैं? अरे हम लोगों की भी मानसिकता अब बदल रही है तुम लोगों के साथ साथ।"

"बहुत अच्छे हो तुम।" मैं गदगद हो बोल पड़ी।"

मैंने जल्दी जल्दी खाना बनाया था और स्वयं तैयार हुई थी। वे दोनों निर्धारित समय पर पहुँच गई थीं।

खाना खाने के बाद मैं उन दोनों के साथ बाहर खड़ी कार के पास आई थी।

"ये तूने बहुत अच्छा काम किया हरीतिमा डियर कि भूखे को खाना खिला दिया।" सुदेशना ने अपने पेट पर हाथ फिराते हुए परिहास किया।

"क्यों तेरे घर मैं जाती तो तू न खिलाती क्या?" मैं खिल खिल पड़ी थी अपने आतिथ्य-भाव की प्रशंसा से।

"खाना बनाने वाली रही समय से तो शायद मिल जाए अन्यथा बिस्कुट पानी पेश कर देगी। दो दिन से टिककर मैं देख रही हूँ न?" इस बार मैनावती ने कहा।

"पता नहीं क्यों यार, जब मैं किचेन में खड़ी होती हूँ तो लगता है जैसे मुझे क्लास में सबसे पीछे खड़ा कर दिया गया हो। और तुम तो जानती ही हो कि मैं बैक-बेन्चर कभी नहीं रही। है न हरीतिमा? सुदेशना कार की पिछली सीट पर धप्प से पसर गई थी।

"क्यों, किसी एक को तो बैक-बेन्चर होना पड़ेगा नहीं तो चूहों की क्रिकेट में अम्पार बने खाली हाथ हिलाना पड़ेगा।" मैंने भी सुदेशना पर पलटवार किया था। उसकी बात मुझे कहीं न कहीं चुभ गई थी। क्लास में बैक-बेन्चर मैं भी नहीं रही पर किचेन से उसका क्या मतलब?

"अब देखो भाई, कई शताब्दियों तक हमने किचेन सँभाल लिया। अब ज़रा दूसरी पार्टी को भी कुछ दिन मैदाने-जंग में उतरने दो।" सुदेशना अल्हड़ता का अभिनय करते हुए खिड़की का शीशा उतारने लगी थी। मैनावती ने भारी हँसी हँसते हुए कहा–

"यानी नारी मुक्ति की पहली सीढ़ी किचेन से होकर गुज़रती है।" उसकी हर बात में दम्भ का एक पुट मिला हुआ था।

मैं कहीं न कहीं एक हीनता-ग्रन्थि से बोझिल होती जा रही थी उन दोनों के बीच। मैनावती के साँवले मोटे चेहरे पर एक अभिमान का भाव तैर रहा था। उसने साड़ी के पल्लू को दूसरे कन्धे के ऊपर से घुमाकर सामने कसकर पकड़ लिया था और उसी हाथ में अपना चमड़े का पर्स भी पकड़े थी। मैं उन दोनों के बीच बैठी थी।

"चलो तेजू।" उसकी रोबीली आवाज़ कार में गूँजी थी और सफेद कार तेजी से भीड़ भरी सड़क पर रास्ता पार करने लगी थी। मैं देख रही थी कि गाड़ी की गति के साथ ही मैनावती के चेहरे पर दर्प का भाव तेजी से पसरता जा रहा था। एकाएक गाड़ी में ब्रेक लगा था और वह चरमराकर रुक गई थी। कार के बिल्कुल सामने एक बच्चा साईकिल समेत आते आते बचा था। ड्राइवर ने खिड़की से हाथ निकाल उसे एक चाँटा मार दिया था और गाड़ी बढ़ा दी। पीछे से खिड़की में से मुँह निकाल मैनावती ने रोबदार झिड़की दी–

"साले अभी तो पिच्च से हो जाते। आबादी बढ़ा कर लोग कीड़े-मकोड़े की तरह बिलबिलाने के लिए सड़क पर छोड़ देते हैं।"

"जाने दो बच्चा है बेचारा।" मैं घबड़ाए से उस बालक को देख रही थी। मैनावती का क्रोध बिना बात ड्राइवर पर उतर गया–

"कितनी बार तुमसे कहा कि चलने से पहले पार्टी का झण्डा जरूर टाँग लिया करो और प्रेशर हार्न भी ठीक करवा लो पर तुम लोग तो खा खाकर मोटे हो गए हो। काम तो सूझता ही नहीं।"

"छोड़ो यार, यह झण्डे-वण्डे का असर अब लोगों पर नहीं होता।" सुदेशना ने उसी लापरवाही से कहा। मैं सोच रही थी कि कार के ऊपर लगी लाल बत्ती क्या इस समय लप् लप् नहीं कर रही होगी? अब कौन पूछने जाए कि यह लाल बत्ती दिन में भी जलती है या केवल रात में? आखिर रह गई न मैं सामान्य सी औरत? सुदेशना और मैनावती से कोसों पीछे, पर मैंने तो यह भी सुना है कि जो मन्त्री पद पर नहीं होता उसे यह बत्ती लगाने का अधिकार भी नहीं होता। हुंः, होता होगा कुछ। मुझसे क्या?

सड़क पर काफी लम्बा जाम लगा था। ड्राइवर कभी दाहिने काटकर तेज गति में कार को आगे बढ़ाता तो कभी बाएँ कतारबद्ध खड़ी गाड़ियों के बीच में घुसकर खड़े होने की कोशिश कर रहा था। इसी प्रयास में बाँए खड़ी एक कार को हल्का सा धक्का लगा था तो उसका ड्राइवर चिल्ला पड़ा था–

"अन्धे हो गए हो क्या? लाइन में क्यों नहीं चलाते? क्यों जाम और बढ़ा रहे हो?"

मैनावती को उसकी बातें अपमानजनक लगी थीं और उसने कार का शीशा उतारते हुए गुर्राकर कहा–"अबे, जानता नहीं क्या?"

"क्या नहीं जानता?" वह भी दुगुने वेग से गुर्राया। इस अनपेक्षित वार से हम सभी तिलमिला उठे थे, पर मैनावती मेरे सामने अपमानित महसूस कर

रही थी, इसका अच्छी तरह एहसास हो रहा था मुझे। उसने अपनी आवाज़ को और भारी करते हुए कहा—

"रुक...रुक...उतर तो बताती हूँ।"

मैनावती की ललकार पर सचमुच वह गाड़ी रोककर उतर गया था। मैं सड़क पर किसी तरह का तमाशा नहीं खड़ा करना चाह रही थी। मैनावती को पकड़ते हुए मैंने ड्राइवर से गाड़ी आगे बढ़ाने को कहा और उस युवक को शान्त कराया—

"अरे भाई साहब, जाने दीजिए। क्या बात बढ़ा रहे हैं?" गाड़ी आगे बढ़ चली थी। मैनावती क्रोध से फुँकार रही थी। उसके ओठों के किनारे झाग बन रहे थे। शायद मेरे सामने उसे अपनी हार अखर गई थी।

"अभी मेरे हस्बैण्ड साथ होते तो निश्चित इसकी हड्डी पसली एक कर देते।" वह हाँफ रही थी गुस्से में।

"तुम्हें अपन गनर को साथ रखना चाहिए। वह स्वयं रास्ता बनवा देता।" सुदेशना से सलाह दी।

मैं मन ही मन लज्जित हो रही थी नारियों की इस हार पर और हँस रही थी मुक्ति की बात पर। पुरुषत्व को ओढ़ने पर स्त्री किस तरह विद्रूप हो उठती है। दृष्टियों का पात्र बनने को अपनी सफलता मान लेना उस कौतूहल की तरह है जिससे लोग सर्कस में करतब दिखाते कलाकारों को देखते हैं। सबका अपना एक विशेष स्वरूप प्रकृतिप्रदत्त है, उसमें परिवर्तन होना तो चाहिए पर उलटबाँसी नहीं। यह मेरी निजी अनुभूति है जिसे मैं अपने पति से भी बाँटना नहीं चाहती क्योंकि उनकी मुस्कुराहट मुझे भी चुभेगी।

इस कथा को यहाँ तक लिखने के बाद सोच रही हूँ इसका शीर्षक क्या दूँ? आखिर यह मेरी निजी अनुभूति है।

आदिम गन्ध

"अच्छा, तुम लोग के यहाँ सगाई और विवाह में क्या अन्तर होता है?"

चाय का घूँट भरते हुए मुक्ता ने परतपिया से पूछा। परतपिया मुक्ता की कुर्सी के पास ही ज़मीन पर बैठ गई थी। अपनी चाय का प्याला नीचे रख अपने आँचल को मुँह के सामने लगा दिया। जब भी उसे कुछ बोलना होता है वह आँचल मुँह के पास अवश्य लगा लेती है। शायद बचपन से आदत रही हो या फिर थोड़ा उभरे दाँतों को छिपाने की कोशिश में यह आदत पड़ गई हो। अन्य कार्य करते हुए वह बिल्कुल सहज रहती है, बस बोलते, हँसते वह आँचल से मुँह को छिपाने का प्रयास करती है। शायद उस अशिक्षिता को भी ज्ञात था कि दोनों ही क्रियाओं के समय सामने वाले का ध्यान बड़ी बारीकी से माथे, भौहों के बीच से सरककर नाक से होता हुआ ओठों के संचालन पर केन्द्रित हो जाता है।

"वो ऐसा होता है न मेमसाहब...?"

"फिर मेम...मैं कितनी बार समझाऊँ तुझे कि मैं मेम वेम नहीं, शुद्ध हिन्दुस्तानी हूँ, हिन्दुस्तानी। दीदी कहो, भाभी कहो, चाची कहो, बुआ कहो...। हमारे यहाँ रिश्तों की कमी कहाँ, जो मेम से काम चलाएँ।"

हिन्दुस्तानी के ओढ़े अहम् के ज्ञान की कुछ बूँदें मुक्ता ने परतपिया के ऊपर भी छलका दी थीं मानो आचमनी से तीन बार पानी छिड़क कर पण्डित जी ने ओम् पवित्रम् पवित्रम् कर दिया हो।

"हुँः हुँः हुँः ऽ ऽ...भूल जाती हैं हम कहना। आदत पड़ गई है सबको मेम साहब कहने की। इससे पहिले हम जिनके यहाँ काम करती थी वो तो नाराज़ हो जाती थी कि ई का रिश्तेदारी बना रही हो। मेम साहब कहा करो।"

परतपिया ने झेंपकर हँसते हुए सिर नीचे झुका लिया था।

"हाँ तो बताओ, क्या अन्तर है सगाई और विवाह में?"

मुक्ता ने पुनः प्रश्न कर दिया था। इस बार महिला दिवस पर महिला जागरूक मंच की ओर से आयोजित आखिल भारतीय स्तर की संगोष्ठी में उसे अपना वक्तव्य देना था और मात्र अब दो ही दिन शेष थे। इस बार वह महिलाओं से सम्बन्धित कोई चौंकाने वाले तथ्य खोज रही थी ताकि हमेशा की भाँति उसके भाषण का एक स्थाई प्रभाव लोगों पर पड़े। अपनी इस कला की खातिर वह केवल अपने ही शहर में नहीं बल्कि दूसरे शहरों में भी लोकप्रिय थी। कई महिला संगठनों से जुड़ी थी। अपने वैचारिक और तार्किक व्याख्यान से बड़े-बड़े लोगों का मुँह बन्द कर देती थी।

परतपिया बता रही थी–

"हम लोगों में जैसे किसी औरत को उसका मरद छोड़ दिया और वो औरत दूसरे आदमी के साथ जिनगी बिताना चाहे तो...।"

"यानी बाल बच्चे हों तो भी?"

मुक्ता ने ध्यान से देखते हुए पूछा।

"हाँ तब क्या? और वो दूसरा वाला मरद भी दुआह होगा न।"

"दुआह क्या?"

मुक्ता की भाषा की अल्पज्ञता पर परतपिया खिल से हँस पड़ी थी। उसके चेहरे पर एक गर्व का भाव उभरा आया। अपनी भाषा, अपने व्याकरण पर।

"दुआह, यानी उसकी भी औरत चाहे छोड़ दी हो, चाहे मर गई हो...तो उससे होती है।"

"क्यों, कोई कुँवारा लड़का छोड़ी गई औरत से शादी नहीं कर सकता?"

"अरे मेम साहब की बात...? कुँवार लड़का चार बच्चन की माई ले जाकर क्या करेगा? दुआह मरद भले कुँवार लड़की से कर ले...।"

मुक्ता को एक बात मिली थी। उसने आगे जानने के लिए परतपिया की ओर देखा। परतपिया बता रही थी–

"तो जब छूटी औरत किसी दुआह मरद के संग बैठती है तो वह सगाई होती है। मानो बिना गाजा-बाजा के आठ-दस लोग बाराती आएँगे और खाना-पीना होगा। शाम तक औरत को विदा कराकर ले जाएँगे और बियाह में गाजाबाजा के साथ ठान बान कर लड़की-लड़का का बियाह होता है।"

"तो ऐसी ही सगाई भेजने के लिए तुम्हारे पिताजी कह रहे हैं?"

"हाँ, भाभी जी, लेकिन हम नहीं जाऊँगी। हम बाबू से कह दिए हैं कि

दो बच्चों को लेकर हम यहीं एक मड़ई डालकर जिनगी बिता लूँगी, लेकिन अब कहीं नहीं जाऊँगी। एक बार जाकर भोग लिए।''

परतपिया उदास हो गई थी, पर उसके जीवन का यह रहस्योद्घाटन मुक्ता को चौंकाने वाला था।

''क्या? एक बार सगाई जा चुकी हो तुम?''

''सगाई नहीं भाभी जी, धोखा था।''

''क्या हुआ था? बताओगी?''

मुक्ता को कुछ नए तथ्य मिलने की उम्मीद दिखाई दी। परतपिया उदास आँखों से सामने दीवार को देखते हुए बताने लगी थी। उसके मुँह से आँचल हट गया था। दुःखी क्षणों में आदतें भी साथ छोड़ देती हैं।

''वो हमारे गाँव की बिटिया लगती थी। हम लोग फूआ फूआ गोहराते थे। वो दिल्ली ही रहती थी अपने आदमी के संग। न बाल न बच्चे। बाल बच्चों का दरद क्या जानेगी भाभी जी, वही, दो साल पहले एक बार आई थी तो बाबू को समझा बुझा कर तैयार कर ली। बाबू बोले—दोनों बच्चों को हम देख लेंगे तुम इसके साथ चली जाओ। मन मसोस कर हम चली गई उसके साथ।''

परतपिया कुछ देर के लिए ठिठकी और पुनः बताने लगी—

''पता चला कि वह साठ बरिस का बुढ़वा था। वहीं दिल्ली में ठेला लगाता था। औरत मर गई थी। दो बड़े-बड़े जवान लड़के अपना परिवार लेकर अलग रहते थे। खाना बनाने में परेशानी होती थी इसीलिए...। हम एक हफ़्ता उसके साथ रही, लेकिन भाभी जी, कभी कोई वो तरह का बात व्यवहार नहीं रखी हम। कभी-कभी वो बुलाए भी तो...।''

परतपिया कुछ संकुचित हो उठी। मुक्ता ने उस लज्जाजनक भाग को दूसरी ओर मोड़ दिया—

''तुमने उसे अपने बच्चों के बारे में तो नहीं बताया?''

''हमें कुँवार बताकर उसके पास भेजी थी वो गन्धैली।''

परतपिया अपनी उस बुआ पर कुढ़ कर बोली थी—

''एक दिन बुढ़वा हमसे पूछा भी, कि तू बुलाने पर काहे नहीं आती रे? काहे हमेशा मुरझाई रहती है? तब हम भी बता दी कि हमारे दो बच्चे हैं। उनकी याद आती है। हम उनको छोड़ कर नहीं रह सकती। तुम हमारे साथ सगाई किए तो उनको भी साथ रखो नहीं तो हमें भी छोड़ दो।''

''फिर क्या हुआ?''

मुक्ता परतपिया से सब कुछ जानकर कोई निष्कर्ष निकालना चाह रही थी।

"होना क्या भाभी? बुढ़वा बिगड़ गया। बोला—क्या बकती है तू रे। तेरी फूआ तो तुम्हें कुँवारी बता कर मुझसे पाँच हज़ार रुपए तेरे बाबू की रज़ामन्दी के लिए ले गई।"

बताते हुए परतपिया की आँखें क्रोध से जल रही थीं और होंठों के दोनों कोरों पर थूक का सफेद झाग बनने बिगड़ने लगा था।

"इधर बाबू से भी वो दो हजार रुपए ली और उधर बुढ़वा से भी। आज तक पैसा वापस नहीं की निबहुरी। तब हम सोची कि ले जाते बख़त क्यों वो हमें सिखा पढ़ा रही थी कि उसके सामने कबूलना नहीं कि तुम्हारे बच्चे भी हैं।..बस एक दिन रात में चोरी से हम गाड़ी में बइठकर भाग आई भाभी जी। कैसे-कैसे घर पहुँची हम, बस मत पूछिए। बड़ी दुर्दशा ई शरीर का...।"

परतपिया की आँखें से आँसू चू पड़े। गला रुँध गया।

"कोई बात नहीं। चुप हो जाओ। अब तो सब बीत गया न?"

मुक्ता ने एक शुष्क सान्त्वना परतपिया को दी। कुछ भी तो नया नहीं मिला मुक्ता को परतपिया की कहानी में। यह तो हर दिन किसी न किसी लड़की के साथ चाहे पढ़ी हो या अनपढ़, घटता रहता है। कभी फ़िल्मों में काम करने की चकाचौंध या विदेश भ्रमण का प्रोत्साहन, आत्मनिर्भरता की ललक या आर्थिक तँगी से ऊब, छली साथी के साथ नया जीवन शुरू करने की चाहत या फिर भ्रमित नारियों द्वारा भरमाई युवतियों के शोषण की कहानियों से हर दिन समाचार पत्र रंगे रहते हैं। कुछ नया तलाशना होगा।

सोचते हुए मुक्ता ने चाय का अन्तिम घूँट गले के नीचे उतारकर कप परतपिया को पकड़ा दिया। परतपिया अपना भी प्याला ज़मीन से उठा पैरों से धप् धप् की चिर-परिचित तेज़ आवाज़ निकालती हुई रसोई की ओर चली गई थी। मुक्ता का मन एकाएक परतपिया के ऊपर द्रवित हो उठा। इतनी कम उम्र में ही जीवन के कितने कटु अनुभव अपनी झोली में सँभाले जी रही है वह। शुरू-शुरू में जब वह मुक्ता के यहाँ घर की साफ़-सफ़ाई का काम माँगने आई थी तो उसके चेहरे पर एक ग्लानि और दीनता का भाव चिपका हुआ था। उसके जाने के बाद पड़ोसन ने मुक्ता को हिदायत दी थी—

"मुक्ता जी, अभी आप यहाँ नई-नई आई हैं। इसे नहीं जानतीं। धोखा खा जाएँगी। इसका आदमी चोरी और कत्ल के जुर्म में जेल में है। ये सब ठीक नहीं

हैं।"

और मुक्ता ने परतपिया को दूसरे दिन लौटा दिया था। परतपिया समझ गई थी कि उसके पति का अतीत बनता वर्तमान उसके भविष्य को बराबर डँसेगा।

अगले दिन उसने आकर मुक्ता के पैर पकड़ लिए थे—

"मेम साहब, हमारे मरद की करतूत से हमें कोई काम पर नहीं लगाता, पर, हम बुरी नहीं हूँ मेम साहब। विश्वास करिए। कोई पै देखिएगा तो परतपिया का कान पकड़कर बाहर कर देना मेम साहब, पर मेरे बाल बच्चों के साबुन तेल का खर्चा तो निकल आएगा काम करके। बाबू माई कब तक बैठा कर खिलाँएगे।"

और मुक्ता को दया आ गई थी। उसने परतपिया को काम पर लगा दिया परन्तु हर क्षण चौकन्ना रहती। न जाने कब परतपिया पर पति की छाया पड़ जाए। परतपिया भी अपने पति की इस काली छाया को हमेशा अपने से परे धकेलने के प्रयास में पैरों से ज़ोर-ज़ोर की धप् धप् की आवाज़ निकालते हुए चलती ताकि उसके किसी एक जगह ठहरने की आशंका किसी के मन में न पैदा हो। कोने वाले कमरे में पढ़ाई या लेखन का काम करते हुए भी मुक्ता को बराबर पता चलता रहता कि अब परतपिया ड्रेसिंग टेबुल के पास है या बैठक में सोफे के नीचे झाड़ू लगा रही है या रसोई गैस का चूल्हा खींचकर उसके पीछे के दाल, सब्जी के छींटे साफ कर रही है। ऐसे अवसरों पर पड़ोसन की सीख अर्थहीन हो उठती।

मुक्ता ने अपने स्टडी रूम में जाकर किताबों को उलटना-पुलटना शुरू कर दिया, शायद कोई विषय-वस्तु हाथ लग जाए। "वैदिक संस्कृति में नारी" पुस्तक पर उसकी निगाहें थम सी गईं। पुस्तक हाथ में लिए-लिए वह बेडरूम में आ गई थी और सिरहाने का टेबुल लैम्प जलाकर उसे देखने लगी। पढ़ने से पहले ही विचारों की एक तीव्र लहर आई थी और उसने पुस्तक बन्द कर दी।...क्या मिलेगा इसमें...यही न, कि वैदिक काल में नारियाँ पुरुषों के समान अधिकार रखती थीं बल्कि कहीं-कहीं तो मातृसत्तात्मक समाज भी थे। घर की आर्थिक बागडोर स्त्रियों के हाथों में ही होने के कारण उनका परिवार में वर्चस्व था...वैसा ही रहा होगा जैसा कि आज परिवार में पुरुषों का...। हुँ...क्या फ़र्क पड़ गया होगा उससे। क्या श्रम-शक्ति के दोहरे शोषण की शिकार नहीं हुई होगी नारी उस समय। सृजन और पालन-पोषण के कर्त्तव्य-भार से मुक्त हो पाई होगी नारी? पुरुष की आदिम गन्ध को स्वेच्छा से या फिर दृढ़ता से कभी नकार पाई होगी नारी? नहीं न, तब फिर कैसी समानता, कैसा अधिकार?...बस कर्त्तव्य ही कर्त्तव्य।

मुक्ता ने पुस्तक रख दी और निरुद्देश्य सी छत की दीवार पर अपनी निगाहें केन्द्रित कर ली। बगल में रसोई से परतपिया द्वारा कप-प्लेट धोने की आवाज़ आ रही थी। मुक्ता ने नोट-शीट उठाया और विचारों को एकाग्र करते हुए लिखा—"नारी को कलछी नहीं कलम दो।" न जाने क्यों मुक्ता परतपिया के ही इर्द-गिर्द कुछ ढूँढना चाह रही थी। आज बूढ़े व्यक्ति के साथ उसकी सगाई के प्रकरण से होता हुआ मन पिछले कई प्रकरणों पर घूमने लगा। लगभग एक महीने पहले जब मुक्ता कॉलेज से आकर घर में बैठी ही थी कि परतपिया गुस्से से तमतमाया चेहरा लिए आकर उसके पास खड़ी हो गई थी। मुक्ता ने शिथिल स्वर में पूछा था—

"क्या बात है परतपिया? कुछ हो गया क्या?"

"हाँ भाभी जी, का कहूँ। जमाना में आग लग गया है। ऊ फुकउना, महतबवा है न, अरे वही ईंटा भट्ठा पर लेबर है, भगवती माई ले जाएँ उसे। बाप के उमिर का है, लेकिन जवानी चढ़ी है।"

वह कुछ सकुचा उठी। लेकिन अगले ही पल संकोच को परे धकेल कर उसकी काली करतूतों को नंगा करने के लिए उद्यत हो उठी—

"वो रोज रात को कुछ देर के लिए हमारे घर टी. वी. देखता है। हम भी कही कि जाने दो, माई बाऊ के पाही पर चले जाने के बाद घर मन्सायन रहेगा। बाप के उमिर का है।"

"क्या टी. वी. भी रखी हो घर में?"

परतपिया की वर्तमान स्थिति और शौक पर मुक्ता को आश्चर्य हुआ था। लेकिन परतपिया ने बड़ी सहजता से बताया—

"वो छोटी वाली बहिन के बियाह में देने के लिए बाबू करजा-कुआम लेकर खरीदे हैं। जब तक है, तब तक बिजली के तार कर कँटिया फेंक कर हम लोग चलाकर देखती हूँ।"

लेकिन इस समय टी. वी. से अधिक महत्त्वपूर्ण प्रकरण शायद दूसरा था इसलिए परतपिया उसे और आगे न बढ़ाते हुए पुनः पूर्व-घटना पर स्वयमेव आ गई थी—

"तो जानी न भाभी, आज हमारी बहिन हमसे बताई कि ई मतहबवा टी. वी. देखते समय रोज धीरे-धीरे खिसककर उसके पास सट जाता है और अपनी कोहनी से...उसका शरीर छूता है...कल तो उसको सौ रुपया पकड़ा रहा था...निबहुरा. ..ओ के काली माई कोप करें...। सयान लड़की है भाभी...कहीं कोई बात न करे

गुस्सा में...आज तो हम उसे खूब झाड़ी हूँ...सोचती हूँ हम कि पुलिस में रपट. ..आपका कोई परिचय है भाभी तो...। नहीं तो कहीं गुस्से में वो कोई उल्टा सीधा काम...।''

एक साथ परतपिया के कई आधे-अधूरे वाक्य आशंका बन खूँटियों पर लटक से गए थे। मुक्ता को उस अनेदेखे महतबवा से घृणा हो उठी थी, उसी तरह, जैसी घृणा आज तक उसके मन में अपने पड़ोस के बाबा लगने वाले कृपाशंकर के लिए थी, जो बचपन में शाम के समय सभी बच्चों को कहानियाँ सुनाने के लिए बुलाते थे और मुक्ता कुछ ज्यादा ही लाडली होने के कारण उनकी गोद में जा बैठती थी, पर बाबा की गोद में उस एक दिन का कुछ अटपटा सा अनुभव वह आज तक न तो भुला सकी थी और न ही किसी को लज्जावश बता सकी थी। बस, बाबा, से कहानियाँ सुनने के प्रति एक घृणा सी उत्पन्न हो गई थी। ...मात्र वह स्पर्श-जनित घृणा...। आज वही घृणा फिर से अवचेतन मन में उभर आई थी। मुक्ता ने अपने संस्कारों के नीचे ही परतपिया की भी घृणा को छिपाने का प्रयास किया—

''देखो, हमसे कह दी तो कह दी, अब किसी और से नहीं कहना। अन्यथा लोग तुम्हारे और तुम्हारी बहन के बारे में गलत साचेंगे। बदनामी होगी।''

''अरे भाभी की बात, आज हम चुप रह जाऊँगी तो उसका मन नहीं बढ़ जाएगा? कल को दूसरी बहिन-बिटिया को....।''

कमजोर सी परतपिया की इस सामयिक दृढ़ता के सम्मुख मुक्ता को अपने संस्कारी सिद्धान्त बीमार से लगे। शायद समाज में कमजोर होने के कारण ही परतपिया की सारी स्थिति सभी के सामने आवरणहीन सी है और इसीलिए उसे खुल जाने में कोई हिचक नहीं, कोई डर नहीं। जबकि शुरू से संस्कारों और सिद्धान्तों से आवृत मुक्ता में खुल पाने का साहस नहीं, शायद इसीलिए आज तक वह सब कुछ सहती जा रही है। चुपचाप...घुटती हुई...बेपर्दा हो जाने से भयभीत।

उस दिन भी तो कोर्ट में वह चीख-चीख कर सभी को बता देना चाह रही थी जब उसके पति ने उस पर अन्तरंग क्षणों में ठण्डेपन का आरोप लगाकर उससे स्वयं को मुक्त कर लेने का प्रयत्न किया था और मुक्ता की ये बातें कि उस आदिम गन्ध की ऊष्मा पर ममता की शीतलता भारी पड़ जाया करती है, उसके संस्कारों के नीचे दब गई थीं और उसने सिर झुकाए, लोगों से नज़रें चुराए कोर्ट से निकलकर घर में स्वयं को वर्षों तक के लिए कैद कर लिया था। स्वयं को दूसरों की दृष्टि में बेपर्दा न देख पाने के कारण। पाँच वर्षीय बेटे को लेकर वह दूसरे शहर नौकरी

करने चली आई थी। चुपचाप...बिना किसी को कुछ बताए। बाद में पता चला था कि उसके पति ने दूसरी शादी कर ली। शायद उसी के लिए उसने उसके स्वाभाविक संकोच और संस्कारों को अपना हथियार बनाया था।

एक प्रतिशोध से मन भर उठा था मुक्ता का, लेकिन क्या कर सकी थी आज तक वह? कभी-कभी स्वयं को तौलती वह। क्या सचमुच उसके अन्दर ऊष्मा के स्थान पर शीतलता ही भरी है, जो केवल नन्हें ऋषभ पर ही बरसती है? और, तब तब सामने कैलेण्डर पर चिपक जाता एक संवाद...।

"आप बहुत कम उम्र में मानसिक रूप से बहुत मैच्योर हैं मुक्ता जी।"

अपने सहकर्मी कमल जी के इस वाक्य पर मुस्कुरा कर जवाब देती मुक्ता–

"हो सकता है। क्यों?"

"आपकी इस बात से मैं बहुत प्रभावित हूँ। अपनी पत्नी से भी मैं आपकी बहुत प्रशंसा करता हूँ। कभी-कभी तो वह बहुत ईर्ष्यालु हो उठती है।"

"ऐसा आपको नहीं करना चाहिए कमल जी। एक दिन ले आइए उन्हें।. ..उनका भ्रम मैं उनके हृदय से मिटा दूँ।"

"बस आपकी इसी समझदारी का तो मैं दिन पर दिन कायल होता जा रहा हूँ। एक निवेदन है मेरा। मानेंगी?"

"क्या?"

"मैं आपको स्पर्श करके देखना चाहता हूँ कि...बस हाथ छूकर देखना चाहता हूँ...भले ही मेरी पत्नी के सामने ही आप इसकी अनुमति दे दें। बस एक बार. ..छुऊँगा।"

इस समय भी कमल की आँखों में बच्चे सा हठ और खुलापन देख वह सिहर उठी थी। यह कैसी ज़िद है कमल की? उसका हृदय धड़क उठा–धक् धक् धक्। वह भय नहीं था...विशुद्ध प्रणय कामना भी नहीं। फिर क्या था वह?...क्या वही आदिम गन्ध...छिः छिः...क्यों छिः?

सत्य तो था कि कमल के निवेदन पर वह सिहर उठी थी।

मुक्ता निरुत्तर सी किंचित लज्जित हो उठी अपन मर्दित आवृत सिद्धान्तों पर। यही मर्दित सिद्धान्त उत्तर थे उसके पति के आरोपों का, पर उन्हें भी वह नहीं दिखा सकती थी लोक-लाज के भय से। कम से कम परतपिया में वह साहस तो है। कितना अन्तर है परतपिया और मुक्ता की स्थिति में? परतपिया निर्भीक भाव से अपने बच्चों की ममता के लिए अपनी सगाई तोड़ सकती है और उसी ममता के लिए मुक्ता को भी अलगाव झेलना पड़ा लेकिन अपनी ओर से नहीं,

पति की ओर से। बाबा और महतबवा में क्या अन्तर था? नोटशीट पर लिखी अपनी ही पक्ति ''नारी को कलछी नहीं कलम दो'' उसे मुँह चिढ़ा रही थी। कलम पकड़ कर ही वो कितनी मुक्त हो सकी थी जो परतपिया कलछी पकड़ कर नहीं हो पाई थी और मुक्ता को इस बार महिला दिवस पर बोलने का विषय मिल गया था।

हव्वा

नैना एक महिला अधिकारी है। अधिकारी हो या कर्मचारी। महिला होना उसका एक ठोस परिचय है। किस आफिस में काम करती है इससे भी कोई खास फर्क नहीं पड़ेगा क्योंकि कमोवेश सारी आफिसेज का ढाँचा और व्यक्तित्व एक सा होता है। बस कार्य-पद्धति में थोड़ा सा परिवर्तन हो सकता है। बाकी सब समान।

—बिल्डिंग वैसी ही। ईंट गारे से बनी। जैसे मनुष्य हाड़ माँस से बना भावनाओं का एक पुतला। अपनी बुनियादी भावनाओं के ज्वार भाटे के साथ अविरल बहता। न जाने कितनी नदियों को समेट लेने की क्षमता वाला अथाह सागर।

—नारी किसी समुद्री किनारे की तरह, जिसे छूना या उससे दूर जाना समुद्र की स्वाभाविक गति। कभी कभी भौगोलिक प्रभाव के कारण गति में तीव्रता या तटस्थता।

—आफिस में काम करती नारी बनाम नैना। ऐसा ही एक छुआ या अनछुआ किनारा, जिसे छूने की ललक लिए विशाल सागर की अनगिनत लहरें एक दूसरे से होड़ करती। अपने केन्द्र स्थल से बेपरवाह, जैसे घर में बासी पत्नी।

—नैना लगभग तीस बत्तीस वर्षीया आकर्षक नारी है। हमेशा मुस्कुराती सी बड़ी-बड़ी सपनीली आँखें जो नैना के हँसने से पहले ही हँस पड़ती हैं। सामान्य लड़कियों से कुछ ऊँचा कद, मांसल लेकिन सुडौल व्यक्तित्व पर आत्मविश्वास से भरी चाल अनायास ही उसे आकर्षण का केन्द्र बना देती है। नैना हँसमुख है, व्यवहार कुशल है और साथ ही मुखर भी है। कभी-कभी उसके इस खुलेपन को लोग गलत सन्दर्भों में भी ले लेते हैं, पर नैना कहती है—

"मुझे इसकी कोई परवाह नहीं।"

लेकिन वास्तविकता दरअसल यह नहीं है। उसे परवाह है और सबकी परवाह है। वह अपना दामन हर क्षण बचाकर चलती है क्योंकि उसे भय है कि कहीं उसके भरे पूरे परिवार पर इसका कोई कुप्रभाव न पड़े।

—नैना मुखर है पर अल्ट्रामॉड नहीं। यह उसका दुर्गुण है या गुण, यह निर्णय लेना कठिन है क्योंकि नैना ने ऐसे संस्कारों युक्त परिवार में आँखें खोली हैं जहाँ व्यवहार कुशलता और सहजता ही इर्द-गिर्द बिखरी थी। लिहाजा उसके व्यक्तित्व ने भी इन्हीं गुणों को अपने में समेट लिया। माँ को कभी उसने किसी से गुस्सा कर बोलते नहीं देखा। यही कारण है कि नैना भी किसी से टूटकर बात नहीं कर पाती। अप्रिय लगते हुए भी वह हँसकर बड़ी सहजता से किसी बात को टाल जाती है। किसी को नाराज कर देना उसे अच्छा नहीं लगता।

—अपने सहज व्यक्तित्व की तरह ही नैना ने अपनी एक सहज जीवन शैली बना ली है। सुबह किचेन से आफिस और फिर किचेन। रात में बच्चों को अपनी बाहों में थपकी देना और उनके सो जाने के बाद पति की प्रतीक्षारत बाहों में स्वयं को सौंप देना। थकान या काम के बोझ के तनाव को वह कभी चेहरे पर झलकने नहीं देती क्योंकि वह नारी है। ....धरती...। पूरी सृष्टि का बोझ उठाती धरती। आंदोलित होने का तात्पर्य है स्खलन या दरार। वह कहीं दरार नहीं चाहती क्योंकि वह नारी है। स्खलन का अर्थ है स्वयं के अस्तित्व के टुकड़े। वह टुकड़े-टुकड़े अस्तित्व में नहीं जीना चाहती। एक मुकम्मल अस्तित्व के साथ वह भी दुनिया देखने की ललक रखती है।

"चाय हो जाए नैना।"

आज यह प्रस्ताव राकेश का है। यूँ तो आफिस में इस तरह का प्रस्ताव हर व्यक्ति करना चाहता है या कर देता है, पर राकेश नैना पर कुछ अधिक ही अधिकार महसूस करते हैं। कारण, ज्वायन करने के बहुत दिनों बाद बातों-बातों में पता चला कि नैना भी उसी यूनिवर्सिटी की प्रोडेक्ट है जिससे उन्होंने अपनी शिक्षा ली है। राकेश उससे दो वर्ष सीनियर रह चुके हैं पर यहाँ नैना को सहकर्मी के रूप में पा निहाल हो उठे हैं। जब-तब आफिस की फुरसतीय मीटिंग में लोगों से यह चर्चा करने में नहीं चूकते कि वे तो नैना के बचपन के दोस्त हैं। साथ-साथ कंचे खेलते बड़े हुए हैं।

—औरों को उनकी किस्मत से रश्क होता है। यह खूबसूरत इत्तफाक उनके साथ क्यों नहीं हुआ। लाइब्रेरियन गुप्ता जी से रहा नहीं गया था। उस दिन नैना कोई पुस्तक निकालने लाइब्रेरी में गई तो पूछ बैठे—

"मैडम, वो, राकेश जी आपके क्लास-फेलो हैं?"

"नहीं। शायद सीनियर रहे हैं।"

"आपको याद नहीं?"

"अब सीनियर्स की भीड़ में सबका चेहरा याद रखना सम्भव है क्या?"

"पर उन्हें तो आप अच्छी तरह याद हैं।"

गुप्ता के चेहरे पर एक सन्तोष तैर आया था।

"लड़कियों की संख्या कम होती है न, इसीलिए लोगों को याद रहता होगा।"

"याद करने योग्य भी तो होना चाहिए।...अब सुकल्पा मैडम को ही लीजिए।..क्यों कोई याद करना चाहेगा उन्हें?"

गुप्ता जी हँसते हुए अपने पर उतर आए थे। नैना न चाहते हुए भी उनका मन रखने के लिए हँस दी थी। एक भाव विहीन हँसी और फिर पुस्तकों को उलट-पुलट कर देखने लगी थी।

एकाएक लाइब्रेरी में लापरवाही से रखे स्टूल से वह टकरा गई थी और घुटने पर लगी चोट के कारण उसके होठों से सीत्कार निकल पड़ी थी। गुप्ता जी को और खुलने का मौका मिला था–

"क्या करूँ मैडम?...आपको चोट लगी और मैं सहला भी नहीं सकता।"

नैना को ऊपर से नीचे तक उन्होंने निगाहों से नाप लिया था। नैना अपमान से तिलमिला उठी थी और बिना कुछ बोले लाइब्रेरी से बाहर निकल गई थी। कुछ बोलने का मतलब था स्वयं को तमाशा बनाना।...घिर आई भीड़ को गुप्ता जी द्वारा कहा गया वाक्य बताना, फिर कुछ मुखर कुछ मौन हँसी और दबी सी मुस्कुराहट के व्यंग को अनदेखा करते हुए लोगों के बीच बचाव में अपना पक्ष प्रस्तुत करना और मामला शान्त होने पर लोगों की आपस में काना फूसी को नजरअन्दाज करते हुए स्वयं को कार्य में व्यस्त दिखाने का प्रयास...। कितना अभिशप्त सा लगता है तब अपना आत्मविश्वास।

–नैना सिर को झटका दे चल देती है। वह अपने ढंग से जी रही है। जिसे जो सोचना हो वह सोचे। उसकी आत्मा तो उसे गलत नहीं समझती, परन्तु गुप्ता की नापती दृष्टि अभी तक नैना के मन को भेद रही थी। उसके चेहरे पर अपमान और क्रोध की एक हल्की सी लाली आ गई थी।

–गुप्ता ही क्यों? वह आफिस में जब भी घुसती है, किसी अन्धे की तरह। सीधे अपने कमरे की ओर मुँह किए। अगल बगल देखने से कतराती क्योंकि वह जानती है...सभी चोर निगाहों से उसे मौके दर मौके देखने का प्रयास करते

हैं।...सभी बुनियादी जज्बातों के कारण अन्धे...और वह...उनके अन्धेपन को नजरअन्दाज करती गन्धारी।

"क्या बात है नैना? चाय पियो।"

राकेश का स्वर सुन चौंक पड़ी है नैना। विचारों की डोर हाथ से छूट गई और वह फिर वर्तमान में हिचकोले खाने लगी। अपने चौंकने के भाव को चतुराई से अपनी हँसी के पीछे छिपा दिया नैना ने। कहीं राकेश यह न समझ बैठें कि उसे उनका बैठना या साथ चाय पीना बुरा लग रहा है। यह भी तो कार्यालयीय संस्कृति के विरुद्ध है।

"मैं भी आ सकता हूँ?"

यह आवाज शशिधर जी की है जो नैना के कक्ष के दरवाजे में खड़े होकर पूछ रहे हैं।

"हाँ, हाँ क्यों नहीं। आइए। चाय पीजिए।"

नैना एक हल्की मुस्कुराहट के साथ औपचारिक स्वागत करती है शशिधर जी का। राकेश के चेहरे से झलक जाता है कि उन्हें शशिधर का बीच में आना अच्छा नहीं लगा। शशिधर जी भी नैना के सहकर्मी हैं।

"वाह, क्या बात है नैना जी। आज तो आप सुपर लग रही हैं।"

शशिधर नैना को सरसरी दृष्टि से निहारते हुए बोल पड़े हैं। नैना भी औपचारिकता निभाते हुए हँस कर जवाब देती हैं–

"प्रशंसा के लिए धन्यवाद।"

"एक आवेदन पत्र आपके पतिदेव के यहाँ डाल दूँ कि आपकी तारीफ के लिए अनुमति प्रदान करें।"

शशिधर खुलकर हँसते हैं।

"ठीक है। आप फाइल पर पुट-अप करिए मैं अग्रसारित कर दूँगी।"

दोनों का सम्मिलित ठहाका गूँजता है।

"यही प्रस्ताव एक बार सुकल्पा जी के सामने रखिए शशिधर जी।"

राकेश की उँगलियों पेपर वेट को नाचने लगी हैं और चेहरे पर एक कुटिल मुस्कुराहट नाचने लगी है।

"क्यों जायका खराब करते हो राकेश?"

नैना के चेहरे पर भी जायका खराब होने का भाव आ जाता है, पर वह भाव सुकल्पा के लिए नहीं बल्कि शशिधर के लिए है। उसकी आँखें व्यंग से हँस पड़ती हैं जिसे छिपाने के लिए वह चाय के कुल्हड़ को ध्यान से देखने लगती है।

—बेचारे शशिधर जी भी क्या जीव हैं? घर से चौबीस घण्टे जायका खराब रहता है। पत्नी सविता नकचढ़ी तो है ही साथ ही ईश्वर ने सौन्दर्य में भी कोताही बरती है। शशिधर जी किससे बातें करते हैं, कब कहाँ है, किसके साथ आजकल उठना बैठना है आदि तमाम बातें वह नित्य प्रति टेलीफोन से या अपने पड़ोस में रहने वाली सुकल्पाजी से पता करती रहती है।

—सुकल्पा जी भी नैना के साथ ही काम करती है। समानपदी है। पति मि. फूलचन्द इसी आफिस के चीफ हैं। यानी नैना, शशिधर, राकेश, पवन, सुकल्पा वगैरह-वगैरह के बॉस। जहाँ भी जाते हैं, पत्नी सुकल्पा की पोस्टिंग स्वयमेव वहीं हो जाती है। सरकारी नियम के तहत...। वैसे ही जैसे नौकरी मिल गई।...सरकारी व्यवस्था के तहत।

—कई बार चाहते हैं कि कुछ दिनों के लिए वे पत्नी से दूर केवल बॉस बनकर आनन्द लें, पर सरकार है कि उनकी केवल इसी दलित और दमित इच्छा को समझ नहीं पाती। नौकरी बैठे बिठाए मिल गई तो रसिक मिजाजी और बदमिजाजी का पावर वाला चश्मा स्वयं ही लग गया। अपने और अपने पूर्वजों के अतीत को उलटकर वर्तमान बनाने की पुरजोर कोशिश। अपने समाज में अपनी श्रेष्ठता सिद्ध करने के लिए उच्चवर्णीय सुकल्पा जी को नई जीवन संगिनी चुन लिया तो पुरानी ने अपने दोनों बच्चों को वहीं छोड़ अपनी भी एक नई राह चुन ली। दो बच्चे सुकल्पा जी की झोली में आ गए। नाटे कद और गहरे रंग वाली सुकल्पा जी ने भी समय की नजाकत को देखते हुए अवसर का लाभ उठा लिया। पति के कारण मातृत्व लाभ के साथ नौकरी का लाभ भी मिला। आज यही अवसरवादिता दोनों के गले की हड्डी बनी हुई है।

सुकल्पा जी का किसी से बात करना चीफ साहब को पसन्द नहीं। जब भी चेकिंग पर निकलते हैं, सबसे पहले अपनी पत्नी को चेक करते हैं। लेकिन सुकल्पाजी भी उनसे दो हाथ आग हैं। मौका देखते ही वे चीफ साहब का कच्चा चिट्ठा किसी के भी सामने खोल देने में हिचकिचाती नहीं। बस चोर निगाहों से दरवाजे की ओर देख लिया करती हैं कि कहीं चीफ साहब चेंकिग पर तो नहीं। उनका चिट्ठा भी कितना छोटा सा होता है। किसी चिट्ठी से भी छोटा। जैसे—

"आज प्याज खरीदने के लिए उनकी जेब से पैसा निकाला तो बात बढ़ गई और उन्होंने बाल पकड़कर मुझे मारा।" या—"आज मन नहीं होने के कारण खिचड़ी बना दिया तो उन्होंने मुझे ढकेल दिया। मेज के कोने से चोट लग जाने के कारण माथे से खून बहने लगा।"

इस तरह की तमाम छोटी बड़ी बातें सुकल्पा जी कई शिफ्ट में लोगों को बता जाती हैं। सभी लोग सहानुभूति जताते हैं परन्तु पीठ पीछे दम्पति का विश्लेषण भी निष्पक्ष ढंग से किया जाता है।

—सुकल्पा जी के हृदय में नैना के लिए ईर्ष्या और प्रेम दोनों ही सहोदरा की तरह हैं।

"कल रात सोते समय वे तेरी बहुत तारीफ कर रहे थे नैना।"

सुकल्पा जी अपनापन जताते हुए बताती हैं, परन्तु उनकी आँखें नैना की नीचे से ऊपर तक इस भाव से तलाशी लेती हैं कि ऐसा क्या है जो मुझमें नहीं?

"कौन?"

नैना संयत भाव से पूछती है।

"अरे, तेरे जीजाजी...।"

सुकल्पा जी का सिन्थेटिक प्रेम छलक पड़ता है नैना के ऊपर। नैना बस मुस्कुरा देती है। सुकल्पा की बेवकूफी भरी इन बातों का वह अब कभी प्रत्युत्तर नहीं करती। मन में आया कि आगाह करे सुकल्पा को—"क्यों सोते समय पराई स्त्री का ख्याल करते हैं चीफ साहब? आप उनपर अंकुश रखिए दीदी।"

परन्तु नैना कह नहीं पाती। न जाने क्या सोच बैठे इन दोनों की उल्टी खोपड़ी क्योंकि उस दिन भी तो सुकल्पा जी अपने पति की बुराई करते हुए बोली थीं—

"नैना तूने एक ही समझदारी का काम किया है कि पति का चुनाव बहुत अच्छा किया है। एक मेरे पतिदेव हैं...।"

"दीदी, मेरा पति चाहे जो भी होता उसे मैं अपने मन मुताबिक ढाल ही लेती। पुरुष तो किसी बच्चे की तरह होता है, कभी सीधा सादा तो कभी उदण्ड। पत्नी चाहे तो उसे अपने प्यार से कोई भी आकार दे दे।"

नैना का आत्मविश्वास बोला था।

और इतनी सी बात को सुकल्पा जी ने जाने कैसे तोड़ मरोड़कर चीफ साहब के सामने पेश किया कि वे दूसरे दिन से ही नैना पर न्योछावर होने लगे थे।

जून की प्रचण्ड दोपहर। उस दिन नैना के पति अरुण ऑफिसियल टूर पर थे। शाम तक वापस आना था। नैना ने उस दिन के आकस्मिक अवकाश का आवेदन पत्र आफिस में भिजवा दिया था क्योंकि घर में छोटे वाले बच्चे की देखभाल करने वाला कोई नहीं था। दाई भी छुट्टी पर थी। गर्मी से राहत पाने

के लिए नैना ने केवल एक ढीली-ढाली नाइटी पहन ली थी और धुले बालों को सुखाने के लिए पँखें के नीचे बैठ गई। बेटू सो रहा था।

तभी काल बेल बजी...। "शायद दोपहर में ही अरुण आ गए" सोचते हुए नैना ने दरवाजा खोला था तो अचकचा गई थी। सामने चीफ साहब अपने एक मित्र के साथ खड़े मुस्कुरा रहे थे।

"सर, आप...?"

"सर नहीं। यदि फूलचन्द जी कहें तो ज्यादा अपनापन महसूस होगा।"

उनकी निगाहों ने नैना की ढीली-ढाली नाइटी को पारदर्शी कर लिया।

नैना ने अपने लम्बे खुले बालों को बहाने सहित आगे करते हुए अपने वक्षस्थल पर बिखरा लिया था। तभी उनके मित्र ने कटाक्ष किया–

"फूल के साथ काँटे भी आए हैं।"

और दोनों ही हो हो कर हँस पड़े थे। नैना को बुरा लगा था पर दरवाजे पर आए आगन्तुक का स्वागत तो करना ही था।

"आइए, आइए सर...। आफिस से यहाँ आने की तकलीफ कैसे की सर?. ..मैंने तो अपना आवेदन पत्र भिजवा दिया था।"

नैना ने उनके आने का मन्तव्य जानने की कोशिश की।

"मैंने सोचा आपके पतिदेव घर पर नहीं हैं तो मैं मौके का लाभ उठा लूँ। आपकी बोरियत भी कुछ कम हो जाएगी और मैं कोल्ड ड्रिंक भी पी लूँगा।"

अपने अन्दर की गन्दगी पर खुलेपन और मजाक का आवरण डालते हुए चीफ साहब हँसे थे।

"क्या सर...।"

नैना कुछ कड़वा बोलते-बोलते हुए चुप हो गई थी। कहीं बात का बतंगड़ न बन जाए। अड़ोसी-पड़ोसी क्या सोचेंगे? अपनी इसी आदत से वह विवश है। कोई बात अप्रिय लगते हुए भी वह टाल जाती है। नैना चिन्तित हो उठी। पति घर में नहीं। सूनसान दोपहर। घर में अकेली वह और ये दो पुरुष। अड़ोस-पड़ोस के लोग न जाने क्या सोच बैठें? उसका अनमनापन पारदर्शी चेहरे पर झलक उठा। किसी तरह शरबत वगैरह पिलाकर वह उन लोगों से दो घण्टे बाद मुक्त हो पाई।

शाम को अरुण आए थे। खाना खाने के बाद उसने उन्हें सारी बातें बताई। अरुण बिफर पड़े–

"चीफ साहब की ऐसी की तैसी...। क्यों नहीं दो थप्पड़ दिया उस बेहूदे को? क्या समझ कर वह बोला कि फूल के साथ काँटे भी...?

अरुण क्रोधित थे और नैना समझ नहीं पा रही थी कि क्या उसने ये बातें बताकर गलती की? उसके सामने आग कर दरिया था और पीछे खाई। अरुण से वह कुछ भी तो छिपा नहीं पाती। कहीं अरुण उसे ही तो गलत नहीं समझ रहे हैं कि उसी के दिए बढ़ावे से चीफ साहब बिना बुलाए घर आने की हिम्मत कर सके। उसका मन उदास हो उठा था। वह समझ नहीं पा रही थी कि आखिर इन सारी बातों में वह कहाँ जिम्मेदार है? उस दिन भी नहीं समझ सकी थी जिस दिन आफिस से घर पहुँचते ही अरुण ने कुछ गम्भीर होते हुए उससे गुमनाम टेलीफोन के बारे में बताया था।

"क्या कह रहा था वह व्यक्ति?...कुछ तो बताइए अरुण?"

नैना कुछ अपमानित सी और परेशान हो उठी थी। आफिस में घटी शाम की घटना से वह अब भी उबर नहीं पाई थी।

"कह रहा था तुम्हारी बीबी का पवन के साथ...।" बताते-बताते अरुण चुप हो गए थे। वे कातर भाव से नैना को निहार रहे थे।

"क्या तुम विश्वास कर सकते हो अरुण?"

नैना अधीर हो उठी।

"नहीं। मुझे तुम पर पूरा विश्वास है, परन्तु मैं भी तो समाज का एक अंग हूँ। मुझे भी अपनी बदनामी से डर लगता है। तुम अभी यंग हो, नई-नई नौकरी में आई हो, तुम्हारी ओर कोई भी आकृष्ट हो सकता है। नाकामयाब होने पर कुछ नहीं तो बदनामी तो कर ही सकता है। फिर एक लड़की के साथ नाम जुड़ना अकसर पुरुषों को अन्दर से गुदगुदा जाता है...।"

अरुण ने कुछ खुलकर नैना को समझाया।

"इसमें मेरा दोष कहाँ हैं, बता दो? आफिस में किसी से एकदम बात न करूँ, वह भी तो सम्भव नहीं है। फिर किसी के अन्दर कौन सा गुनाह कब जन्म ले रहा है, इसके लिए मैं स्वयं को कैसे दोष दूँ?"

"परन्तु इस तरह की सिचुयेशन ही न आए, इसके लिए तो कान्शस रहना ही चाहिए नैना।"

अरुण ने प्यार से नैना को समझाया। अरुण का स्नेहिल स्पर्श नैना की आँखों को आर्द्र कर गया था।

"हर क्षण कान्शस रहती हूँ अरुण। लेकिन कैसी विडम्बना है कि आज भी नारी की थोड़ी सी उदारता और पारम्परिक रूढ़ियों से परे कदम रखना अग्नि परीक्षा का कारण है और पुरुषों द्वारा इसका जायज-नाजायज लाभ उठाना उनकी लीला है। कब स्वीकार्य होगा सह-अस्तित्व?"

नैना निढाल होकर सोफे पर बैठ गई थी। मस्तिष्क में शाम की घटना घूम गई थी।

घर जाने के लिए वह अपना बैग उठा ही रही थी कि पवन उससे पेन माँगने आ गए थे। उनके पेन की रिफिल समाप्त हो गई थी। पेन पकड़ाते हुए उसने अपना बैग लटकाया था और चैम्बर से निकलने से पहले पँखे और बल्ब का स्विच ऑफ करना चाहा था। पीछे से पवन ने भी ऑफ करने के लिए हाथ बढ़ाया था और अनचाहे ही उनका हाथ नैना के हाथ पर आ गया था। जब तक वह अपना हाथ हटाती, सामने चीफ साहब खड़े भेदभरी दृष्टि से मुस्कुरा रहे थे। दोनों अचकचा गए थे। शर्म और आत्मग्लानि से नैना का चेहरा सफेद हो गया। कुछ सफाई भी नहीं दे सकती थी वह। पवन भी कुछ देर चुप रहे थे और फिर चीफ साहब को अपने कक्ष में चलकर चाय पीने का औपचारिक आमन्त्रण दे दिया था।

"नैना जी को विदा कर लो भाई। तब तक मैं एक राउण्ड ऊपर का लगाकर आता हूँ।"

नैना कटकर रह गई थी। पवन की ओर बिना देखे ही वह सिर झुकाए निकल गई थी। पवन की चुप्पी से उसे मालूम हुआ था कि वे भी पश्चात्ताप की आँच में तप रहे हैं।

"अरे नैना जी। कहाँ खो गई हैं हम लोगों को बैठाकर?"

शशिधर जी की आवाज से नैना चौंककर वर्तमान में आ जाती है। कितनी पारदर्शी होती हैं ये दो काली मोतियों वाली आँखों की सीपियाँ। मन के कहीं और मुड़ते ही किसी हठीले बच्चे की तरह सारे भेद खोलकर रख देती हैं सामने वाले के सम्मुख। जब भी ऐसी कोई बात होती है तो नैना चुप हो जाती है। बहुत कुरेदने पर हँस पड़ती है। एक ऐसी हँसी जिसके पीछे छिपी उदासी या उद्विग्नता की झलक भी कोई पा न सके।

—शशिधर और राकेश चाय पीकर जा चुके हैं। नैना फाइल में उलझ जाती है।

ट्रिन...ट्रिन...ट्रिन...

"हैलो... ।"

टेलीफोन उठा था, उधर से कोई आवाज नहीं आई।

नैना पुनः बोलती है। उधर से टेलीफोन कट जाता है। नैना हल्के से मुस्कुरा पड़ती है। यह पवन का ही टेलीफोन होगा। उनके प्रशंसा करने का अन्दाज बिल्कुल निराला है। नैना का हैलो कहना उन्हें बहुत अच्छा लगता है। इसलिए दिन में दो तीन बार वे अवश्य अपने कमरे से उसे रिंग करते हैं और बिना बोले ही रख देते हैं। एक बार शुरू में ही हँसते हुए उन्होंने नैना से पूछा था—

"हैला कहने की यह विशेष ट्रेनिंग आपने कहाँ से ली हैं? वहीं अपनी बिटिया का भी एडमिशन कराना चाहता हूँ।"

नैना हँस पड़ी थी, खुलकर।

"आपको सम्पूर्ण व्यक्तित्व में आपकी हँसी सबसे अच्छी है।"

नैना की हँस थम गई थी और उसने ध्यान से उन्हें निहारा था, परन्तु दूर-दूर तक उनकी आँखों में निश्छलता का ही सागर लहरा रहा था। तब से लेकर आज तक नैना उन्हें समझने का प्रयास कर रही है।

पवन भी नैना के सहकर्मी हैं, परन्तु दफ्तर के अन्य लोगों से बिल्कुल भिन्न। सामान्य से हटकर। नैना कभी-कभी मजाक में उन्हें अपना सुरक्षा कर्मी कहती है। आफिस में मौके दर मौके वे खुलकर नैना का साथ देते हैं। कभी-कभी अकेले में नैना को समझाते भी है। पति के साथ उसे कैसा व्यवहार करना चाहिए.. .आफिस में चीफ जैसे लागों के साथ कैसे सख्ती से पेश आना चाहिए...नारी को किस तरह संयमित ढंग से रहना चाहिए आदि तमाम बातों पर वे समय-समय पर अपरोक्ष लेक्चर दिया करते हैं—

"नारी की इज्जत आईने की तरह होती है नैना जी! जिस पर साफ सुथरी उँगलियों के भी निशान स्पष्ट हो उठते हैं। आप दिल से बेशक बहुत अच्छी है नैना जी, पर इतनी सहज और मधुर भी मत बनिए कि लोग आपको बहुत सुलभ समझ लें।"

"अच्छा पिताजी! आपकी इन बातों का ध्यान रखूँगी।"

कहते हुए नैना आदतन हँस पड़ती है। पवन की आँखों से झर-झर स्नेह न्योछावर हो उठता है नैना पर।

—यह मात्र स्नेह है या कुछ और? नैना जब तक अपने इस मौन सवाल का जवाब पवन की निगाहों में तलाशने का प्रयास करती है, उनकी निगाहें दूसरी ओर देखने लगती हैं और प्रश्न अनुत्तरित रह जाता है।

—नैना कभी-कभी परेशान हो उठती है। कहीं पवन भी उसे गलत न समझ बैठें। एक वही तो आफिस में हैं जो नैना का स्वभाव अच्छी तरह समझते हैं। नैना के पति भी उन्हें भरपूर सम्मान देते हैं। दोनों परिवारों के बीच काफी घनिष्ठता हो गई है? नैना के प्रमोशन, छुट्टियों, वेतन, ट्रान्सफर आदि के बारे में अरुण पवन से ही विचार विमर्श करते हैं। पवन नैना से काफी सीनियर है। उम्र में भी और नौकरी में भी, पर नैना जितना उनसे घुली मिली है उतना किसी से नहीं। बिल्कुल किसी अन्तरंग मित्र की भाँति। कहीं से कोई दुराव-छिपाव या कलुष नहीं। अपनी समस्याएँ वह बेरोक टोक पवन से कह डालती है। कारण शायद यह भी है कि उसके पति भी पवन के काफी निकट हैं।

"देखिए न पवन जी, ये चीफ साहब बिना किसी ठोस कारण के मुझे बुलवा कर बैठा लेते हैं तब किसी फाइल का निस्तारण करते हैं। ऊटपटाँग बातें करते हैं।"

नैना ने एक दिन झुँझलाते हुए पवन को बताया था।

"किसी दिन उनकी ऊटपटाँग बात पर जोर से डाँट दीजिए, फिर उनकी हिम्मत नहीं पड़ेगी।"

पवन ने नैना को सलाह दी थी पर नैना और झुँझला उठी थी—

"यही बात अरुण भी कहते हैं और आप भी वही समझा रहे हैं। क्या ऐसा मैंने किया नहीं था पिछले वर्ष...? क्या परिणाम आया था सामने?...मैं ही आफिस में तमाशा बन गई थी लोगों के बीच। चीफ होने के नाते उसके मुँह पर किसी ने उसकी बात का विरोध किया था...? सब बगलें झाँक रहे थे। बाद में सी॰ आर॰ में जो ऊटपटाँग एन्ट्री की उसने सो अलग।"

"आप किसी काम का बहाना करके जाया ही मत करिए या जाते समय मुझे बता दिया करिए तो मैं भी किसी काम के बहाने आ जाऊँगा।"

तब से पवन की आड़ लेकर वह बॉस की घटिया हरकतों से मुक्ति पा गई है, परन्तु बॉस को पवन और नैना की यह चाल समझ में आ गई है। कभी-कभी नैना चिन्तित हो उठती है। बीते लम्हे मन पर बोझ बन जाते हैं। कहीं आफिस में पवन को अपना सहारा बना वह अपने पति की भावनाओं को धोखा तो नहीं दे रही है?...नहीं...यह पति के साथ छल नहीं है उसका...। पवन के साथ एक निश्छल मित्रता है यह...। हुँः, मित्रता की भी आड़ लेकर कहीं वह अपने ही मन की भटकन को सही राह बनाने की कोशिश तो नहीं कर रही है?...नहीं ...नहीं...अरुण जैसे सहज इन्सान के साथ वह चाहकर भी छल नहीं कर सकती।

फिर अरुण में कमी किस बात की है जो वह किसी और की ओर...। छिः छिः, कैसा घिनौना सोच है।"

नैना किचेन में खाना बनाते-बनाते मन में बुदबुदा रही है। मन अशान्त सा है। आज सुबह की घटना बार-बार मन को उद्वेलित कर रही है। सुबह जैसे ही पवन उसके कक्ष में घुसे थे, उनकी निगाह नैना की मेज पर रखे सफेद बेला के फूल पर चली गई थी।

"इस फूल की खूशबू बहुत अच्छी होती है।"

"जी।"

नैना स्वभाववश हँस पड़ी।

"बिल्कुल किसी की निर्मल हँसी की तरह।"

"वाह, क्या तारीफ करने का अन्दाज है।"

"कहाँ से लाई हैं?"

पवन ने बात बदल दी थी।

"मैं रोज एक फूल लॉन से तोड़ती हूँ और भगवान को चढ़ाकर प्रसाद के रूप में ले लेती हूँ। कैम्पस में ही मन्दिर होने से मेरा दोनों काम हो जाता है। पूजा और ड्यूटी भी।"

नैना ने मेज पर से फूल को उठाकर सूँघा था।

"बहुत अच्छी आदत है आपकी। जरा मुझे दीजिए इस फूल को।"

पवन ने फूल लेने के लिए हाथ बढ़ाया।

"ऊँ हूँ।"

नैना के शरारत से हँसते हुए फूल को दोनों हथेलियों में छिपा लिया था।

"इसी बात पर मैं अभी जाऊँगा और लॉन के सारे फूल तोड़ लाऊँगा।"

पवन भी उसकी शरारत में सम्मिलित हो गए थे।

"पर उन सारे फूलों में यह फूल तो न होगा जिसे आप इस समय चाह रहे हैं।"

नैना के चेहरे पर शोखी मचल पड़ी थी।

"सही कह रही हैं नैना जी। क्यों पवन?...बासी फूल की सुगन्ध ही कुछ निराली होती है। मीठी-मीठी, भीनी-भीनी सी। इसकी चाहत तो किसी को भी हो सकती है।

यह आवाज चीफ साहब की थी जो कमरे में अचानक प्रवेश कर गए थे और शायद नैना और पवन की बातों का कुछ अंश उन्होंने सुन लिया था। दोनों

अचकचा कर खड़े हो गए थे। पवन को शायद चीफ साहब की द्विअर्थी बातें बुरी लगी थीं। उन्होंने कुछ गम्भीरता से पूछ ही लिया–

"सर, आप यह बात किस परिप्रेक्ष्य में कह रहे हैं?...यदि स्पष्ट कर दें तो मैं भी कुछ कहूँ।"

"आप जिस अर्थ में समझ लें, उसी में कह रहा हूँ।"

चीफ साहब की रुखाई से लग रहा था कि पवन का कटाक्ष उन्हें बुरा लगा था, परन्तु पवन ने उसकी परवाह न करते हुए कहा–

"दरअसल, हमारी किसी भी बात के पीछे हमारी दृष्टि और संस्कार हुआ करते हैं, इसलिए जरूरी नहीं कि जिस अर्थ में एक व्यक्ति कोई बात कह रहा हो दूसरा उसी अर्थ में समझ सके।"

पवन कुछ और तल्ख हो उठे थे। टेलीफोन वाली घटना अरुण ने उन्हें बता दी थी। तभी वे चीफ साहब से चिढ़े हुए थे क्योंकि चीफ साहब की इस तरह की छोटी-छोटी हरकतें कई बार पकड़ में आ चुकी थीं।

"तुम अपने आप को समझते क्या हो मि॰ पवन राय?" चीफ साहब आप से तुम पर उतर आए थे।

"हम और आप जो भी हैं, उसे अच्छी तरह जानते समझते हैं। बताने की आवश्यकता नहीं।"

पवन की जानबूझकर बनाई गई ठण्डी आवाज के पीछे व्यंग का गरम लावा धधक रहा था।

"प्लीज, पवन जी, यह सब क्या हो रहा है?"

नैना अपमान से तिलमिला उठी थी।

–और वह तिलमिलाहट अभी तक कम नहीं हुई थी। नैना ने बेचैनी में करवट बदली। खिड़की से बाहर देखा। काला घुप्प अन्धेरा छाया था। रात घिर आई थी। वह किचेन में खाना बनाते समय भी उद्विग्न थी और अब बच्चों को सुलाकर स्वयं बेड पर लेटते हुए भी उद्विग्न। सोचों का काफिला दूर-दूर तक जाता है और फिर उसी बिन्दु पर लौट आता है। आखिर वह कहाँ गलत है? आठ घण्टे दफ्तर में काम करते हुए क्या यह सम्भव है कि वह किसी से कुछ बात ही न करे? पर अगले ही पल मन का दूसरा पक्ष समझाता है...सदियों से घर की चारदीवारी के अन्दर ही नारी को देखने और भोगने का अभ्यस्त पुरुष आज जब कुछ महिलाओं को बाहर अपने समकक्ष पाता है तो से वह सहज रूप में स्वीकार नहीं कर पाता।

नैना मन ही मन निर्णय लेती है। उसे आफिस में सभी से दूरी बरतनी होगी। थोड़ी सी बात के लिए क्यों वह अपने भरे पूरे परिवार में शक की चिनगारी छोड़े। उसके बदल जाने से समाज तो नहीं बदल जाएगा। क्या मिलता है उसे सबके साथ बहुत मधुर व्यवहार करके?...मात्र बदनामी ही न?...नहीं...वह स्वयं को बदल डालेगी। नहीं बात करेगी किसी से।...नहीं घुलेगी मिलेगी सभी से। कम से कम अपना परिवार तो सुरक्षित रहेगा उस चिनगारी से। भाव विह्वल होकर उसने बगल में लेटे अरुण की गर्दन में बाहें लपेट दी हैं। प्रत्युत्तर में अपने बालों पर पति का कोमल स्पर्श पाकर नैना की आँखें स्वतः बन्द हो जाती हैं। अपने लिए गए निर्णय से थके मन को थोड़ी शान्ति मिलती है। झपकी सी आती है। अवचेतन मन उड़कर आफिस पहुँच जाता है।

"आइए चाय पीजिए नैना जी।"

पवन आग्रह कर रहे हैं।

पति की बाहें नैना को अपने अंक में समेटे हुए साग्रह अपनी ओर खींचती हैं।

"ऊँ हूँ...। अभी मूड नहीं है पवन।"

अर्द्धनिद्रा में निकली अपनी ही आवाज और पवन का नाम लेने से वह चौंक कर जाग जाती है। पति की बाहें ढीली हो शिथिल पड़ गई हैं। वे विचित्र भाव से नैना को निहार रहे हैं और नैना आवाक् सी उनके पहलू में लेटी है। जैसे कोई हव्वा की बेटी या फिर स्वयं हव्वा।...अपने गुनाह की सजा सुनने के लिए।...वह गुनाह जो उसने किया नहीं।

देश के लिए

—राखी बनाने का धन्धा भी करती हो?"

—हाँ, उसी धन्धे की वजह से इस धन्धे में आई।"

—"क्या?"

—"जी।"

—"बहुत उत्सुकता हो रही है मुझे।...पूरी बात बताओगी?"

—"क्या करोगे तुम जानकर?...जिस काम से आए हो...।"

—"मैं पूरी रात यहाँ गुजार सकता हूँ?"

—"फिर और अधिक दाम देने पड़ेंगे। क्यों रहना चाहते हो पूरी रात?"

—"पूरी रात का कितना लोगी?"

—"एक हजार रुपए।"

—"ये तो बहुत अधिक हुए। मैं तो बस एक...।"

वह संकुचित हो उठा।

—"यह धन्धा है बाबूजी। होटल में तुम कमरा लेते हो तो क्या इस हिसाब से कि तुम उसमें कितनी बार सोए या कितनी बार तुमने खाया?"

—"ठीक है। तुम्हारे तर्क से मैं परास्त हुआ। अब बताओ अपने बारे में। क्या हुआ था?"

—"विवाह के पहले ही पिताजी भी चल बसे थे। माँ पहले से ही नहीं थीं। किसी तरह मेरा विवाह तय हो गया था। चचेरे मामा ने ठीक किया था। ससुराल में साड़ियाँ बीनने और जरी का काम होता था।...अपने अधेड़ उम्र के पति की मैं तीसरी बीवी थी। पहली गुजर चुकी थी। दूसरी बीमार रहती थी।"

—"पर इतनी शादियाँ...?"

वह अचकचा गया था।

—"घर में करघे पर हाथ बँटाने वाला कोई नहीं था। इसीलिए मुझसे विवाह किया था।"

—"फिर यहाँ क्यों चली आई तुम?"

—"रेशम चुराकर बेच आने का आरोप लगाकर वह अकसर मारता पीटता और तलाक दे देने की धमकी देता था।...कायर समझ लो या विवश मैं बनारस से यहाँ जम्मू भाग आई।"

—"जम्मू ही क्यों आई?"

—"इसी एक जगह का नाम अकसर मैंने उसके मुँह से सुना था।...एक बार अपने साथ वह मुझे यहाँ लाया भी था और किसी शहर के बारे में न तो जानती ही थी मैं और न ही इरादा था मेरा। यहाँ मेरी अधिक आवश्यकता है।"

उसने अपनी नजरें चुराने की कोशिश की थी। जैसे इस बारे में और कुछ नहीं बताना चाह रही हो।

—"तुम्हारा नाम तो मैंने पूछा ही नहीं।"

उसकी परेशानी को समझ उसने बात बदल दी।

—"तरन्नुम कहो या संगीता...या कुछ भी पुकार लो।"

—"धर्म सम्प्रदाय से इतनी तटस्थ...?"

—"हाँ, यही समझ लो। नारी का केवल एक धर्म है, पुरुष को सन्तुष्ट करना और उसके बच्चे जनना। उसकी एक ही जाति है, नारी जाति। शोषित और दलित जाति।

—"इतना आक्रोश?"

—"बस यही तो है पास।...कुछ कर सकने की शक्ति प्रकृति ने ही नहीं दी तो समाज कहाँ से देगा?"

—"आवाज तो उठा सकती हो?"

—"आवाज भी उठाने के लिए भुजाओं में ताकत होनी चाहिए अन्यथा दबा दी जाएगी।"

उसने अपनी एक हथेली को दूसरी हथेली से कसकर दबाया था, मानों किसी आवेग को रोकना चाह रही हो।

—"किस लिए रेशम की चोरी का आरोप लगा था तुम पर?"

—"राखी बनाती थी मैं...। इसे व्यर्थ का काम समझ कर वह रेशम मुझे नहीं देता था।"

—"क्यों, साड़ी का व्यवसाय नहीं पसन्द था?"

—"नहीं। व्यवसाय के पसन्द नापसन्द की बात नहीं थी।...मेरा एक ही शौक था, एक ही उद्देश्य, प्रतिवर्ष रक्षाबन्धन से पहले कम से कम चालीस-पचास हजार राखियाँ बना लेने का।"

—"इतनी बिक जाती थीं?"

—"तुम जिस काम से आए हो मेरे पास, उस पर ध्यान दो। मेरा इतिहास जानकर क्या करोगे?"

मुस्कुराकर उसने बात बदल थी।

—"नहीं। पूरी रात बितानी तो है।"

—"तो क्या जागकर?"

—"नहीं, बातें करते हुए।"

—"हमारे पास इतनी बातें कहाँ कि पूरी रात बीत जाए।"

—"बातों में से बातें निकल आएँगी।"

—"ज्यादा पी ली है क्या?"

—"हाँ, थोड़ी ज्यादा ले ली है, पर उससे परेशान न होओ। आदत है लेने की, अन्यथा बर्फ बन जाऊँ यहाँ।"

—"लेकिन बर्फ तो हो तुम।"

वह उसकी ओर देखकर मुस्कुराई।

—"क्यों?"

—जो भी यहाँ आता है मेरे पास, उसमें एक अलग ही ऊष्मा होती है। उसे मुझसे बातें करने की फुरसत कहाँ?

वह हँस पड़ी थी। उस हँसी में व्यंग था या बेचारगी, समझना मुश्किल था। कमरे की मद्धिम रोशनी में उसके मोती से दाँत चमक उठे थे। एक दैवीय आभा सी बिखर गई थी कमरे में।

कुछ वैसी ही जब कुछ देर पहले वह कमरे में प्रवेश करते हुए बोली थी—

—"नमस्ते आगन्तुक।"

वह हड़बड़ाकर खड़ा हो गया था। पीले रंग के सरारे और कुर्त्ते में वह कोई देवदूती सी लग रही थी। उसके अभिवादन के शब्द उसके कानों में कई बार रह रहकर स्वयं को दोहरा गए थे। जम्मू के इस पहाड़ी इलाके में इतनी शुद्ध हिन्दी।

—"जी मेरा नाम राकेश...कैपू...।"

उसका स्वर लड़खड़ा गया था नाम बताने में।...क्या उसे अपनी असलियत बतानी चाहिए इस लड़की को?...नहीं, नहीं, वह ऐसी जगह आया है अपने अपमान की पीड़ा भुलाने, जहाँ अपना परिचय बता देने से केवल उसकी नहीं, बल्कि उसके पूरे विभाग की छवि धुँधली हो जाएगी उसके देशवासियों की निगाह में।...नहीं, वह नहीं बताएगा अपना परिचय। इसीलिए तो वह सादे कपड़ों में और रात के अन्धेरे में आया यहाँ। अपनी कर्त्तव्यनिष्ठा के लिए प्रसिद्ध उससे कैसे थोड़ी सी चूक हो गई?...उफ् यह शराब भी उस दंश को मिटा नहीं पा रही है।

युवती उसकी खामोशी का अर्थ लगा चुकी थी। बिस्तर पर बैठते हुए बड़ी लापरवाही से बोली–

–"कोई बात नहीं। बिना नाम के भी कोई फर्क नहीं पड़ता। तुम परेशान न होओ। यहाँ आने वाला कोई भी व्यक्ति जल्दी अपना नाम और पता नहीं बताना चाहता।...हम पूछते भी नहीं। एक दो घण्टे का समय तो यूँ भी "आगन्तुक" शब्द से ही कट जाता है।"

वह कुछ नर्वस सा हो उठा था। माथे पर पसीने की बूँदे ठण्ड में भी चुहचुहा आई थीं।

–"आओ, बैठो। तुम्हारे माथे का पसीना पोंछ दूँ।"

वह यन्त्रचालित सा बैठ गया था। उसने अपने पीले दुपट्टे से उसके माथे को रगड़ा था। दुपट्टे में टँके झिलमिलाते सितारे उसके माथे को मानो रगड़कर उसे चैतन्य कर गए थे। दुपट्टे को बिस्तर पर ही ढुलका छोड़ उसने आगन्तुक का हाथ अपने हाथों में लिया था।

–"पहली बार आए हो ऐसी जगह तुम?"

–"हाँ।"

–"क्यों आवश्यकता पड़ गई? पत्नी नहीं है क्या?"

–"अभी विवाह नहीं हुआ है।"

–"किसने यहाँ का पता दिया?"

–"बस, यूँ ही, निरुद्देश्य सा चला जा रहा था। कुछ समझ में नहीं आ रहा था।...तभी वह तुम्हारा लड़का...।"

–"लड़का नहीं दलाल।"

उसने एक बेजान हँसी के साथ सुधार किया।

–"हाँ, हाँ, वही ले आया यहाँ।"

–"निरुद्देश्य क्यों? कोई काम नहीं करते?"

—"करता हूँ।"

—"बीजी, रेशम लाया है कमरुद्दीन।"

दरवाजे के बाहर से ही दलाल की आवाज आई। परदे के पीछे से दो जोड़ी पैर दिखाई दिए थे।

आगन्तुक चैतन्य होकर बैठ गया। वह अब तक सामान्य हो चुका था।

—"आ रही हूँ।...क्षमा करना...बस पाँच मिनट में...।"

वह उससे क्षमा-याचना करते हुए बाहर निकल गई थी।

कुछ ही देर में वह गुलाबी और सुनहरे रंग के रेशम के दो झिलमिलाते गट्ठर लिए अन्दर आई थी और दीवार में बने रैक पर रख दिया।

—"पाँच सौ रुपए एडवान्स दोगे?"

—"हाँ, हाँ...।"

पाकेट में से नोट निकालते हुए ही उसने पूछा था–

"क्या करोगी इतना रेशम?"

—"राखियाँ बनाऊँगी। रक्षा बन्धन अब पास ही है न।"

कहते हुए वह पैसे लेकर बाहर चली गई। शायद कमरुद्दीन को देने।

आगन्तुक सोच में पड़ गया था। विचित्र है यह लड़की। न जाने किन परिस्थितियों ने इसे इस धन्धे में डाल दिया है।...फिर भी एक अद्‌भुत जुनून।..राखी बनाने का।...इस तरह के अन्य रोजगार भी तो कर सकती थी यह लड़की। कम से कम इस गलीज धन्धे में तो न आती।

—"क्या सोच रहे हो आगन्तुक?"

वह पुनः आकर बिस्तर पर बैठ गई थी। चन्दन की सुगन्ध सी फैल गई थी कमरे में। शायद उसने अपने कपड़ों पर वही इत्र छिड़का होगा।

—"हूँ?"

उसने पुनः संक्षिप्त प्रश्न किया।

—"यही कि क्यों करती हो यह धन्धा? राखी बनाने की तरह ही कोई अन्य रोजगार...?"

"नहीं कर सकती थी।"

"क्यों?"

—"न जाने क्यों तुम इतने आत्मीय लग रहे हो कि तुमसे सब बता देने को जी कर रहा है।"

—"बता दो। मुझे भी उत्सुकता हो रही है। रात अच्छी तरह गुजर जाएगी।"

—"पैसे देकर दूसरे की कहानी सुनने का शौकीन आज पहली बार मिला मुझे।"

वह हँस पड़ी। एक फीकी हँसी।

—"बात को टालो नहीं।"

—"कोई खुफिया हो क्या?"

कमरे के मद्धिम प्रकाश में उसने आगन्तुक को ध्यान से निहारा और मस्करुा उठी।

—"नहीं। खुफिया नहीं हूँ। निश्चिन्त रहो। बस यूँ ही। मन बहलाने का कोई साधन तो होना चाहिए।"

—"मैं कम हूँ क्या कि मेरी कहानी सुनना चाहते हो?"

उसने तकिए को उठाकर अपनी गोद में रख लिया था। आगन्तुक उससे थोड़ा परे खिसकते हुए बोला—

—"बत्ती बुझा दूँ?"

—"बहुत रहस्यमय हो।"

—"क्यों?"

—"और जो भी यहाँ आता है वह तो दूधिया रोशनी में मेरा पूरा जिस्म. ..।"

—"बन्द करो यह बकवास...।"

एकाएक वह उत्तेजित हो उठा था। गुस्से से उसकी भवें तन गई थीं।

—"क्षमा करिएगा...मैं...मैं...।"

वह सहम गई थी। आगन्तुक की आँखों में गुस्से की लाली थी या शराब की, वह समझ नहीं पा रही थी।

—"बताओ, क्यों आई हो इस धन्धे में?...समाज में मान सम्मान के साथ जीने में क्या अड़चने थीं?"

आगन्तुकः पुनः पूछ रहा था और वह सहमी सी सोच रही थी कि कमरे में उसके प्रवेश करते ही नर्वस हो उठने वाला यह पुरुष एकाएक इतना उग्र और कठोर कैसे हो गया? वह भी मन्त्रमुग्ध सी क्यों उसके इस कठोरता के बन्धन में स्वयं को जकड़े रखना चाहती है? आज तक किसी पुरुष के लिए उसके मन में ये भाव तो नहीं उपजे थे। वह जैसे किसी सुनहरे जाल में उलझती चली जा रही थी।

—"तुम्हारा मौन मुझे व्याकुल कर रहा है? कौन सी अड़चनें थीं तुम्हारे सामने?"

वह पुनः पूछ रहा था। उसके माथे पर रूम हीटर का लाल प्रकाश सीधे पड़ रहा था। इस बार उसका स्वर कुछ नरम था।

—"क्यों दूर कर पाओगे क्या उन अड़चनों को?"

—"नहीं, परन्तु जान तो सकता हूँ।"

उसकी साफगोई पसन्द आई उसे।

—"वह मुझे जीवित न छोड़ता। बहुत क्रूर था वह।"

—"कौन? तुम्हारा पति?"

—"हाँ। साड़ी बुनने का काम तो एक दिखावा था।"

—"फिर?"

आगन्तुक उसकी ओर झुक आया था। वह कुछ सकुचा उठी थी।...इस अजनबी को क्यों वह सारे राज बता देना चाहती है?...कौन है यह उसका?

—"बताओ। चुप क्यों हो गई हो?"

—"तुम अपने एडवान्स के पैसे वापस ले सकते हो। जा सकते हो यहाँ से।"

—"परन्तु मैंने पूरी रात यहाँ गुजारने के लिए तुमसे तय किया है।"

—"लेकिन मेरी यह विवशता तो नहीं है कि मैं अपनी निजी बातें तुम्हें बता ही दूँ। क्यों बताऊँ?"

"तुम्हें किस बात का डर है? सबसे बड़ा संकट जीवन का संकट होता है। मान लो, मेरे कारण तुम्हारी जान ही चली जाती है, तो भी इस नारकीय जीवन से तो वह मौत अच्छी ही न होगी? हालाँकि न मैं तुम्हारी जान के लिए संकट ही बनने जा रहा हूँ और न ही इस नारकीय जीवन से उबार लेने का लम्बा चौड़ा वादा ही करने। बस तुम्हारी कहानी में कुछ देर अपने गम को भूलना चाहता हूँ।"

वह कुछ देर सोच में पड़ी रही। अपनी दोनों हथेलियों पर अपने चेहरे को टिकाते हुए बोली—

—"तुम ठीक कहते हो। तो सुनो! साड़ियों पर जरी की कढ़ाई में हिन्दी, उर्दू और अंग्रेजी के अक्षरों का मिश्रण करके डिजायन का आकार दे देता था।"

—"फिर उसके बाद?"

—"उनमें हिन्दुस्तान की पोल होती। सांकेतिक भाषा में।"

—"क्या?"

आगन्तुक उसके और करीब खिसक आया था।

—"और वह साड़ी विदेश में निश्चित लोगों के हाथों तक सप्लाई होकर पहुँच जाती।"

—"तुमने कैसे जाना?"

—"इतनी तो पढ़ी लिखी हूँ ही। फिर घर में रहते हुए यह जानना असम्भव था क्या?"

—"फिर क्या किया तुमने?"

—"एक गुमनाम पत्र रक्षा मन्त्रालय को भेज दिया था। आनन-फानन में जाँच शुरू हो गई। मुझ पर उसे पहले ही से शक था।"

"अपना ही घर तबाह करके अपने जीवन को नरक...।"

वह मानो स्वयं से बुदबुदा रहा था।

—"मैं एक ऐसे परिवार से आई थी जिसने देश के लिए अपना सब कुछ न्योछवार कर दिया था। पिताजी ने आज़ादी की लड़ाई में अपना जीवन कुर्बान कर दिया था,...फिर उनकी बेटी एक गद्दार का साथ कैसे...?"

—"तो तुम घर छोड़कर यहाँ भाग आई?"

—"हाँ?"

उसने सिर झुका लिया था। उसकी आँखों में आँसू झिलमिला रहे थे।

—"अब आगे क्या करना है?"

—"जीवन बिताना है। जीवित रहना मेरी विवशता है।"

—"क्या कभी मन में नहीं आया कि इस जीवन से अच्छा तो आत्मघात है?"

—"नहीं।"

—"क्यों?"

—"अभी मेरा उद्देश्य पूरा नहीं हुआ है।"

—"इस गन्दी बस्ती में जीवन का और कौन सा उद्देश्य पूरा करना चाहती हो?"

—"अपने बेटे को भारतीय सेना में भर्ती कराना चाहती हूँ।"

आगन्तुक चौंक उठा था।...क्या इस युवती को पता है कि वह भी सेना का एक आदमी है। कैप्टन राकेश। जिसे अपनी ड्यूटी में लापरवाही बरतने के आरोप में अट्ठाइस दिन की सजा मिली थी और उसे सियाचिन ग्लेशियर की सीमा

से हटा दिया गया था। आज तक की कर्त्तव्यनिष्ठा पर उसकी जरा सी लापरवाही ने एक धब्बा लगा दिया था। वह आत्मग्लानि और अपमान की पीड़ा से तिल-तिल जल रहा है।...क्या उसे ये सारी बातें इस युवती को बता देनी चाहिए।...नहीं, नहीं, शायद यह युवती और वह स्वयं भी एक सैनिक की ऐसी छवि स्वीकारने में असमर्थ है। अपनी इसी वेदना को कम करने के लिए ही तो आज वह सबकी नजरों से छिपता-छिपता यहाँ आ पहुँचा है। शायद यह दूसरा अपराध हो उसके जीवन का।...यह युवती उसकी असलियत न ही जाने तो अच्छा है। पुरुष सारे अपमान सह सकने की क्षमता रखता है परन्तु किसी स्त्री की निगाह में कायर या कमजोर सिद्ध होना उसके लिए मौत से भी बदतर होता है।

वह खामोश हो गया था।

—"मेरा बेटा इस समय सोलह वर्ष का है।"

वह बता रही थी।

—"क्या तुम्हारा बेटा जानता है तुम्हारे धन्धे के बारे में?"

—"हाँ। सब कुछ।"

युवती ने आत्मग्लानि से सिर झुका लिया।

—"पढ़ता है कहीं?"

—"हाँ।"

—"कहाँ रहता है तुम्हारा बेटा?"

—"मेरे साथ।...वही तुम्हें मेरे पास लाया होगा।"

—"कौन? वह दलाल?"

—"हाँ।"

वह बुरी तरह चौंक उठा था। कुछ ही घण्टे पहले उसे इस कमरे में बैठाकर दरवाजे के पास से आवाज लगाने वाले उस किशोर बच्चे की आकृति उसकी निगाह में कौंध गई थी—

—"बीजी, ग्राहक कमरे में हैं।"

—"ठीक है। बत्ती बुझाकर नाइट-बल्ब जला दो।"

और वह लड़का नाइट-बल्ब जलाकर सिर झुकाए खामोशी से चला गया था। उसके चेहरे की उस समय की पीड़ा और लाचारी अब वह पढ़ पा रहा था।

—"हाँ। यहाँ किसी को नहीं पता है कि वह मेरा बेटा है? सब यही जानते हैं कि कहीं से भूला भटका वह मेरे पास काम की तलाश में आ पहुँचा है और अब वह दलाली का काम करता है।...अपनी माँ के लिए।"

वह हिचक-हिचक कर रो पड़ी थी। रोने से उसका पूरा बदन हिल-हिल जा रहा था। आगन्तुक के भी चेहरे पर पीड़ा की रेखाएँ खिंच गई थी। उसने सान्त्वना भरे हाथ युवती की पीठ पर रख दिए। शब्द चुक से गए थे उसके। युवती के अस्फुट स्वर उसकी आत्मा को घायल कर रहे थे। वह रोते हुए बता रही थी–

–"रात में ग्राहकों को निबटाकर हम दोनों माँ बेटे एक दूसरे से लिपटकर कभी-कभी घण्टों रोते हैं। अपनी विवशता पर, उसकी जिल्लत पर...। इस समय वह अकेला कमरे में तकिए में मुँह छिपाए रो रहा होगा।...मेरा बेटा...।"

वह पुनः फफक पड़ी थी।

आगन्तुक के भी आँखों के कोर नम हो उठे।

–"छोड़ा जा सकता है यह नारकीय जीवन।"

वह स्वयं से बुदबुदाया।

–"नहीं, मैं नहीं छोड़ सकती यह जीवन। वह बहुत क्रूर है। स्वयं की नहीं परन्तु बेटे के जीवन की चिन्ता है।...इसीलिए तेज रोशनी में मैं किसी से नहीं मिलती। कहीं कोई पहचान न ले।"

–"क्यों, इस हल्की रोशनी में भी तो तुम्हारी आकृति स्पष्ट है।"

–"पर मैं किसी से इतनी देर बातें नहीं करती।"

–"क्यों? क्या भय है?"

–"अभी कुछ दिनों पहले वह दो तीन आदमियों के साथ इस गली में दिखाई दिया था। शायद सजा काटकर छूट गया हो या फिर जेल फाँदकर ही भाग आया हो। उसके लिए कुछ भी असम्भव नहीं। मैंने ऊपर खिड़की में से देखा था। दिल धड़क उठा था, पर आश्वस्त थी कि न तो बेटे को वह पहचानता था और न ही बेटा उसे पहचान सकता था।"

–"क्यों?"

–"एक लम्बा समय बीत गया। उस समय मेरा बेटा बहुत छोटा था। घर में रहते हुए भी उसे कभी फुरसत नहीं थी कि बच्चे को पिता का प्यार दे। वैसी कोई भावना ही नहीं थी उसमें। बल्कि जब बुनियादी भूख सवार हो तो वह बच्चे को पीटकर बाहर भेज आता था।...फिर कहाँ से पहचानता बेटे को इस समय? और फिर उसकी वेशभूषा अब बदल जाने के कारण बेटा भी नहीं पहचान सका। मैंने मन ही मन ऊपर वाले को धन्यवाद दिया था।...इसीलिए मैं दिन में धन्धा नहीं करती।"

युवती टुकड़े-टुकड़े में बता रही थी।

—"बड़ी दर्दनाक और खतरनाक है तुम्हारी कहानी।"

आगन्तुक ने एक लम्बी साँस ली।

—"हाँ। कभी किसी को बताया नहीं। आज न जाने क्यों तुम्हारे सामने खुलती चली गई हूँ मैं...और अब...तुम्हारे यहाँ आने के मकसद के लिए खुलने में आत्मा धिक्कार रही है।" युवती ने सिर झुका लिया था।

—"छिः, हर पाँच मिनट के बाद तुम वही पेशेवर बातें करने लग रही हो।" उसने फटकार लगाई। युवती ने आश्चर्य से उसे देखा था। यह विचित्र ग्राहक उसकी समझ से परे था। उसने कम्बल ठीक करते हुए आगन्तुक के सामने प्रस्ताव रखा—

—"ठीक है। कपड़े बदल लो और आओ सो जाओ।"

—"हाँ लेकिन नींद नहीं आएगी।....मन बहुत उद्विग्न है। ....तुम मेरा सिर सहलाओगी?"

—"क्यों नहीं?"

"बहुत ठण्ड है आज।"

"जी...।"

आगन्तुक की डाँट से वह संक्षिप्त हो रही थी।

वह बिस्तर पर लेट गया।

—"एक मिनट, जरा उठो। गद्दे के नीचे से मैं राखियाँ निकाल लूँ।" उसने आगन्तुक से कहा।

—"क्यों? इसके नीचे क्यों रखी हैं राखियाँ?"

उसने उठते हुए पूछा।

—"ताकि गद्दे के भार से दबकर अपनी जगह जम जाय रेशम।"

कहते हुए उसने गद्दा पलट दिया। गुलाबी सुनहरी हजारों रेशम की पतली-पतली राखियाँ हल्की रोशनी में झिलमिला उठी थीं। आगन्तुक को आश्चर्य हुआ—

"इतनी राखियाँ? सब बिक जाएँगी?"

—"छिः! कैसी बातें करते हो? बिकेंगी क्यों?"

—"फिर क्या होंगी?"

—"मेरे भाइयों की कलाइयाँ सजाएँगी। उनकी रक्षा करेंगी।"

युवती ने दोनों हाथों में राखियों को समेटकर प्यार से उठाते हुए कहा।

—"इतने भाई हैं तुम्हारे?"

"हाँ।"

"इतने भाई हैं और अकेली बहन के लिए कुछ नहीं कर पा रहे हैं?" आगन्तुक उसके पागलपन पर हँस पड़ा था।

—"उन्हें मालूम कहाँ कि मैं यहाँ हूँ।"

—"वे सब कहाँ रहते हैं?"

—"सेना में। हमारे देश के रक्षक। उन देश के रखवालों की रक्षा कामना करती हैं ये राखियाँ।...पूरी संख्या तो नहीं मालूम मुझे अपने भाइयों की, परन्तु एक अनुमान से भेज देती हूँ राखियाँ। चालीस पचास हजार के लगभग...। कम से कम इतने तो होंगे ही न?"

वह प्रश्नवाचक दृष्टि से आगन्तुक को देख रही थी। उसके प्रश्न से आगन्तुक व्यग्र हो उठा। कई वर्षों पहले तक की न जाने कितनी राखियाँ स्मृति में झिलमिला उठीं। युवती को लगभग झिंझोड़ते हुए उसने पूछा था—

—"किस नाम से भेजती हो राखियाँ?"

—"भारती...।"

आगन्तुक के चेहरे पर उठते गिरते भावों से बेखबर वह गद्दे को पुनः पलटकर ठीक से बिछाने लगी थी। आगन्तुक के कानों में अपने कमान्डिंग आफिसर की चिर परिचित आवाज गूँज उठी थी—

—"जवानों, पिछले कई वर्षों की भाँति आज रक्षाबन्धन पर फिर मिली राखियाँ हमें हमारी एक प्यारी बहन भारती की जिसे हमने देखा तो नहीं और न ही वह अपना पता भेजती है, पर हम सैनिक भाइयों का स्नेह और आशीर्वाद हमेशा उसके साथ रहेगा, वैसे ही जैसे हमारे दीर्घायु और वीर होने की उसकी मंगल कामना इन रेशम के धागों में लिपटी हर वर्ष हमारे साथ होती है। हमारे लिए रक्षा कवच हैं ये राखियाँ। लो, बाँध लो इन्हें अपने-अपने हाथों में और अपनी उस बहन को वचन दो। देश की रक्षा का वचन। यदि किसी जवान को राखी नहीं मिल पाती है तो वह दूसरे जवान की राखी में से कुछ धागे लेकर अपनी कलाई पर अवश्य बाँध ले क्योंकि शायद हमारी उस बहन को हमारी निश्चित संख्या का ज्ञान नहीं होगा।"

—"इतनी राखियाँ बनाने के लिए तो सचमुच बहुत रेशम लगता रहा होगा?" आगन्तुक जैसे व्याकुल सा हो उठा था।

—"हाँ इसीलिए तो रेशम की चोरी का आरोप बार-बार लगता था और बार-बार

वह... ।"

वह बात अधूरी छोड़ चुप हो गई।

—"यानी भाइयों की खातिर तुम इस स्थिति में... ।"

—"नहीं, नहीं, मेरे भाइयों पर यह तोहमत मत लगाओ ।...बस एक देशद्रोही की सजा की सजा है यह। उसके साथ विवाह के बन्धन में बँधने की सजा है यह ।"

आगन्तुक के अन्तर्द्वन्द्व से अनभिज्ञ वह मन्द-मन्द मुस्कुरा रही थी।

—"हूँ ।"

एक गहरी साँस छोड़ी आगन्तुक ने। उसका मन हो रहा था कि वह अपने बाल नोच डाले। रूम हीटर के लाल राड को अपनी आँखों में घुसेड़ दे। आत्मग्लानि और धिक्कार से उसका सिर फटा जा रहा था। वह सिर पकड़कर बिस्तर पर धम्म बैठ गया था। अन्तर से बार-बार कोई आवाज आ रही थी—छिः है तुम पर, धिक् है तुम पर।

—"अब सोओ। मैं तुम्हारा सिर सहला दूँ।"

वह उसके सामने खड़ी थी।

—"नहीं तुम जाओ। ऊपर जाकर बेटे के पास सो जाओ।"

आगन्तुक जैसे विक्षिप्त सा हो गया था।

—"लेकिन तुम... ।"

—युवती हतप्रभ सी कुछ कह नहीं पा रही थी।

—"मैं कुछ देर बाद स्वयं चला जाऊँगा।"

× × ×

अपनी बालकनी में सबह की मीठी धूप में चटाई पर बैठ वह राखियाँ बना रही थी। दस बारह दिन शेष थे रक्षाबन्धन आने में।...और दस बारह दिन ही तो हुए थे उस आगन्तुक को गए, पर बार-बार न जाने क्यों उसका चेहरा आँखों में नाच जाता।...कितने ग्राहक आते हैं। किसका चेहरा वह याद रख पाती है?. ..पर वह ग्राहक था ही कहाँ? वह तो शराब के नशे में पैसा लुटाने वाला कोई सिरफिरा... । छिः, छिः, इस गन्दी बस्ती में रहते-रहते उसका सोच भी कितना गिर गया है? एक देवपुरुष सदृश व्यक्ति को वह सिरफिरा सोच रही है। चौड़ा माथा छोटे-छोटे काले बालों के कारण और भी उजला लग रहा था। गोरा रंग, चौड़े कन्धे और एक लम्बा चौड़ा गम्भीर व्यक्तित्व। उम्र यही कोई रही होगी तीस पैतींस के लगभग। दाहिनी भौं के बीचोबीच एक कटे का बड़ा सा निशान

उसे औरों से अलग करता था।

...अखबार...अखबार।...छप्प।

नीचे सड़क से आवाज लगाते हुए, अखबार वाले ने अखबार की एक प्रति ऊपर बालकनी में उछाल दिया था। राखियाँ बनाते-बनाते उसके हाथ रुक गए थे और उसने झुककर अखबार उठा लिया। उसे तो इतनी जरूरत नहीं होती अखबार की पर ग्राहक कभी-कभी माँग बैठते हैं पढ़ने के लिए। उसने यूँ ही अखबार को अपने सामने फैला लिया और देखने लगी।

—"अरे यह तस्वीर।"

उसने चौंक कर तस्वीर को सूरज की रोशनी की ओर किया था और ध्यान से देखने लगी थी।...हूबहू वही तस्वीर...लेकिन टोपी और वर्दी से तो यह कोई फौजी लगता है। उस दिन कमरे की हल्की रोशनी में सादे लिबास में...नहीं, वह नहीं होगा। शायद उसे भ्रम हो रहा है।

उसने जल्दी-जल्दी समाचार की हेड लाइन पढ़ी—

"कैप्टन राकेश मेहरोत्रा शहीद"

(उनकी अद्भुत वसीयत रक्षा मन्त्रालय को सुपुर्द।)

नई दिल्ली। एजेन्सी से प्राप्त समाचार के अनुसार भारतीय सीमा पर कल दुश्मनों की गोली बारी का जवाब देते हुए कैप्टन राकेश मेहरोत्रा अपनी टुकड़ी को पीछे छोड़ दुश्मनों पर अन्धाधुन्ध गोलियाँ चलाते हुए उनके बीच घुस गए और सैकड़ों दुश्मनों को मौत के घाट उतारते हुए स्वयं भी शहीद हो गए।

यह भी खबर है कि कुछ दिनों पूर्व ही कैप्टन मेहरोत्रा को ड्यूटी में लापरवाही बरतने के आरोप में कुछ दिनों के लिए सजा मिली थी। अनुमान है कि उस अपमान को न सह पाने के कारण ही ड्यूटी ज्वाइन करते ही कैप्टन मेहरोत्रा ने अपनी अदम्य वीरता का परिचय दिया। शहीद होने के दो दिनों पूर्व ही उन्होंने अपनी वसीयत लिखवा दी थी, जिससे पता चलता है कि यह कार्य उन्होंने किसी जुनून या आवेश में नहीं बल्कि सुनियोजित ढंग से किया।

उनकी वसीयत के अनुसार मृत्यु के उपरान्त उनकी पूरी सम्पत्ति उनकी मुँह बोली बहन भारती को सौंप दी जाए और भारती के बेटे को सेना में उनकी जगह नौकरी दे दी जाए। सुश्री भारती का पता गुप्त रखने की भी अपील कैप्टन मेहरोत्रा ने अपने एक पत्र द्वारा रक्षा मन्त्रालय से की है।"

वह आवाक् सी अखबार हाथ में लिए बैठी थी।

—"माँ, क्या सोच रही हो इतनी देर से?

बेटे की आवाज से वह चौंककर चैतन्य हुई थी। अखबार हाथ में लिए वह ध्यान से बेटे को निहारने लगी थी मानो पहचानने का प्रयास कर रही हो। अखबार के मुख्य पृष्ठ पर कैप्टन राकेश की फोटो अब भी मुस्कुरा रही थी। उसने राखियाँ उठाई थीं और उन्हें तस्वीर के ऊपर बिछा दिया था। कुछ देर एकटक उसे देखती रही थी और फिर उसी पर सिर टिका फफक पड़ी थी।

ऐरियर

"रेनू!"

"हूँ।"

"चुप क्यों हो? मेरी तरफ मुँह करो।"

"ऊँ हूँ। नींद आ रही है।"

"पर मुझे नहीं आ रही है। कुछ बात करो।"

कहते हुए अशोक ने रेनू को अपनी ओर खिंच लिया। रेनू अशोक की ओर मुँह करके लेट गई।

"बोलो, क्या बात करना चाह रहे हो?...किसी बात की चिन्ता तो नहीं, जो नींद नहीं आ रही है?"

रेनू प्यार से अपने पति के बालों में उँगलियाँ फिराने लगी।

"नहीं, चिन्ता नहीं।...सोच रहा हूँ, धीरे-धीरे कितना समय बीत गया। पता ही नहीं चला। लगता है अभी कल ही की बात है जब तुम हमारे घर में बहू बनकर आई थी।...तोड़ने-जोड़ने में ही आधा जीवन खिसक गया हम लोगों का।"

अशोक के हाथ रेनू के कन्धे पर टिक गए। रेनू का गला सूना था। उसे याद आया। रेनू ब्याहकर आई थी तो भाभी ने रेनू को चढ़ाए हुए अपने गहने उतरवा लिए थे। तब से उसके गले के लिए वह सोने की जँजीर भी नहीं बनवा सका था। अशोक के सोचों से बेख़बर रेनू बोल रही थी–

"...और अब तो बच्चे भी बड़े हो गए। दोनों बेटियाँ दो चार साल में शादी के योग्य हो जाएँगी। बेटे को भी कोई न कोई लाइन पकड़ानी ही पड़ेगी।...जो बाकी बचा जीवन है वह भी इसी तरह खिसक जाएगा।"

"हमेशा आशावादी होना चाहिए मनुष्य को।"

अशोक ने समझाया।

"इसी आशा में तो पूरा जीवन बीत रहा है। यह कौन सी नई फिलॉसफी समझा रहे हो?"

"लेकिन अब तुम्हारी सारी उम्मीदें पूरी कर दूँगा।"

"क्यों, कोई लाटरी निकल आई है क्या?"

"नहीं। वो नए वेतनमान का हम लोगों का ऐरियर अब जल्दी ही मिल जाएगा न। सम्भवतः इसी महीने में।"

"मैं भी नौकरी में होती तो मुझे भी...।"

अपनी बात अधूरी ही छोड़ हँस पड़ी थी रेनू। उसकी हँसी में एक कसक थी।

"...आज भी सोचती हूँ तो कोफ्त होती है कि उस समय जरा सा विरोध कर लेती तुम्हारे भइया भाभी की मनाही का और अपनी पढ़ाई पूरी कर लेती तो आज मैं भी तुम्हारा हाथ बँटा सकती थी। इतना भार अकेले तुम्हारे कन्धों पर तो न होता।"

"कोई बात नहीं। तुम सोच रही हो मेरे भार के बारे में, मेरे लिए यही पर्याप्त है।"

"हाँ, अब यह कहना तो तुम्हारी मजबूरी है।"

रेनू अतीत को यादकर कुछ तल्ख उठी। अशोक ने उसे शान्त करने की कोशिश की–

"जो बीत गया उसे याद करने से क्या लाभ?"

"बीता कहाँ है? वह तो अब बीत रहा है। हर पल हमारे जीवन के साथ।"

"क्या सारी पढ़ी लिखी महिलाएँ नौकरी कर पाती हैं? तो मान लो कि तुम्हारी पढ़ाई पूरी हो गई थी उस समय। बस नौकरी नहीं मिल पाई।"

अशोक ने बात को मज़ाक में टालना चाहा परन्तु मालूम था कि रेनू का आक्रोश जब उसके घरवालों के प्रति उभरता था तो जल्दी शान्त नहीं होता था। रेनू के प्रति भइया भाभी के रवैये से वह भी परेशान रहता था परन्तु ऊपर से प्रगट कर देने का अर्थ था पारिवारिक विघटन, जिसे वह नहीं चाहता था।

भइया उम्र में उससे काफी बड़े थे। जब रेनू ब्याहकर नई-नई घर में आई थी तो भतीजे-भतीजियों के बीच वह जल्दी घुलमिल गई थी। उम्र का कोई अधिक अन्तर नहीं था। गर्मी की छुट्टी में रसोई के कामों को निबटाकर वह दोपहर में उनके साथ घण्टों ताश खेला करती।

जुलाई महीना आते ही जब सभी भतीजे भतीजियाँ स्कूल जाने लगे तो रेनू को अकेलापन सताने लगा। उस दिन उसने महसूस किया कि वह बहू है। उसने भी अपनी पढ़ाई जारी रखने की बात की तो भइया भाभी ने साफ इनकार कर दिया था–

"शादी ब्याह के बाद घर गृहस्थी ही स्कूल होता है। इसे सम्भालना आ जाए तो समझो सारी विद्या आ गई।"

रेनू को समझाना कितना मुश्किल हो गया था। कमरे में आते ही रेनू उससे लिपटकर बिलख पड़ी थी! पर वह भी तो मजबूर था। स्वयं विवाह की जिम्मेदारियाँ महसूस कर रहा था। पढ़ाई पूरी हो चुकी थी पर नौकरी का दूर-दूर तक पता नहीं था।

नौकरी पाने में ही उसे सात वर्ष बीत चुके थे। तब तक वह दो बेटियों और एक बेटे का पिता बन चुका था। घर में खाने पीने की कमी नहीं थी परन्तु भइया भाभी में सन्तोष का अभाव था। भइया गाँव के प्राइमरी पाठशाला के हेडमास्टर थे। पिताजी द्वारा बनाई गई खेती बारी से इतना पैदा हो जाता था कि हर फसल की आमदनी में से कुछ बचत हो जाए, पर भइया सिंचाई, बीज, लगान, मजदूरी आदि में हिसाब-किताब बराकर कर देते। अम्मा पिताजी सब देखते सुनते भी विवश थे।

आम का पुराना वाला पेड़ बिका था तो अशोक ने ही प्रस्ताव रखा कि इसका पूरा पैसा बाबूजी के पास रहेगा। भइया कुछ असहमत हुए थे–

"लगान बाकी है। उसे देना ज्यादा जरूरी है।

परन्तु अम्मा बाबूजी के सवाल पर अशोक ने समझौता नहीं किया। बाबूजी मौके की नजाकत भाँप गए थे। उन्होंने प्रस्ताव किया–

"एक नई मुर्रा भैंस खरीद लाओ इसी पैसे में। बच्चों को दूध ठीक से नहीं मिल पाता।"

और भैंस आ गई थी, पर भैंस के दूध का बँटवारा शुरू हो गया। भाभी ने अम्मा को धीरे से समझाया–

"लालाजी तो हमेशा बाहर-बाहर रहते हैं। आपके बड़े बेटे को ही खटनी ज्यादा पड़ती है। शरीर टूट जाएगा तो फिर बनेगा नहीं।"

माँ की ममता तड़प उठी। दोनों ही बेटे आँख की पुतली। किसी को कमजोर कैसे देख सकती थी।

दूध बँट जाने के कारण कभी-कभी रेनू रोती हुई छोटी बच्ची की बोतल में चीनी घोलकर रात के अन्धेरे में पकड़ा देती और वह चुभुर-चुभुर ठण्डा शरबत पीकर सो जाती।

बच्ची के निमोनिया से जकड़ जाने पर डाक्टर के बहुत पूछने पर रेनू ने यह भेद खोला था तो अशोक की गर्दन शर्म से झुक गई। डाक्टर कह रहा था–

"आप लोग पढ़े लिखे इन्सान हैं फिर भी...।"

अशोक को कोई उत्तर नहीं सूझ रहा था। घर आकर अम्मा से बता ही रहा था कि भइया आ गए थे और बिगड़ उठे थे–

"दिन रात खून पसीना मैं एक करूँ और सूखे-सूखे बैठकर कानून तुम बघारो। जैसे वे बच्चे हैं वैसे ही तो मेरे बच्चे भी हैं। उनकी भी तो बढ़ती उम्र है। अच्छा खाना-पान चाहिए। ऐसा ही है तो अपनी कमाई से दो चार भैंसे लाकर बाँध क्यों नहीं लेता? तब तो तनख्वाह का कहीं अता-पता ही नहीं चलता।"

"अरे अभी उसे नौकरी करते कितने दिन ही हुए हैं जो तू इस तरह से ताने मार रहा है। प्रह्लाद?"

अम्मा ने बड़े बेटे को वर्जना दी थी, पर भइया के अन्दर न जाने कब का गुबार जमा था जो निकलता ही जा रहा था।

घर में चल रहे इस शीत युद्ध को खत्म करने के लिए ही अम्मा बाबूजी ने उससे अपना परिवार लेकर शहर में रहने को कहा था–

"दूर-दूर रहोगे तो आपस का प्रेम भी बना रहेगा और रोज-रोज की किच-किच से जग-हँसाई भी न होगी। हम लागों के न रहने पर जब नहीं निभेगा तो बँटवारा कर लेना। सम्पत्ति तो तुम्हारी है ही यहाँ।"

अशोक ने अम्मा पिताजी की सलाह मान ली थी और रेनू तथा बच्चों को लेकर शहर आ गए। कुछ वर्ष किराए के मकान में रहा। फिर धीरे-धीरे पैसे जुटाकर तथा कुछ अपने फण्ड से ऋण लेकर उसने यह दो कमरों वाला छोटा सा फ्लैट खरीद लिया था। भइया महीने दो महीने में जरूर आते या अपने बेटों को भेजते। उससे धीरे से अपनी समस्या समझाते। कभी लगान बाकी है, तो कभी खाद खरीदनी है, कभी अम्मा की दवा तो कभी सिंचाई के नाम पर उससे हजार दो हजार वसूल कर ले जाते।

उस दिन भतीजे को चुपके से एक हजार रुपए देते हुऐ उसे रेनू ने देख लिया था। उस समय तो वह अनजान बनी रसोई में चली गई थी परन्तु रात में सोते समय उसने अपने पति को समझाया–

"देखो, इस तरह से तुम मेरे और अपने परिवार के बीच में खाई बढ़ा रहे हो। वही रुपए यदि मेरे हाथ से दिलाते तो शायद मेरे प्रति एक अच्छी धारणा पैदा होती। मैं तो कमाती नहीं कि अपनी तनख्वाह से दे दूँ।...देना तुम्हारी तनख्वाह से ही है।"

अशोक को पश्चात्ताप हुआ। साधारण पढ़ी लिखी महिला में इतनी समझदारी और उसमें...? उसे स्वयं पर कोफ्त हो आई थी।

अशोक ने बेचैनी से करवट बदली। एकाएक रेनू के नर्म हाथों का स्पर्श पाकर वह वर्तमान में लौट आया। अतीत के दरवाजे हौले से बन्द हो गए। रेनू कह रही थी–

"...क्यों, अब मैं बात कर रही हूँ तो तुम्हें नींद आने लगी?"

"नहीं, जो तुम कह रही थी वही मैं चुप होकर सोच रहा था।"

"ज्यादा मत सोचा करो। सेहत पर बुरा असर पड़ता है।...मुझे ही न जाने क्या हो जाता है कि मैं ये सब बातें छेड़ देती हूँ।"

रेनू के स्वर में पश्चात्ताप का भाव उमड़ आया था।

"नहीं, मैं कुछ ऐसा वैसा नहीं सोच रहा हूँ। मैं तो तुम्हारे बारे में ही सोच रहा हूँ।"

"क्या?"

"कल चलो। अपने लिए एक सोने की जँजीर का आर्डर दे दो। ...बहुत हल्का-फुल्का नहीं। थोड़ा भारी रहेगा तो मजबूत और टिकाऊ होगा। कुछ दिन चलेगा। तनख्वाह से एक हजार रुपए एडवान्स कल ही दे दो। ऐरियर मिलते ही पूरा पेमेन्ट करके ले लेंगे।"

रेनू के सूने गले को प्यार से अशोक ने सहलाया। रेनू विभोर हो उठी।

"भारी जँजीर तो बनवाने में ही सात आठ हजार रुपए लग जाएँगे।...और भी तो बहुत जरूरी काम हैं।"

"अरे तो मिल भी रहा है तीस-बत्तीस हजार।"

अशोक ने रेनू की चिन्ता को हल्का करने की कोशिश की।

"मैं सोचती हूँ दोनों कमरों के बीच में बने इस गैलरी में एक दरवाजा लगवा दूँ। इस कमरे में कोई बाहरी बैठा होता है तो लड़कियों को बाथरूम किचेन वगैरह में जाने में अटपटा लगता है।"

"हाँ तुम ठीक सोच रही हो। यदि लकड़ी से शटर वाला दरवाजा रखें तो ज्यादा अच्छा रहेगा। जगह भी कम घेरेगा और खूबसूरत भी लगेगा।"

"पर वह तो मँहगा पड़ेगा"

"तो क्या हुआ? एक बार जो हो जाएगा, हो जाएगा।"

"पर उसमें का कुछ पैसा बच जाता तो...। तो वो...रिन्नी और रंजीता कब से जिद किए हुए थी रंगीन टी॰ वी॰ के लिए। छोटी वाली ही सही, खरीद लेते।...एक चीज हो जाएगी।"

रेनू ने दबे स्वर में कहा था। अशोक ने उसे उत्साहित किया—

"देखो, ऐरियर का आधा पैसा तो हम लोगों के फण्ड में जमा हो जाएगा। बाकी जो पन्द्रह सोलह हजार मिलेंगे, उसमें जो चाहे करो। मैं अपनी ओर से कुछ नहीं कहूँगा। हाँ, तुम्हारी जँजीर और बीच वाला दरवाजा जरूरी है।...बाकी सब तुम्हारी इच्छा पर।"

रेनू गद्गद् हो उठी अगले ही पल कुछ सकुचाते हुए बोली—

"सुनो, स्कूटर किस्तों में नहीं मिलती?"

"क्यों, अब स्कूटर से सब्जी खरीदने जाओगी?"

"छोड़ो, हमेशा मजाक करते हो। तुम्हारी मोपेड पुरानी हो गई है। सोच रही थी उसे बेचकर दूसरी...।"

"उसे दूसरे पे-कमीशन के लिए बकाया रखो।"

अशोक हँस पड़ा रेनू के भोलेपन पर।

"बस दस दिनों के अन्दर मैं तुम्हारे हाथ पर रुपए लाकर रख दूँगा। फिर मेरी तो छुट्टी। बाकी का सिरदर्द तुम्हारा।"

रेनू गम्भीर हो उठी थी। अशोक ने पूछा—

"क्या बात है रेनू? फिर कुछ सोचने लगी?"

"हूँ...।"

"क्या?...फिर कोई नई योजना?"

"नहीं। सोच रही हूँ कि आज बाबूजी जीवित रहते तो...। इस समय हाथ में पैसे थे। उन्हें मैं चारों-धाम का दर्शन करा लाती। उनकी बड़ी इच्छा थी जाने की।"

रेनू का स्वर भीग गया। अशोक भी उदास हो गए।

सचमुच बाबूजी की बहुत इच्छा थी, पर कौन जानता था कि वे इतनी जल्दी सबसे विदा ले लेंगे। पेट-दर्द की शिकायत उन्हें काफी दिनों से थी। रेनू ही जिद करके उन्हें शहर ले आई थी। जाँच करवाया तो डॉक्टरों ने कैन्सर बताया और दो तीन महीने का जीवन शेष घोषित कर दिया। फिर तो वे दो तीन महीने किस

दहशत और मानसिक सन्त्रास में बीते कि और कुछ सोचने और करने का वक्त ही न मिला।

"अच्छा, अब सो जाओ रेनू। ज्यादा मत सोचो।" कहते हुए अशोक ने करवट बदल ली थी। बाबूजी की याद से दोनों का ही मन उदास हो गया था।

"अक्षय बेटा।"

रेनू ने किचेन में से आवाज दी।

"हाँ माँ।"

"बेटा, तेरी तो दीपावली की छुट्टियाँ शुरू हो गईं न कल से?"

"हाँ माँ। लेकिन क्यों?"

"स्कूल तो जाना नहीं तुझे, इसलिए जरा कुछ समय अब घर में दे।"

"क्या मतलब?"

"अरे, कल से बढ़ई को काम पर बुलाया है मैंने। वो बीच वाला दरवाजा लगवाना है।"

"अच्छा माँ।"

"और सुन! मोपेड से जाकर अपने पापा को आज आफिस से ले आ।"

रेनू ने शाम के नाश्ते के लिए ब्रेड-पकौड़े छानते हुए अपने बेटे से कहा।

"क्यों माँ? पापा आज अपनी मोपेड से नहीं गए क्या?"

"नहीं। हफ्तों से बुखार के कारण बिस्तर पर पड़े थे।...मैंने ही मना कर दिया। कमजोरी में कहीं चक्कर-वक्कर आ जाता तो...।"

अशुभ बात जुबान पर न लाने देने के उद्देश्य से रेनू चुप हो गई थी। अक्षय हँस पड़ा अपनी मम्मी के भोलेपन पर।

"पर रिक्शे में तो उन्हें और थकान आएगी माँ।"

"इसीलिए तो कह रही हूँ कि जाकर उन्हें ले आ।...फिर एक से भले दो रहेंगे।"

कहते हुए रेनू अक्षय के पास आकर धीमे स्वर में समझाने लगी—

"आज उन्होंने ऐरियर मिलेगा। पन्द्रह-सोलह हजार रुपए लेकर अकेले तेरे पापा आएँगे।...कहीं कोई चोर उचक्का...। जमाना बड़ा कुजमाना हो गया है बेटा।"

"अरे माँ। जमाना इससे भी आगे बढ़ चुका है। अब चोर नहीं रहे। अब तो सरेआम बदमाश रोककर पैसे प्यार से माँग लेते हैं और लोग थमा भी देते हैं।...जैसे उसी का पैसा लेकर जा रहे थे पहुँचाने। अब छीनने चुराने का जमाना गया मम्मी।"

अक्षय हँसते हुए शर्ट पहनकर जाने की तैयारी करने लगा।

"सुनो अक्षय!"

रेनू किचेन की ओर जाते-जाते रुक गई थी।

"जी, माँ।"

"पापा से यह मत बताना कि गाँव से धीरेन्द्र आया है बड़े पापा का पत्र लेकर। नहीं तो वे खामख्वाह चिन्तित हो जाएँगे। आने पर मैं समझा दूँगी।"

बताकर रेनू पुनः किचेन में चली गई थी और अक्षय पापा को लेने।

कुछ ही देर बाद कालबेल की आवाज सुनते ही रेनू ने लपक कर दरवाजा खोला। अशोक ने अन्दर प्रवेश किया था। उनके चेहरे पर थकान की रेखाएँ स्पष्ट दीख रही थीं। पीछे से अक्षय उनका ब्रीफकेस उठाए खड़ा था।

"क्या हुआ? तबीयत फिर भारी हो गई क्या?"

रेनू ने घबराकर अशोक का माथा स्पर्श किया।

"नहीं। बस ऐसे ही। इतने दिन बाद आफिस जाने की थकान है।"

अशोक ने हँसने का प्रयास किया।

तभी धीरेन्द्र ने आकर पैर छुआ था।

"कब आए धीरेन्द्र तुम...?"

"बस चाचा। आज ही दोपहर में। आप आफिस जा चुके थे।

धीरेन्द्र ने सिर झुकाते हुए कहा।

"अच्छा, अच्छा।"

कहते हुए अशोक ने अक्षय के हाथ से ब्रीफकेस ले लिया और अन्दर के कमरे की ओर चले गए थे। पीछे से रेनू और तीनों बच्चे भी उत्सुकतावश जाकर खड़े हो गए थे।

"तुम्हारा ऐरियर मिला कि नहीं आज?"

रेनू अशोक की बगल में बैठते हुए बोली।

"हाँ मिला है।"

सभी के चेहरों पर एक सन्तोष और उत्कण्ठा का भाव तिर आया। अशोक ने कुछ थके स्वर में पूछा–

"यह धीरेन्द्र क्यों आया है?"

"जिसके लिए आए हैं उसी के लिए तो पूछ रही हूँ कि ऐरियर मिला कि नहीं। उसी में से कुछ तोड़ जोड़ करना होगा।"

"क्या कुछ पैसा वैसा...?"

"हाँ। पिताजी की बरखी (श्राद्ध) है अगले हफ्ते। सात-आठ सौ आदमियों को खिलाना-पिलाना है। बड़े भइया ने पत्र भेजा है कि कुल आठ हजार के लगभग खर्च आएगा।...अम्मा अपनी चाँदी वाली करधनी बेचकर दो हजार रुपए दे रही हैं। बाकी दोनों भइयों में तीन-तीन हजार का चन्दा लगा है।"

रेनू का स्वर थोड़ा कड़वा हो गया था।

"तो तुमने क्या सोचा है रेनू?"

अशोक की आवाज में शिथिलता थी।

"सोचना क्या है?...बाबूजी के नाम पर यह अन्तिम खर्च है उनकी सन्तानों का..।"

"हाँ रेनू।"

अशोक की आँखे भीग गई थीं।

"तो क्या अब हमारा यही फर्ज बचा है कि आपस में चन्दा बटोरकर...? इसी दिन के लिए अम्मा ने दो-दो बेटों को जन्म दिया होगा?"

"तो रेनू तुमने क्या सोचा है?"

"सोचना क्या है इसमें? हमारे सामने भी बच्चे हैं। कौन सी सीख हम उन्हें देंगे?...अम्मा का जेवर मैं नहीं बिकने दूँगी।...और श्राद्ध में पूरा खर्च अकेले हम करेंगे।

"पर रेनू...। ऐरियर मात्र सात हजार ही मिला है। इधर बीच बीमारी के कारण छुट्टी पर रहने से यह पता ही नहीं चल पाया कि मकान किराया भत्ता ऐरियर में शामिल नहीं किया गया। इसीलिए जितना मिलना था, उतना नहीं मिल पाया।"

अशोक कुछ निढाल से हो गए थे। रेनू का चेहरा भी एक क्षण के लिए बुझ सा गया था, पर अगले ही पल उसने कुछ निर्णय लिया था–

"जंजीर के लिए एडवान्स वाला रुपया अभी मैंने रखा है। उसे मिलाकर आठ हजार पूरा हो जाएगा।"

कहीं से पुरवा हवा का झोंका आया था और कमरे की पश्चिम वाली खिड़की के पट उठँगा गया था।

तूफान आनेवाला है

गोवा तट पर जाड़े की मीठी धूप में वे दोनों बैठे बातें कर रहे थे–

"माँ को छोटी-छोटी बातों पर पिताजी द्वारा पिटते देखा था। दिन भर छः छोटे-छोटे भाई-बहनों की देखभाल करती और चौका-बर्तन करती, माँ...।

रात में माँ की कराह से नींद खुल जाती, पर पिताजी के डर से चुपचाप एक करवट पड़ी रहती मैं।

मन में आता उठ कर बैठ जाऊँ। दिन-भर काम से थकी हारी माँ के हाथ पैर सहलाऊँ, पर हिम्मत जवाब दे जाती। पिता के खर्राटे खौफ़ की तरह हवा में मँडराते और मैं धीरे से छोटे भाई को पकड़ कर सो जाती। जोर-जोर से धड़कता दिल न जाने कब शान्त हो जाता और नित्य की भाँति बर्तनों की खटर-पटर या पिताजी की साईकिल की खड़खड़ाहट से नींद खुलती–

"काम से लौटते वक्त सब्जी वगैरह...।"

माँ दबे स्वर में घर की आवश्यकता बताती। मानो यह भी कोई अपराध हो। ऐसे ही दबे स्वर में वह न जाने कितने अपराध करती। जैसे–'छोटे वाले को जुकाम हुआ है, दवा...।" "बिटिया को स्कूली ड्रेस...। फीस...। घर का किराया...।"

पिताजी कसैला-सा मुँह बना लेते। कभी-कभी बात बढ़ जाती तो माँ को उनके अपराध की सजा भी दे डालते, पर माँ ने कभी अपने लिए मुँह नहीं खोला, मानो दूसरों की आवश्यकता पूरी करने के लिए ही उन्होंने जन्म लिया था।

सातवाँ जब गर्भ में आया था तो उन्होंने चुपके से मेरे कान में बताया था–

"बेटा, अपने भाई-बहनों को ठीक से देखना। मैं डॉक्टर को दिखाकर आ रही हूँ। किसी को बताना नहीं कि मैं डॉक्टर के यहाँ गई हूँ, नहीं तो कयामत ही आ जाएगी।"

''मैंने चुपचाप हाँ में गर्दन हिला दी थी और किसी को भी नहीं बताया था रंजन, पर कयामत आ गई थी। एबॉर्शन ठीक से न होने के कारण माँ मरणासन्न अवस्था में घर आई थीं और दो तीन दिनों में ही हमेशा के लिए चली गई थीं।''

वह खिसक पड़ी थी। हृदय की पीड़ा को रोकने के प्रयास में अपने दुपट्टे के कोने को मुँह पर लगा दिया था। उसका पूरा शरीर हिचकी के साथ हिल रहा था। रंजन भी भावुक हो उठा था।

''प्लीज भूल जाओ उन कड़वी बातें को...। एक नया जीवन तुम्हारे सामने है।''

''नहीं। मुझे मेरा अतीत भुलाने को कभी न कहना रंजन! बल्कि तुमसे मेरी यही विनती है कि मुझे हर दिन उसे याद दिलाते रहना।...एक पल के लिए भी मैं उसे विस्मृत नहीं करना चाहती, क्योंकि उसके साथ जुड़ा है मेरे जीवन और मेरी जाति का लक्ष्य। मैं तुम्हारी ऋणी हूँ रंजन कि मेरी लक्ष्य-साधना में तुम मेरे अभिन्न सहयोगी हो।''

उसके चेहरे से एक कठोरता और दृढ़ संकल्प झलकने लगा था। उसने अपने आँसुओं को दुपट्टे में समेट लिया।

''पर यदि हमेशा तुम यही सारी बातें सुनती, सोचती रहोगी तो इससे आनेवाले बच्चे पर बुरा प्रभाव भी पड़ सकता है। हमारे यहाँ मान्यता है कि गर्भावस्था में माँ जो कुछ सुनती या करती है वैसा ही बच्चे के निर्माण पर प्रभाव पड़ता है। जैसे अभिमन्यु की कहानी तो तुमने सुनी ही है।''

रंजन ने विषय को हल्का करना चाहा।

''इसीलिए तो कहती हूँ कि अर्जुन की तरह हर दिन और रात मेरे अतीत और भविष्य की कहानी सुनाया करो। मैं बीच में सोऊँगी नहीं।''

''प्रतीक्षा करनी चाहिए। समय के साथ सब जाग जाएँगे। तुम अकेले अपनी नींद खराब करके...।''

''नहीं रंजन! ऐसा मत कहो। सदियों की नींद इतनी आसानी से नहीं टूटेगी। कोई जगानेवाला तो चाहिए ही।''

''लेकिन अपने साथ ही अपने बेटे...।''

''मत कहो बेटा। अपनी कोख से एक और पितृ-सत्ता को जन्म नहीं देना चाहती मैं। आज तक जिस धर्म की आड़ में हमारी जाति का शोषण होता रहा, मैं उसी धर्म की नींव पर कुठारघात करूँगी। यह बच्ची मेरा हथियार होगी।''

''वह तो ठीक है परन्तु यह कोई नई बात तो नहीं है जो अकस्मात् पैदा हो गई।''

"सच कह रहे हो तुम! हमारी ही कोख-से जन्म लेनेवाले हमें सदियों से अपवित्र मानकर हमारे सह-अस्तित्व को नकारते रहे हैं और हम चुपचाप सब सहन करते हैं। हमें आवाज उठाने का भी अधिकार नहीं मिला? हमें इसलिए दुनिया देखने से वंचित किया जाता है कि कहीं अपने अधिकारों के लिए हम एक स्वर, एक मत न हो जाएँ। अब तोड़ देना चाहती हूँ इन चन्द धर्म-गुरुओं का कुचक्र! एक बार इस घेरे को तोड़ देना चाहती हूँ। आह्वान करना चाहती हूँ अपनी जाति का! आओ नए सूरज की किरणें स्वागत के लिए खड़ी होंगी चौखट पर। एक बार केवल एक उद्देश्य के लिए आगे आ जाओ। उद्घोष के साथ इस ऊपरवाली सत्ता के द्वार पर हृदय की गहराइयों से दस्तक दो। देखो वह अपने घर में है भी या नहीं? हमारी भी सुनता है या केवल एक वर्ग के लिए उसके घर के दरवाजे खुले हैं। उसके घर में भी हमारी जाति की किसी बहन का अस्तित्व है या नहीं?"

"अच्छा, अब शान्त हो जाओ। हर क्षण का उद्वेग बच्चे के लिए हानिकारक होगा। यह बताओ, तुम्हारी दूसरी माँ के साथ पिताजी का कैसा व्यवहार था?"

"पता नहीं। कभी जानने का प्रयास भी नहीं किया।...या यूँ कहो कि कभी हिम्मत ही नहीं हुई।"

"जब तुम्हारी अपनी माँ से बच्चे वगैरह सब थे तो फिर उन्हें दूसरी शादी की आवश्यकता क्यों महसूस हुई?"

"बस यूँ ही। शौक कहो...इच्छा कहो या अधिक बच्चे जल्दी-जल्दी हो जाने के कारण माँ का ढल गया यौवन कहो।"

"यह तो स्वार्थ की चरम परिणति है।"

"जब मेरा छोटा भाई किसी आगन्तुक द्वारा पिताजी के बारे में पूछे जाने पर बड़े भोलेपन से बताता कि आज दूसरी माँ के यहाँ की बारी है, तो मुझे लगता जैसे किसी ने भरी भीड़ में मुझे बेपर्दा कर दिया है।"

"घर में बड़ी होती लड़की, पत्नी...। किसी के लिए भी उसके दिल में संकोच नहीं होता था?"

"नहीं! यह तो उनका अधिकार था जिसके लिए दुनिया का कोई कानून उन्हें सजा नहीं दे सकता था और न ही उसमें किसी प्रकार की शर्म की गुंजाइश होती थी।"

"यह तो आत्मा के बिक जाने की अवस्था है।"

"हाँ, तो हम औरतों के लिए आत्मिक स्नेह मिलता की कब है? बस एक

जिस्मानी सम्बन्ध। एक कान्ट्रैक्ट। बेटी हूँ, पत्नी हूँ, बहन हूँ, माँ हूँ, पर दिल से कोई सम्बन्ध नहीं। जिसके किसी भी प्रकार से आहत होने में उन्हें कोई दर्द नहीं।''

वह खामोश होकर दूर-दूर तक फैले अथाह सागर को निर्निमेष देखने लगी थी। वैसा ही विशाल सागर उसकी सूनी आँखों में भी समाया था। कोरों पर आँसू की नमी अभी भी सूरज की रोशनी में चमक रही थी। एक लहर तेजी से आई थी और उसे छूती हुई वापस चली गई थी। उसकी नजरों ने जाती हुई लहर का पीछा किया। एकाएक रेत में उसे कोई चीज उछलती हुई दिखाई दी थी। वह उत्सुकतावश उठकर पास चली गई थी। एक नन्हीं मछली को लहरें किनारे रेत पर छटपटाने के लिए छोड़ गई थीं। उसने धीरे से मछली को उठाया और समुद्र के जल में छोड़ आई थी।

रंजन उसे एकटक निहार रहा था। वह मुस्कुराते हुए उसके पास आकर बैठ गई थी।

''क्या कर रही थी?''

''वही जो तुम्हारे जीवन से सीखा है।''

''क्या?''

''किसी का सहारा बनना।...उसको उसकी मुख्य धारा से जुड़े रहने देना।''

''पागल हो...?''

रंजन ने प्यार से उसके सिर एक चपत मारी थी।

''काश, मेरी तरह ही सब पागल हो सकतीं।''

''सबमें इतना साहस नहीं होता कि वे अपने पूरे समाज से टकरा सकें और वह भी ऐसी परिस्थिति में जब प्राणों का संकट हो।''

''पर मुझे स्वीकार करके तुमने अपने प्राणों को भी संकट में डाल दिया है रंजन...? कभी-कभी मैं तुम्हारे लिए चिन्तित हो उठती हूँ। एक शान्त और सहज कवि जीवन को मैंने अस्थिर और अशान्त कर दिया।''

''अस्थिरता या आन्दोलन ही तो सच्ची कविता की प्रेरणा होती है। मैं तुम्हारा आभारी हूँ कि तुम मेरी कविता की निखार बनकर आई हो।''

''यह सब तुम मेरा मन रखने के लिए कह रहे हो रंजन...।''

वह एकटक रंजन को देखे जा रही थी। उसकी दृष्टि में रंजन के लिए एक अपार स्नेह और सम्मान के साथ ही पश्चात्ताप के भाव भी थे।

''ऐसे मत देखा करो। मुझे कुछ लिखने का मन हो उठता है...।''

''लिखना, खूब लिखना। लेकिन मेरे संघर्ष की कविता। अपनी उदारता की

कविता।''

''बहुत भावुक हो तुम।''

रंजन ने स्नेह से उसके कपोलों को सहलाया।

''नहीं रंजन। सचमुच मुझे अपनाकर तुमने एक भावी पीढ़ी पर बहुत उपकार किया है। अपने समाज के लोग जब मेरी जान के प्यासे थे उस समय तुमने जिस दिलेरी और साहस से एक धर्मेतर लड़की को अपनाया था और उसके जीवन को शरण दी थी, उसका कर्ज सदियों तक हमारा खूनी समाज चुका नहीं पाएगा. ..। मैं सचमुच मरना नहीं चाहती। मैं एक लम्बी आयु जीना चाहती हूँ। ताकि लड़ सकूँ एक लम्बी लड़ाई...।''

''तुम्हें क्या उम्मीद है कि केवल तुम्हारे विरोध करने से तुम्हारे कौम की सारी महिलाएँ तुम्हारे साथ हो जाएँगी।''

''नहीं। ऐसा सम्भव नहीं। उन्हें दबा दिया जाएगा। जैसा कि अभी हाल में हुआ और मैं अकेली रह गई सबकी ओर से।''

''क्या तुम्हारा संगठन कमजोर था?''

''नहीं रंजन...। हॉस्टल में उन सभी लड़कियों ने मेरा साथ देने और अपने समान अधिकारों की माँग के लिए कटिबद्ध रहने का संकल्प लिया था और बहुत आत्मविश्वास के साथ उस दिन हम लोग प्रशासन को पूर्व सूचना देकर उन धर्म के ठेकेदार के सामने गए थे जिन्होंने हमें अपवित्र और आँख-मुँह विहीन एक जानवर घोषित किया था सदियों से, पर न जाने किस स्वार्थ में दुनिया भर के किसी भी देश की सत्ता ने हमारी बेचारगी और शोषण के खिलाफ कोई आवाज नहीं उठाई। जबकि हम हिन्दुस्तान की मिट्टी में पैदा हुए हैं। हमारे अन्दर उन माताओं का रक्त आज भी प्रवाहित हो रहा है जिन्हें हिन्दुस्तान की धरती ने वैदिक काल से ही बराबरी का स्थान दे रखा था। यह संस्कार तो आज भी हमारे अन्दर उबाल खाता है, भले ही अप्रवासी जनकों के अमानुषिक बर्बर व्यवहार के नीचे सारे संस्कार रौंद दिए गए हों। क्या तुम इस सत्य से इनकार कर सकते हो कि हमारी माताएँ तो हिन्दुस्तान की ही थीं। पिता भले ही लुटेरे, व्यावसायिक या बर्बर रहे हों, पर ये सभी अपनी पत्नियों के साथ हिन्दुस्तान में बसने की नीयत से तो नहीं ही आए थे।

''सदियों से दबी आवाज इतनी आसानी से मुखर कैसे हो सकती है सीमा? फिर, वह भी ऐसी स्थिति में जब पुरुष प्रधान समाज में पुरुष ही इसका विरोधी हो।''

''उस दिन भी यही हुआ रंजन! हम लड़कियों के खिलाफ धार्मिक स्थल

को अपवित्र करने और धर्म-विरुद्ध आचरण का आरोप लगाते हुए सजा देने से पहले अपने अपराध स्वीकार कर प्रायश्चित करने का एक अवसर दिया गया। अन्य लड़कियों के अभिभावकों ने प्रायश्चितस्वरूप अपनी-अपनी बेटियों का मुँह बन्द करते हुए उन्हें घरों में बन्द कर दिया, पर मैं भाग निकली रंजन! कहाँ के लिए निकली थी, यह तो नहीं ज्ञान था, पर इन सब के विरोधी में एक जुनून अन्दर ही अन्दर ज्वाला की तरह खौल रहा था। शायद अपनी ही तपिश से समाप्त हो गया होता मेरा अस्तित्व, यदि तुम नहीं मिलते।''

''लेकिन घर से, अपने समाज से भागकर तुमने अच्छा नहीं किया। तुम्हारे पिताजी... ।''

''मत लो नाम पिताजी का रंजन... । पिता नहीं एक व्यवसायी...एक कसाई। मेरी माँ के मरने के बाद उस खाली स्थान को तीसरी माँ ने भरा तो मेरा आक्रोश जब-तब बाहर आने लगा। पिताजी की मार से वह और भी भड़क उठता था। मैं अपना अधिक से अधिक समय पढ़ाई में देने लगी। किताब में आँखें गड़ाए-गड़ाए मैं न जो क्या-क्या सोचा करती। नई माँ पिताजी से शिकायत करती—

दिन-रात किताब लिए बैठी रहती है। बर्तन सारे जूठे पड़े हैं। अब इतनी नासमझ भी नहीं कि दो घड़ी घर के काम-काज में हाथ न बँटा सके।

पिताजी मुझ पर कुढ़कर रह जाते, पर अब उन लोगों की कुढ़न से मुझे राहत मिलती थी।''

''पर तुम्हें पढ़ते के लिए हॉस्टल में कैसे डाल दिया?''

''उन लोगों के आराम में जब मैं विघ्न बनने लगी तो ऊबकर मुझे पढ़ने भेज दिया। कमरे दो ही थे। आमदनी इतनी थी नहीं कि कुछ बढ़ा सकते। मैं जानबूझकर छोटे भाई-बहनों को सुलाकर स्वयं बत्ती जलाकर देर रात तक पढ़ती रहती ताकि रोशनी में नई माँ और पिताजी एक साथ न सो सकें।''

''क्यों? कमरे में दरवाजा नहीं था क्या?''

''नहीं रंजन... । दरवाजे की जगह लोहे की जाली लगी थी। इतने पैसे नहीं थे कि घर में दरवाजा लग सके, पर ऐय्याशी...सिर चढ़ बोल रही थी पिताजी के।''

उसमें दिमाग में अतीत की एक सुरंग खुली थी और वह उसमें घुसती चली गई थी, जब आज से पाँच छः महीने पहले वह भागकर रंजन के पास आई थी। हॉस्टल में रहने के कारण पति-सुख का आदिम-रस-गन्ध वह कभी महसूस भी नहीं कर पाई थी कि एक जलजला-सा आया था। उसके क्रान्तिकारी विचार द्रोह-कारण

के साथ ही सम्बन्ध विच्छेद का भी कारण बन गए थे। असहाय और आक्रोश से भरी वह रंजन की शरण में आ गई थी, क्योंकि पति के साथ ही विमाता ने भी शरण देने से इनकार कर दिया था। रंजन ने ही प्रस्ताव रखा—

''इन चाँद-तारों की गवाही में, साँझ के अरुणिम मण्डप में मैं तुम्हें ईश्वर के सामने स्वीकार करूँगा। मेरे समाज और परिवार में भी विरोध होगा, लेकिन ऐसा विरोध नहीं होता कि तुम्हारी या मेरी जान को खतरा पैदा हो जाए।''

''पर मैंने तो इतिहास में पढ़ा है। कुछेक घटनाएँ ऐसी हुई हैं जिनमें इस तरह के विवादों से बड़े-बड़े युद्ध तक हुए हैं।''

''वह इतिहास बन चुका है। वर्तमान कुछ और है। समय के साथ बदला हुआ, नरम हुआ।''

''हमारा तो इतिहास भी वही, वर्तमान भी वही है। कोई भी परिवर्तन धर्म-विरोधी बातें। ऐसी बात नहीं है कि परिवर्तन एकदम शून्य है, परन्तु वहीं, जहाँ पितृसत्ता को अपनी सुविधा में कोई अड़चन आई। मातृसत्ता जहाँ थी, वहीं है। महत्वहीन, अस्मिता और अस्तित्वविहीन।'

दोनों मन्दिर की सीढ़ियाँ चढ़ते हुए बातें कर रहे थे।

''आओ...। सँभालकर...। ऊँची सीढ़ियाँ है।''

रंजन ने उसे कन्धे से सहारा दिया।

''लेकिन यह तो मन्दिर...?'' वह कुछ सकुचा रही थी।

''हाँ, शिव-पार्वती का मन्दिर है यह।''

''हम लोगों को पूजा-स्थलों पर जाना वर्जित होता है।''

'होता होगा, लेकिन यहाँ हमेशा, हर किसी के लिए इनका द्वार खुला होता है।''

रंजन ने मन्दिर के दरवाजे पर माथा टेकते हुए कहा। उसे वैसा करते देख उसने भी अपना सिर चौखट से टिका दिया।

''लेकिन अगर यहाँ के पुजारी को पता चल गया कि मैंने मन्दिर में प्रवेश किया तो...।''

''अव्वल तो तुम्हारे चेहरे पर ऐसा कुछ लिखा नहीं कि तुम मन्दिर में प्रवेश के योग्य नहीं। दूसरे, ऐसी बातें पुजारी जी लोग करते ही नहीं अब।''

हम तो चाहकर भी अपनी पाकीजगी का सबूत नहीं दे सकते। किसी को उस तरफ सोचने की फुरसत ही नहीं और न ही आवश्यकता।''

दोनों मन्दिर में शिवलिंग के अरघे के पास खड़े हो गए थे। पुजारी जी ने

ताँबे के लोटे का जल सीमा को थमा दिया था। उसने धड़कते हृदय से शिवलिंग पर जल चढ़ाया और अरघे पर माथा टिका आँखें मूँद लीं। एक अद्‌भुत शान्ति से मन भर गया था। एकाएक उसके मुँह से कुछ निकलते-निकलते रुक गया। उसके आँचल में कुछ बेल-पत्र और फूल डालते हुए पुजारी जी ने रोली की कटोरी उसके आगे बढ़ा दी थी। वह अचकचा गई।

"इसका क्या करना है?"

वह अकस्मात् पूछ बैठी थी।

रंजन हँस पड़ा था। हँसते हुए ही उसने दाहिने हाथ के अँगूठे और अनामिका से रोली उठाते हुए उसकी माँग में भर दिया था।

"पुजारी जी, हमें आशीर्वाद दीजिए, हम एक-दूसरे का साथ निभा सकें।"

"भोलेनाथ आपकी इच्छा पूरी करेंगे। कहते हुए बूढ़े पुजारी ने अपने दोनों हाथ दोनों के सिर पर आशीर्वाद की मुद्रा में रख दिया था।"

एक सुखद सन्तोष से मन उठा था।

मन्दिर की परिक्रमा करते-करते वह ध्यान से अन्य मूर्तियों को भी देख रही थी। रंजन उसे बता रहे थे–

"ये राधा और कृष्ण...और ये सीता-राम की जोड़ी...। यहाँ लक्ष्मी और विष्णु हैं।"

"सभी देवों के साथ उनकी पत्नियाँ भी अवश्य हैं।

उसने कौतूहल से पूछा था।

"हाँ। स्त्री और पुरुष एक दूसरे के पूरक। एक दूसरे के बिना अधूरे। उनका शिवतत्व तभी है जब शक्ति उनके पास है। नहीं तो उनका संहारक रूप सामने होता है। पूरा देवलोक या यूँ कहो कि स्वर्ग-लोक आदर्श गृहस्थ आश्रम का प्रतीक। हम मानवों को शायद अच्छे से रहने की प्रेरणा देने के लिए।"

रंजन उससे बातें करते हुए मन्दिर की सीढ़ियाँ उतरने लगी था।

"लेकिन हमारा स्वर्ग तो एकाकी है। केवल पितृसत्ता का ही साम्राज्य है वहाँ। मातृसत्ता का कहीं दूर-दूर तक अता-पता नहीं। शायद इसीलिए धरती पर हम भी लोग ईंट-गारे से बने मकान, कपड़े या भोग-विलास की सामग्री से अधिक महत्व नहीं रखते। जीवन एक अलिखित कान्ट्रैक्ट है, जब जी चाहा तोड़ दिया। जब जी चाहा किसी से जोड़ लिया।"

उसकी आवाज में वितृष्णा झलक उठी थी।

"नहीं हमारे यहाँ जोड़ना जितना कठिन है, तोड़ना उससे कई हजार गुना

कठिन है।''

''लेकिन मेरी एक प्रार्थना है तुमसे।''

''क्या?''

'तुमसे जुड़ने के बाद भी मैं अपनी जड़ों से जुड़ी रहना चाहती हूँ। क्या तुम स्वीकार करोगे रंजन?''

''क्यों जुड़ी रहना चाहती हो उन कठोर जड़ों से जिसने तुम्हारा अस्तित्व निचोड़ लिया था। तुम्हें खोखला करके कीड़े-मकोड़े से भी बदतर समझा। उसे कहीं से कोई कष्ट नहीं हुआ।''

''इसीलिए तो जुड़ी रहना चाहती हूँ उन जड़ों से ताकि दीमक की तरह चाट कर उसे मैं भी खोखला कर सकूँ और वह कदाचित हमारी अस्मिता और अस्तित्व को मान-सम्मान देने की पहल करे।''

''कैसा लग रहा है तुम्हें यहाँ गोवा आकर?''

अपने अतीत में खोई सीमा को कुहनी से हल्का टिहोका देते हुए रंजन ने पूछा था। मीठी धूप में रेत पर नंगे बदन विदेशियों के कई जोड़े लेटे थे। सागर का नीला पानी सूरज की रोशनी में नहाया हुआ था। सीमा रंजन की बातों की आहट के साथ ही अतीत से बाहर निकल आई थी। गर्भ में कुलबुलाहट-सी हुई थी। उसने उसे धीरे से सहलाते हुए कहा–

''मुझे सागर का किनारा बहुत अच्छा लगता है। चारों तरफ फैला विशाल और अथाह नीला समुद्र। लहरें ही लहरें। हरहराती, किनारों को छूने की कोशिश, फिर थककर वापस जातीं। बिल्कुल उन लड़कियों की तरह।''

''तो क्या, तुम भी उन्हीं में से एक हो? थकी हारी?''

''नहीं, मैं समुद्र के असीम विस्तार में ऊँची लहरों के बीच एकाएक उभर आई बर्फ की वह चट्टान हूँ जिससे समुद्र की लहरें तो क्या, बड़े-बड़े फौलादी जहाज भी टकराकर चूर-चूर हो जाते हैं।''

''पर एक पृथक धारा जिसे स्वयं से टकराकर तुमने वापस नहीं किया बल्कि अपने... ।''

''हाँ, वह अन्य लहरों की विपरीत धारा हो सकती है।''

''पर उससे बर्फ की चट्टान के अस्तित्व की पिघलन कहीं उसके आत्मविश्वास को विचलित न कर दे।''

''बर्फ पिघलेगी भी तो एक नई धारा को ही जन्म देगी। पूर्व की लहरों से

अलग-थलग।''

''मुझे तो विश्वास नहीं होता कि अकेले तुम्हारे संघर्ष से...।''

''मुझे हताश न करो रंजन। मेरी हिम्मत हो तुम।''

''वह तो हूँ, पर इस आग के खेल में तुम्हें झोंक देने का साहस नहीं है मुझे में। अब तुम्हीं मेरी प्रिय नहीं, बल्कि गर्भ में पल रही नन्ही-सी जान भी मेरे हृदय का टुकड़ा है।''

''तुम्हारे हृदय का टुकड़ा है पर मेरे संघर्ष की ज्वाला भी है वह। मेरी शुरू की गई लड़ाई वह जारी रख सकेगी, ऐसा मेरा विश्वास है।''

''पर मुझे तुम अकेला छोड़कर सोच रही हो।''

''इसीलिए अकेला छोड़कर सोच रही हूँ कि इस ज्वाला में मेरी आहुति के बाद उस नन्ही ज्वाला को आँधियों से सुरक्षित रख भीषण ज्वाला बना सको।''

''यदि मुकर गया तो?''

''फिर वही स्थिति होगी। जहाँ से चले थे वही पहुँच जाएँगे। जरा सोचो, पूजा-स्थलों, धार्मिक स्थानों पर जाने से रोक, आत्म विकास के सारे मार्ग अवरुद्ध कर दिए थे एक अतिवादी संस्कृति ने। क्या परिणाम हुआ? एक आक्रोश, एक विद्रोह। क्रान्ति, जो धर्म के नाम पर हुई। बेड़ियाँ टूटीं। बन्धन कट गए। खाई बढ़ गई, पर क्या यही क्रान्ति यदि मजहबी संकीर्णता के विरुद्ध न होकर आत्मोथान के लिए होती तो...। सह-अस्तित्व से दुनिया का नक्शा कुछ और होता। द्वीपों-महाद्वीपों में टुकड़े-टुकड़े बँटकर न जीता इन्सान। एक दूसरे के हाथ में हाथ डाले निर्द्वन्द्व जीवन-यात्रा। दूर-दूर तक फैले बिल्कुल इस सागर की भाँति। एक...असीम...अछोर ...। सूरज भी थका-हारा-सा इसी गोद में समाता हुआ सा, पर नारी दासता की विडम्बना भी इससे बड़ी क्या होगी कि नारी शोषण को धर्म से जोड़ दिया जाए और वह भी किसी ऐसे धर्म से जिसमें किसी तर्क-वितर्क, संशोधन या अपवाद की गुंजाइश न हो तो जरा सोचो...।''

सीमा ने रंजन का हाथ अपनी गर्म हथेलियों में छुपा लिया और उसके कन्धे पर अपना सिर टिका लिया था।

'ठीक है तुम्हारा विश्वास जब अडिग है तो मैं ऊर्जा बनूँगा उस विश्वास की।''

रंजन ने उसके बालों को स्नेह से सहलाया था।

''मूँगफली...मूँगफली...कॉफी लेंगी मैडम?''

दो बच्चे उससे एक साथ पूछ रहे थे।

"रंजन ने एक पैकेट मूँगफली और दो प्याले कॉफी लेकर सीमा को पकड़ाया था और खड़े होकर पॉकेट से पैसे निकालने लगा था। शाम ढल रही थी। सूरज समुद्र के दूसरे छोर पर लाल गोले-सा दहक रहा था। उसकी स्वर्णिम किरणें उसके बालों और चेहरे को सुनहरा बना रही थीं। नीला अथाह समुद्र बिल्कुल शान्त था, जैसे अस्त होते सूर्य के कदमों की मद्धिम आहट गिन रहा हो।"

"क्या सोच रही हो तबसे?"

रंजन ने उसके पास बैठते हुए कहा

"यही कि तुम सहारा न बनते तो...।"

तभी कॉफी वाला लड़का अपना प्याला लेने दौड़ता हुआ आया था और बोला—

"मैडम, यहाँ से जल्दी हट जाइए। शायद तूफान आएगा। समुद्र एकदम शान्त हो गया है।"

सीमा ने सागर की ओर देखा था।

सचमुच एकाएक मौसम बदल-सा गया था। वह रंजन को पकड़कर उठते हुए बुदबुदाई—

"हाँ सचमुच तूफान आनेवाला है। शायद जल्दी ही। क्योंकि सागर अब बहुत देर खामोश नहीं रह सकता।"

हवाओं पर लिखी पाती

'एकदा जम्बूद्वीपे भारतखण्डे"

शीर्षक लिखते हुए शुभांगी सोच रही थी कि उस समय भी भारत का भूगोल क्या आज की तरह ही रहा होगा? नहीं, इतना छोटा भू-खण्ड भारत तो नहीं ही रहा होगा।

उसने आगे लिखना प्रारम्भ किया—

"...पाकिस्तान के पृथक अस्तित्व के बाद...।"

उफ्...यह भी कोई कहानी हुई? जैसे कोई सूचना या टी. वी न्यूज।

शुभांगी ने पेन से लिखी पंक्तियों को कई बार काट डाला। न जाने क्यों कुछ भी विचार नहीं बन पा रहे हैं? पाकिस्तान को काटते-काटते एक आयताकार डिजायन-सी बन गई थी। विचारों में डूबती-उतराती शुभांगी ने न जाने कब उसे एक तीर के निशान द्वारा 'भारतखण्डे' से जोड़ दिया था। चैतन्य हुई तो मुस्कुरा उठी।...क्या इसे ही शब्दों का आकार दे दिया जाए?...एक हंगामा हो जाएगा।. ..लेकिन प्रकाशित ही कहाँ हो रहा है जो हँगामे की स्थिति...।

आत्मविश्वास छद्मविश्वास बन भटक गया। निराशा की धुन्ध आँखों पर छा गई। शुभांगी ने पेन मेज पर रख दी और अपनी बाँहों से आँखों को ढँकते हुए कुर्सी पर निढाल-सी अधलेटी हो गई।

"त्रिन्...न...न...न...ऽ ऽ ऽ।"

छोटी बहन गौरांगी के तानेपूरे की झँकार से उसकी तन्द्रा भंग हुई थी। उसने देखा गौरांगी फर्श पर बिछी दरी पर बैठकर तानपूरा सँभाल रही थी। शायद पण्डित कृष्णानन्द मिश्र आ गए थे। शुभांगी ने धीरे से अपनी कलम और डायरी उठाई थी और बगलवाले कमरे में चली गई थी। पं. कृष्णानन्द के सामने आने

में उसे संकोच होता था। प्रश्नों से बचाने के लिए वह स्वयं को अधिकतर एकान्त में ही रखती थी।

जून की उमस भरी गर्मी। पूरा बदन जैसे एक विचित्र-सी चिपचिपाहट से भरा हुआ।

"उफ् न जाने कब तक आएगा मानसून? अखबार में तो निकला था कि इस बार समय से आएगा।"

शुभांगी बुदबुदाई थी। उसने कूलर के सामने कुर्सी खींचकर बैठते हुए अपने गीले बालों को जूड़े की तरह लपेट लिया था। कुछ देर पहले ही वह नहाकर निकली थी और आकर लिखने बैठ गई थी। खिड़की से बाहर झाँका। सामने बड़ा विशालकाय पीपल और उसके इर्द-गिर्द अशोक और आम के छोटे-छोटे पेड़ मौन खड़े थे। जड़वत्...जैसे किसी साधना में लीन...या फिर देवदार और चीड़ की वर्तमान स्थिति पर चिन्तामग्न। उसके अन्दर भी तो चिन्तन और मनन में लगातार संवाद चल रहा है। एक युद्ध, अघोषित-सा कारगिल की तरह।...आज जरूर वह लिखेगी। कितने दिनों से कागज-कलम लेकर बैठती है और फिर रख देती है। विचार भटकने लगते हैं। मारकुण्डी की घुमावदार पहाड़ियों से कारगिल, द्रास, मश्कोह और बटाालिक तक। भटकाव का यह सिलसिला हफ्तों से चल रहा है। इस समय पाक घुसपैठियों के साथ चल रहे भारतीय वीरों के साहसिक संघर्ष पर एक जोशपूर्ण कहानी लिखना चाह रही है वह, लेकिन ज्यों ही वह लिखने बैठती है मारकुण्डी की घुमावदार पहाड़ियाँ और उन पहाड़ियों को काटकर बनाई गई सर्पीली सड़क उसकी आँखों के आगे आ जाती है।

"शुभांगी, यह लाल बार्डरवाली पीली साड़ी तुझ पर अच्छी लगेगी।...फिर पीला शुभ भी होता है।"

मौसी ने साड़ी शुभांगी की ओर बढ़ाते हुए कहा था। उसने चुपचाप साड़ी थाम ली। मौसी ने उसके खुले लम्बे बालों को प्यार से सहलाते हुए कहा था—

"बिल्कुल सरस्वती लगेगी तू।...सब अच्छा ही होगा।...बस तू चुप रहना, बाकी मैं सँभाल लूँगी।"

एक विष-बुझा तीर शुभांगी के हृदय को बेध गया था। उसके चेहरे पर छाई पीड़ा की रेखाओं को पढ़ते हुए विवश-सी मौसी दूसरे कमरे में चली गई थीं। शाम को मारकुण्डी से ओबरा जाना था। जहाँ गेस्ट हाउस में उसकी भावी ससुराल के लोग उसे देखने आनेवाले थे। वे कौन हैं, क्या करते हैं, उसे कुछ

भी ज्ञान नहीं था। किसी से पूछने का साहस भी वह नहीं जुटा पाई थी। अपने घर वाराणसी से मौसी के घर मारकुण्डी तक आने में शुभांगी का मन विचलित हो रहा था। कार की खिड़की से बाहर झाँकते हुए उसका मन रह-रह कर धड़क उठता था। उसे अपने इस इण्टरव्यू का परिणाम भी लगभग ज्ञात था, परन्तु मम्मी और पापा की जिद के आगे झुकना पड़ा था–

"लड़कियों की जिन्दगी में न जाने कितनी बार ऐसा क्षण आता है। इससे घबराना नहीं चाहिए। बस, भगवान से एक ऐब न लगा दिया होता तो कौन था तेरे मुकाबले?...फिर गौरांगी भी बड़ी हो रही है बेटा। तुझसे उद्धार होऊँ, तो उसके बारे में सोचूँ।"

मम्मी की भीगी आवाज ने उसे विवश कर दिया और पापा के साथ वह मारकुण्डी आने के लिए तैयार हो गई थी। मौसी ने एक हफ्ते पहले इस रिश्ते के बारे में मम्मी को लिखकर भेजा था–

"दीदी, यह शादी दबाव में है। निश्चित ही तय हो जानी चाहिए। वे लोग इस समय विवाह के लिए अति जरूरतमन्द हैं और कोई व्यवस्था नहीं हो पा रही है। लड़का मिलिट्री में लेफ्टिनेन्ट है और इस समय कारगिल में युद्धरत है। तुरन्त विवाह तय करके उसकी माँ इसी बहाने उसे घर बुलाना चाह रही है। आखिर माँ का दिल है न। इसीलिए शुभांगी को जल्दी भेज दो। आगे तो लड़की का भाग्य स्वयं निणार्यक होता है। उसके भाग्य में होगा तो सब ठीक हो जाएगा।"

कार तेजी से भागी जा रही थी और उससे भी तेजी से शुभांगी के विचारों का काफिला। एम. ए. पास करते ही उसने संस्कृत प्रवक्ता पद के लिए आवेदन किया था, परन्तु इण्टरव्यू के रिजल्ट का आभास उसे पहले ही हो गया था। बोर्ड के सदस्यों की दबी-दबी मुस्कुराहट ने उसे अपमान और ग्लानि से छलनी कर दिया था। घर आकर जार-बेजार वह चारपाई पर गिर पड़ी थी। सामने मेज पर सरस्वती की प्रतिमा मुस्कुरा रही थी।

"क्यों ऐसा स्वर दे दिया माँ। क्यों?"

और वह बिलख पड़ी थी।

उसने आँखें मींचकर स्वयं को वर्तमान में ला खड़ा किया था। यात्रा में न जाने क्यों मन वर्तमान से भटक-भटक जाता है। अहरौरा की घुमावदार पहाड़ियों के बीच से गाड़ी गुजर रही थी। सामने देखने पर महसूस होता है जैसा आगे पहाड़ से रास्ता बन्द है, परन्तु फिर उसी में से राह निकल आती, वैसे ही जैसे

मुश्किलों में से कोई मार्ग निकल आए। लेकिन शायद शुभांगी के जीवन के लिए कोई मार्ग नहीं था। पापा से दादी का कहा वाक्य उसे बार-बार कौंधता–

"शुभांगी को खूब पढ़ा देना ताकि अपने पैर पर खड़ी हो जाए। भगवान ने रूप सोने जैसा दिया लेकिन आवाज ही...। इससे अड़चन आ सकती है।"

और दादी की चिन्तित निगाहें नन्ही शुभांगी को स्नेह से सहला गई थीं। वह हँसकर अपने खेल में व्यस्त हो गई थी।...काश आज भी वह हँसकर मुक्त हो पाती। अब तो हर क्षण उस शाप का विषाद गहराता जा रहा है। अच्छी शिक्षा के बाद भी आत्म-निर्भर होने की आशा क्षीण होती जा रही है। मुट्ठी में बँधी रेत की तरह झर-झर झरता जा रहा है आत्मविश्वास।

शुभांगी ने कार की खिड़की से झाँका। पहाड़ियों पर जँगली पौधे सूखकर भूरे हो गए थे। बड़ी-बड़ी भूरी काली चट्टानों में भी बला का आकर्षण था। शायद वही आकर्षण चट्टानों की रुक्षता के भीतर से तरलता बन झरने की तरह फूट निकला था। पहाड़ी की गोद में झर-झर-झर का शोर करता लखनिया दरी का पानी एक चट्टान से दूसरी चट्टान पर गिर-गिर कर नन्ही-नन्ही बूँदों से लगातार एक धुन्ध बना रहा था। दूर-दूर तक पहाड़ियों की साँवली शृंखला इस धुन्ध से ढँकी और सुबह की सुनहरी किरणें उन्हें अपने अंक में लपेटे हुए। एक शान्त आन्दोलन फैला-सा। जैसे किसी अलौकिक शक्ति ने सभी को मौन रहने का इशारा कर दिया हो और सभी आँखों से सौन्दर्यपान करते चले जा रहे हों। शुभांगी मुग्ध हो उठी थी पहाड़ियों के आँचल की सुन्दरता देख।

उतराई समाप्त हो गई थी। अब कार चढ़ाई पर चल रही थी। शुभांगी ने पीछे मुड़कर देखा। एक झुरझुरी-सी बदन में दौड़ गई थी। सैकड़ों फीट नीचे की छोटी-छोटी पहाड़ियाँ चित्र लिखित-सी दिखाई दे रही थीं। ज़रा-सी चूक या असावधानी पल में अस्तित्व ही समाप्त कर दे। शुभांगी की कल्पना में कारगिल, द्रास, बटालिक की पहाड़ियाँ घूम गयी थीं।...इससे भी कई गुना ऊँची...बर्फ से ढँकी हुई...चोटी पर बैठे शत्रु और देश के अस्तित्व की सुरक्षा के लिए अपने अस्तित्व को दाँव पर लगाकर सावधानी से चढ़ाई चढ़ते भारतीय सैनिक...। श्रद्धा से शुभांगी से सिर नवा लिया था, जैसे अपना कोई इष्ट देव याद हो आया हो। अन्तर में एक संवाद चलने लगा था–

"क्या भारतीय सैनिकों के लिए तुम्हारी श्रद्धा इसलिए कि वे तुम्हारे हैं? तुम्हारी सुरक्षा में हैं?"

"हाँ, यह भी एक कारण है।"

"तब तो यह स्वार्थजन्य श्रद्धा है?"

"नहीं, इतना ही नहीं। देश के लिए उत्सर्ग और त्याग की उनकी भावना भी इस श्रद्धा की जननी है।"

"फिर शत्रु पक्ष के सैनिक भी तो अपने उसी कर्तव्य का निर्वाह कर रहे हैं। उनके लिए भी सबकी श्रद्धा होनी चाहिए।"

"नहीं, युद्ध की पहल या षड्यन्त्र करनेवाला देश कभी श्रद्धेय या आदर का पात्र नहीं बन पाता। उसके सैनिक चाहे कितने भी समर्थ क्यों न हों। वह हेय ही रहता है, हेय...लोलुप...स्वार्थी...। भारत ने कभी युद्ध की पहल नहीं की, लेकिन पहल करनेवालों को मुँहतोड़ जवाब देने की कोशिश की। वनराज सिंह को अपने वश में कर उसके दाँत गिननेवाला बालक भरत ही तो आज का तरुण भारत है।"

"अब देखो, यह मारकुण्डी की उतराई है।"

पापा की आवाज से वह सचेष्ट हुई थी। वह अपने विचारों में खोई थी और राबर्ट्सगँज तथा सुकृत न जाने कब बीत गए थे। कार धीमी गति से उतर रही थी एकदम नीचे पहाड़ की गोद में बसा मारकुण्डी दिखाई दे रहा था। सड़क के बगल में एक स्थान पर एक अण्डाकार विशालकाय चट्टान न जाने कैसे अटकी खड़ी थी। पापा ने बताया–

"वीर लोरिक पत्थर है यह। लोरिक ने उसे उठाकर यहाँ रख दिया था। इसलिए इसका नाम वीर लोरिक पड़ गया।"

"किसी दिन लुढ़कर गिरे तो न जाने कितना सर्वनाश कर डाले?"

शुभांगी ने आश्चर्यमिश्रित भय से उस चट्टान को देखते हुए कहा।

"मनुष्य ने कितनी प्रगति कर ली है। देखो, पहाड़ों तक का सीना तोड़कर अपने लिए राह बना ली है।"

पापा उतराई की सर्पीली सड़क को देखते हुए बुदबुदा उठे थे।

"इन पहाड़ों को कैसे तोड़ा गया होगा पापा?"

"डायनामाइट या फिर कुछ अन्य उपक्रम द्वारा। साधन की कमी कहाँ है?"

कहते हुए पापा अपनी चिन्ता में पुनः उलझ गए थे। मारकुण्डी आ गया था। नीचे उतरकर शुभांगी ने ऊपर पहाड़ियों को देखा। पहाड़ के कटि प्रदेश में सड़क त्रिवली की तरह दिखाई दे रही थी।

शाम को पीली साड़ी में लिपटी शुभांगी मौसी और मौसा के साथ ओबरा के गेस्ट-हाउस में पहुँची थी, जहाँ उसे देखने के लिए भावी ससुरालवाले पहले से ही उपस्थित थे। पापा साथ नहीं आए। एक घबराहट और भय से शुभांगी का गोरा चेहरा तमतमाकर रक्तिम हो रहा था।...क्या वह किसी माँ की विवश ममता का लाभ उठाने जा रही है।...क्या वह माँ अपने बेटे की तात्कालिक जीवन-रक्षा के लिए उसे पसन्द कर लेगी? ताकि विवाह के बहाने ही उसका लाडला कुछ दिनों के लिए मौत के मुँह से निकलकर बाहर आ जाए।...हो सकता है इस बीच युद्ध बन्द ही हो जाए। मौत के बादल छँट जाएँ।...लेकिन यदि ऐसा ही हर माँ सोचने लगे तो देश का क्या होगा? यह तो ममता नहीं एक तरह का देशद्रोह है यह, और इस देशद्रोह में वह भी भागीदार बनने जा रही है।.. .क्या उसे इनकार कर देना चाहिए?...नहीं, पापा क्या सोचेंगे? मम्मी और मौसी तो भन्ना ही उठेंगी उसके इस निर्णय पर।...फिर कोई और शुभांगी उन लोगों को मिल जाएगी। क्या मैं भी एक घुसपैठिया हूँ? नहीं...हाँ...शायद वही...पीछे से संगीन की नोंक से ढकेली जाती...।

"बैठो बेटी।"

मौसी जी की आवाज सुनकर कुछ संकोच के साथ वह सबके सामने सोफे पर बैठ गई थी। नीची नजरों से ही उसने सबका परिचय पा लिया था। मौसी बता रही थी—

'ये हैं माता जी...और ये हैं बड़ी बहू...ये दोनों तुम्हारी ननदें लगेंगी। यहीं कालेज में पढ़ती हैं। तुम्हारी ही उम्र की होंगी...।"

शुभांगी लाज से सिमट गई थी। अगले ही क्षण एक ज्ञात भय ने उसके चेहरे को निस्तेज बना दिया।

"किस विषय में एम. ए. हो?"

भावी जेठानी शुभांगी से पूछ रही थीं। बदले में मौसी ने उत्तर दिया—

"संस्कृत में।"

एक क्षण को शुभांगी ने अपनी पलकें उठाई थीं और अगले ही पल मौसी की वर्जना को यादकर झुका लीं।

"गाना तो गाती होंगी भाभी?...आज हमें सुना दीजिए बाद में भइया को सुनाती रहिएगा।"

ननद की ठिठोली पर सभी हँस पड़े थे। उसे एक झटका-सा लगा था।

लगा अभी चक्कर खाकर गिर पड़ेगी। मौसी ढाल बन सामने आ गई थीं–

"शरमा रही है। वैसे भी बस यही एक गुण है जिसमें इसकी रुचि नहीं है। इसके अलावा सिलाई, कढ़ाई, बुनाई...।"

सभी के चेहरे पर एक उपेक्षा भाव आ गया था। बँगाली कन्या और संगीत में रुचि नहीं।

"...तो स्वस्ति वाचन ही सुना दीजिए भाभी। संस्कृत में एम. ए. हैं आप। मूकं करोति वाचालम्....।"

दूसरी ननद ने अपनी ठिठोली की विषाक्तता से अनभिज्ञ होकर हँसते हुए कहा था। शुभांगी के चेहरे पर विषाद का घनत्व गहरा गया था। आँखें छलछला आईं अपनी विवशता पर। सास को दया आई थी। उन्होंने कुछ मुलायमित से पूछा–

"अच्छा, अपना नाम ही अपने मुँह से बता दो बेटी। कुछ तो बोलो।"

मौसी ने भी कुहनी से धीरे से टिहोका दिया था नाम बता देने के लिए। शुभांगी नर्वस हो उठी। अपनी आवाज को दबाकर पतली बनाने की कोशिश करते हुए उसने नाम बताया तो एक विचित्र-सी घरघराहट के साथ एक भोंडी आवाज निकल पड़ी थी। सभी लोग एक दूसरे का मुँह देखने लगे थे और वह अपमान तथा शर्म से धँसी जा रही थी।

"ठीक है, हम आपको एकाध हफ्ते में सूचना देंगे।"

कहते हुए सभी लोग ने उन लोगों से विदा ली थी। दूसरे ही दिन शुभांगी पापा के साथ वापस आ गई। सूचना का भविष्य उसे ज्ञात था। मारकुण्डी की पहाड़ियाँ अब भी गर्व से तनी खड़ी थी।

"गिरि कैऽलाऽस को बास हम छाऽयोऽ...।"

बगल के कमरे से आती स्वर लहरी ने शुभांगी को वर्तमान में ला खड़ा किया। पं. कृष्णानन्द मिश्र गौरांगी को राग काफी का अन्तरा सिखा रहे थे। गौरांगी उनके स्वर में मिला रही थी–

"ग म प ध, नी-सॉ सॉ, नी सॉ सॉ, नी नी ध प।"

"गलत, गौरांगी। याद रखो इसमें ग और नी कोमल लगता है–गिरि कैलास को...।"

पं. कृष्णानन्द मिश्र के साथ गौरांगी स्वर मिलाकर अभ्यास कर रही थी। शुभांगी पेन मेज पर रखकर सुनने लगी थी। अनेक रागों के बारे में वह सुनते-सुनते

बहुत कुछ जान चुकी थी। कान सुरीले थे, परन्तु स्वर बेसुरे। पिछली गर्मी की उस रात में उसकी नींद अचानक खुल गई थी, वह अकेली छत पर सोई थी। सभी लोग नीचे कूलर में सो रहे थे। उसने एलार्म घड़ी में देखा। रात्रि का एक बजा था। यानी दूसरा प्रहर। राग खमाज का समय। ग वादी और नि सम्वादी। दोनों निषाद का प्रयोग लेकिन आरोह में रे वर्जित। शुभांगी उठकर बैठ गई थी। वह इस समय गा सकती है। कोई नहीं सुनेगा। उसने पकड़ शुरू की–

नी ध प ध ग म ग।

आवाज को दबाकर निकालने में कठिनाई हो रही थी। छोटा ख़याल का स्थाई शुरू किया–

''नमन करूँ मैं सद्गुरू चरणा...।''

सीढ़ियों से मम्मी की आवाज आई थी–

''शुभांगी, नींद नहीं आ रही हो तो नीचे आ जाओ।''

वह चुपचाप चादर तानकर लेट गई थी। मन का विषाद आकर गले में फँस-सा गया था। पं. कृष्णानन्द मिश्र ने जबसे उसे बड़े प्यार से संगीत न सीख पाने के लिए समझाया था तबसे वह उनके सामने जाने में भी कतराती थी।

''बेटा, संगीत के लिए मोटी या पतली आवाज से कोई खास फर्क नहीं पड़ता, लेकिन स्वर का एक रेंज होता है। वह रेंज नहीं है तुम्हारी आवाज में। तुम वाद्य संगीत सीख सकती हो।''

शुभांगी का चेहरा मलिन हो उठा था। उसने तानपूरा गौरांगी का पकड़ाया और चुपचाप सिर झुकाए अन्दरवाले कमरे में चली गई थी।

खट्...खट्...पट्...।

एकाएक खिड़की के पट बजने लगे थे। फर्र-फर्र करते हुए मेज पर रखे अखबार फर्श पर गिरकर फड़फड़ाने लगे थे। शुभांगी अतीत की अन्धेरी सुरँग से निकलकर पुनः वर्तमान में आ गई थी। मौसम एकाएक बदल गया था। आँधी के साथ पानी के छींटों से उमस भरी गर्मी क्षण भर में लुप्त हो गई थी। मौन खड़ा पीपल हवा के साथ झूम-झूम कर रसवर्षा का आनन्द ले रहा था। कमरे से निकल शुभांगी बालकनी में बिछी चटाई पर आकर बैठ गई थी। वर्षा की नन्ही फुहारें उसके पूरे अस्तित्व को शीतल कर रही थीं। उसने अपने मन की जलन पर भी सान्त्वना के छींटे देने की कोशिश की–

''अच्छा हुआ, यह रिश्ता भी नहीं बन पाया, अन्यथा मन पर पूरी जिन्दगी

एक बोझ लदा रहता...कि मैंने किसी की विवशता का लाभ उठाया। चलो ठीक ही हुआ। इस समय लेफ्टिनेन्ट कार्तिकेय बनर्जी की मम्मी अपनी दूसरी बहू तेजी से ढूँढ रही होंगी। विवाह के बहाने बेटे को बुलाना जो है। उन्होंने मुझे मेरी आवाज के लिए चुपचाप अस्वीकार कर दिया, तो मैं ही कहाँ उनके बुजदिल बेटे को स्वीकार कर रही हूँ। कायर लेफ्टिनेन्ट कार्तिकेय...युद्ध क्षेत्र में पीठ दिखानेवाले भगोड़े सैनिक...मैं भी अपना मौन अस्वीकार भेजती हूँ।"

शुभांगी ने अपने सिर को झटका देते हुए अपनी दोनों बाँहों को घुटनों के इर्द-गिर्द लपेट लिया था। मुग्ध भाव से वह प्रकृति का आनन्द ले रही थी। अन्दर से गौरांगी राग काफी का स्थायी स्वर दुहरा रही थी। पत्ते-पत्ते भीगकर संगीत की लय पर थिरक रहे थे। हवा का रुख उत्तर-पश्चिम की ओर था। हर-हर-चर-मर का मधुर शोर वातावरण में डोल रहा था।

"इस समय कारगिल का क्या मौसम होगा? द्रास, मश्कोह, बटालिक की पहाड़ियाँ भी क्या इतनी ही सुखद होंगी? कितनी मुश्किलें झेल रहे होंगे हमारे वीर जवान?"

एकाएक शुभांगी के मस्तिष्क में यह विचार कौंध गया था–

"तू कर भी क्या सकती है? असहाय, अभिशप्त...बेचारी...।"

मन ने व्यंग्य किया। तिलमिला उठा अस्तित्व।

"नहीं, मेरा अस्तित्व अर्थहीन नहीं। मेरी भावनाएँ निर्जीव नहीं। मेरा अध्ययन निरर्थक नहीं।"

वह बुदबुदा उठी।

"...शुभांगी, तेरी चिट्ठी।"

मम्मी एक लम्बा-सा लिफाफा उसे पकड़ा गई थीं। उसने उलट-पलट कर देखा। भारी मन से उसने लिफाफा खोला था। शायद ममता, मेरी सहेली का है। सोचते हुए उसने पत्र सामने फैला लिया। लिखावट अनजानी सी थी–

प्रिय शुभांगी 18-6-99

स्नेह!

तुम्हारे लिए मैं अजनबी हूँ, लेकिन मेरे लिए तुम नहीं। कारण, माँ ने तुम्हारी फोटो मेरे पास भेज दी है। तुम्हारी आँखें बहुत सुन्दर हैं। बड़ी-बड़ी, खोई-खोई-सी किसे ढूँढती रहीं अब तक? क्या मुझे? यदि हाँ, तो अभी मत मानना कि मैं तुम्हें मिल गया क्योंकि इसका निर्णय इस युद्ध के बाद ही हो सकेगा। माँ ने तुम्हारी

आवाज के बारे में भी बताया है। शुक्र है मुझे कोई गूँगी लड़की नहीं मिल रही है। ऐसा इसलिए लिख रहा हूँ, क्योंकि अभी तक तो मैं भी सही सलामत अंगोंवाला एक स्वस्थ सैनिक हूँ। यहाँ बर्फीली पहाड़ियों के बीच कोई फोटोग्राफर नहीं है अन्यथा अपनी भी फोटो तुम्हारे पास भेज देता। शायद पसन्द ही कर लो। सच, तुम्हारी तस्वीर इस कठिन चढ़ाई और मृत्यु के साथ दाँव-पेंच में मुझे एक नई शक्ति देने लगी है। माँ ने लिखा है कि यदि तुम मुझे पसन्द हो तो वह जल्द-से-जल्द मेरा मुहूर्त निकलवाकर विवाह कर दे। मैं माँ की भावना समझ रहा हूँ। ममता की पुकार उन्हें ऐसा करने को विवश कर रही है, परन्तु इस समय भारत भूमि की पुकार और लगभग सौ करोड़ भारतीयों की आशा और विश्वास भरी मौन दृष्टि को मैं अनदेखा करके अपनी माँ की इच्छा पूरी नहीं कर सकता। तुम मुझे अपनी सम्पूर्णता में पसन्द हो, परंतु तुम भी एक बुजदिल पति को स्वीकार नहीं कर पाओगी, ऐसा मेरा विश्वास है। इन पहाड़ियों में तुम्हारे पत्र की तो कोई उम्मीद नहीं है, लेकिन एक-तरफा वादा तुमसे ले रहा हूँ। तुम्हारा सम्बल बनने के लिए जीवित रहा तो जरूर बनूँगा, अन्यथा तुम कोई दूसरा...। बस युद्ध समाप्त होने तक मेरी प्रतीक्षा अवश्य कर लेना। करोगी न प्रतीक्षा। बस–

तुम्हारा अपना,
कार्तिकेय

लजा उठी थी शुभांगी। रोम-रोम पुलक से भरा हुआ। तन जैसे कोमल पँख की तरह हल्का होकर हवा में तैरने लगा था। सीढ़ियाँ चढ़ती हुई वह छत पर जा खड़ी हुई। हवा के झोंकों से उसके लम्बे बाल खुलकर पीठ पर बिखर गए थे। पीपल का मोटा शुष्क तना नीचे रह गया था और छत पर वह उसकी हरी-भरी डालियों के बराबर खड़ी थी। हवा तेजी से उत्तर-पश्चिम की ओर बह रही थी। उसने चेहरा आसमान की ओर करके मँडराते बादलों को देखा था। यक्ष ने बादलों को दूत बनाकर अपना सन्देश भेजा था। वह भी अपनी भावनाएँ हवाओं के पँखों पर रखकर भेजेगी।...हवाओं के स्पर्श में घुला-मिला स्वर-कम्पन...स्वस्ति वाचन...हाँ स्वस्ति वाचन...हवाओं में तैरता...छूएगा स्नेह से सैनिकों को...सभी के मध्य कार्तिकेय को भी...आन्दोलित हो उठेगा धमनियों में बहता लहू...श्वासों में पिघल भासित होगी अन्तर में एक शक्ति पुँज...स्वस्ति पुँज...शक्ति पुँज...वीरों के लिए...ले जाओ हवाओं उत्तर-पश्चिम की ओर...।

उसने दोनों हथेलियों से मुँह के सामने शंख की तरह घेरा-सा बनाया था और हवाओं की ओर रुख करके जोर-जोर से दुहराने लगी थी।

"श्री वर्चस्वमायुष्यमारोग्यमाविधात्...।
मन्त्रार्थाः सफलाः सन्तु,
पूर्णाः सन्तु मनोरथाः।
शत्रूणां बुद्धि नाशोऽस्तु,
मित्राणामुदयस्तव॥"

दिशाएँ अभिमन्त्रित हो रही थीं। हवाएँ तत्पर थीं। नीचे गौरांगी राग काफी का छोटा ख़याल दुहरा रही थी और छत के ऊपर शुभांगी के गले से देशराग के बड़े ख़याल के स्वर झर-झर कर हवाओं में घुल-मिल रहे थे।

इसलिए भी

"लेकिन चलना कहाँ है? मोटर में बैठने के पहले मियाँ, यह तो बता दिया करो! क्या हिसाब-किताब के साथ इसे भी डायरी में बन्द रखते हो?"

कमली हँसी थी। एक व्यावसायिक हँसी। खादिम के भी पोपले मुँह में हँसी भर उठी थी। पानी के कुछ महीने छींटे हवा में उड़ चले और एक शब्द तैरता हुआ कमली के कानों को बेध गया—

"फैजाबाद के मनकापुर कस्बे में।"

कमली के हाथ अटैची में साड़ी रखते-रखते एकाएक झटके से रुक गए। अपने कस्बे का नाम सुनकर वह चौंक गई थी और हाथ अटैची के ढक्कन पर ढीले पड़ गए थे। वह किंकर्तव्यविमूढ़-सी अटैची में रखी साड़ियों को निर्निमेष भाव से देखने लगी थी मानो उनसे अपना परिचय पूछ रही हो। पीली जरी वाली साड़ी उसे देखकर हँस पड़ी थी—

"तू हमेशा पीले कपड़े ही पहना कर कमली! इसमें तू लगती है जैसे नई नवेली...!"

एक धुँधली होती तस्वीर की यह चिरपरिचित आवाज उसे अन्दर तक हिला गई थी। उसने पीली साड़ी को अटैची में से निकालकर अलग रख दिया।

"मेरी बात न मानने की तेरी वह आदत अभी तक नहीं गई कमली?"

× × ×

अदृश्य आवाज कुछ उदास-सी हो उठी थी। कमली को लगा जैसे कोई उसका कलेजा मुट्ठी में मसल रहा हो। आँखें बरस पड़ीं। उसे आश्चर्य हुआ। कब से मरु भूमि हुए इस दिल के किसी कोने में सावन अब भी जिन्दा है? आँचल में सावन को समेट लिया था उसने पुनः पीली साड़ी को उठाकर अटैची में रख लिया।

अटैची में ऊपर ही रखे लाल रंग के मखमली पट्टे पर जड़े ढेर सारे घुँघरू एक साथ छनछना उठे। घुँघरुओं की इस जानी पहचानी आवाज से उसे एकाएक चुभन महसूस हुई थी और वह उठकर खादिम के पास खड़ी हो गई–

''खादिम क्या इस सट्टे को हम लोग छोड़ नहीं सकते?''

''क्या कह रही हो कमली तुम? किसी की इज्जत लोगी क्या?''

खादिम का चेहरा कुछ तन गया था। कमली ने भी रुखाई से जवाब दिया–

''जिसकी स्वयं की कोई इज्जत न हो वह दूसरे की इज्जत क्या लेगा?''

''फिर ऐन मौके पर जबकि गाड़ी उन लोगों ने तुम्हारे दरवाजे पर भेज दी है, तुम्हारे इनकार करने का मतलब मैं नहीं समझ पा रहा हूँ।''

''मैं समझाना भी नहीं चाह रही हूँ।''

कहते हुए कमली कमरे में चली गई। बेमन से बाल सँवारने के लिए आईने के सामने खड़ी हुई तो आज अपना ही चेहरा देख चौंक पड़ी थी। इतना परिवर्तन आ गया है इन सात-आठ ही वर्षों में?

जब इस धन्धे में पहली बार उसने पाँवों में घुँघरू बाँधा तो आईने के सामने खड़ी होकर वह कितना रोई थी। खादिम आया था कमरे में उस दिन।

''नृत्य एक कला है। कला सीखने में रोना क्या? पेट पालने के लिए हर कोई हुनर सीखता है। चाहे डाक्टर हो, इंजीनियर हो या कोई और। चलो! इतना सुन्दर चेहरा रो-रो कर खराब करने के लिए नहीं है।''

खादिम का रूखा व्यवहार उसे भीतर से डरा गया था। भयभीत-सी वह आँसू पोंछते हुए खादिम के पीछे-पीछे चली गई थी। जोर से रगड़कर आँसू पोंछने के कारण उस दिन भी बाँए गाल पर बड़ा-सा मस्सा टीस गया था।

वही सुन्दर चेहरा आज कितना रूखा-रूखा सा लग रहा है। कमली ने आईने में ध्यान से स्वयं को निहारा। बड़ी-बड़ी काली आँखों को और अधिक आकर्षक बनाने के लिए नित्य प्रति लगाए जाने वाले मस्कारे और आई-लाइनर के कारण आँखों के नीचे की त्वचा झूल-सी गई थी। होंठों पर लिपिस्टक की मोटी पर्त ने न जाने कब से उनकी स्वाभाविक रंगत छीन ली थी। गालों पर अनावश्यक चर्बी की मोटी परत चढ़ गई थी। घबराकर कमली ने अपने चेहरे को सहलाया था। गाल का काला मस्सा आज फिर टीसा था–

''यह भँवरा है, भँवरा। जो तेरे चेहरे को फूल समझ उसी से चिपक गया है।''

''धत्...।''

''सच रे कमली, जब तू लाइट सिर पर लेकर चलती है तो रोशनी में तेरा चेहरा सफेद सेमर का फूल लगता है।''

''झूठ बोलना तो कोई तुझसे सीखे। कभी अपनी लाइट अपने ही चेहरे पर पड़ती है? वो तो आगे-पीछेवालों की लाइट में दिखाई देती है।''

कमली ने तर्क दिया था।

'हमेशा अपनी ही लाइट पर भरोसा रखना। दूसरों के चक्कर में आँखें चौंधिया जाएँगी और पाँव ऊँचे नीचे पड़ गया तो गिरेगी धम्म से...।''

''तुझे पकड़ लूँगी। मेरे आगे-आगे ही तो चलता है तू।''

'तू गिरेगी तो मैं खड़ा रह पाऊँगा क्या? तेरे दिए धक्के से पहले तो मैं ही गिर पडूँगा। तू तो मेरे ऊपर गिरेगी।''

''अच्छा-अच्छा। चुप कर अब। जरा-सा बोल दो तो लौडीपीकर की तरह बोलता ही रहता है।'' कमली ने वर्जना दी थी। माई की बात दिमाग में घूम गई थी।

अब तू सयानी हो गई है। लल्लन से बहुत बतियाया मत कर। लड़कियाँ थी तो सब माफ था, पर अब तो लोग बात का बतंगड़ बना देंगे।

अपने सयानी होने की बात सोचकर उसे शरम और गिजगिजाहट-सी महसूस हुई थी। हाय राम कैसा मनहूस दिन था वह। दरवाजे के बाहर पड़ी झिलंगी खटिया पर बैठी वह अकेले ही कभी बैठे-बैठे अपना सिर पाटी के नीचे झुकाती और फिर कभी तन कर बैठ जाती। इस खेल में उसे झूला झूलने का मजा आ रहा था। सिर चारपाई के नीचे लटकाते ही एकाएक उसकी निगाह चारपाई के खँखरे बाध के बीच से होते हुए अपने पीले रंग के सलवार पर चली गई थी। वह सकते आ गई थी। सलवार में जगह-जगह गीले लाल धब्बे थे। वह रो पड़ी थी। माई ने सुना तो बाहर आई थी। पूरा माजरा समझ घर के अन्दर गई थी और अपनी पुरानी धोती का एक टुकड़ा फाड़कर उसे थमाया था और मुँह दूसरी ओर घुमाकर कुछ संकोच और झेंप के साथ उसे समझाया था।

''ले यह कपड़ा ले ले। ऐसा होता है हर लड़की के साथ। अब बहुत सँभलकर रहना। मरदों से दूर दूर।'' कमली को समझ में नहीं आ रहा था कि माई क्या समझाना चाह रही है। सिर झुकाए वह कपड़ा लेकर चली गई थी। लेकिन उस दिन उसे थोड़ा-थोड़ा समझ में आ गया जब देवपत्ती भउजी उसकी माई से बता रही थी कि उसके दिन चढ़े हैं। माई के चले जाने के बाद कमली ने भउजी से बहुत धीमे से पूछा था ये...दिन चढ़ना क्या होता है भउजी? भउजी हँस पड़ी

थी। उसे एक चपत जड़ते हुए बोली थी जब शादी-विवाह हो जाएगा तो खुद ही समझ में आ जाएगा।

"अरे भई देर हो रही है कमली। गाड़ी कब से खड़ी है बाहर।"

खादिम की आवाज से कमली की तन्द्रा टूट गई थी। वह अभी तक आईने के सामने खड़ी थी। लम्बे बालों का अनमने ढंग से जूड़ा बनाते हुए उसने एक हाथ से अपनी अटैची उठाकर खादिम को पकड़ा दी और स्वयं भी चुपचाप उसके पीछे-पीछे चल पड़ी।

उद्विग्न मन से वह दरवाजे पर खड़ी मिनी बस में जाकर बैठ गई। पहले से ही बैठे बैण्ड पार्टीवालों में से कई ने एक साथ ही उठकर अपने पास जगह बनाते हुए कमली को अपनी बगल में बैठने का लोलुप आमन्त्रण दिया, परन्तु सभी का आमन्त्रण ठुकराती हुई वह एकदम पीछे वाली सीट पर अन्यमनस्क-सी जाकर बैठ गई और खिड़की से बाहर देखने लगी। उसका मन बेचैन था। व्यस्तता के चलते वह अपने बूढ़े शार्गिद ख़ादिम से पूछ भी न सकी थी कि अगला सट्टा उसने किस शहर का लिया है? अन्यथा अपने उस शहर और कस्बे का नाम सुनते ही वह बयाना वापस करवा देती। इस साल तो न जाने कितनी लगन वह कमा ही चुकी थी। यदि पूरे वर्ष वह धन्धा न करे तो भी आराम से बैठकर दाल रोटी खा सकती थी, परन्तु अब तो कुछ नहीं हो सकता था।

उसने मन को समझाने की कोशिश की। इतना बड़ा शहर है। जरूरी तो नहीं कि जहाँ वह जा रही है वहीं उसी बारात में लल्लन भी आए।

मन ने दूसरा पक्ष प्रस्तुत किया था, पर मनकापुर तो छोटा-सा कस्बा है। फिर वहाँ लाइट वाली पार्टी भी तो वही एक है। लगन में कितनी खींच मच जाती थी उस पार्टी की। कभी-कभी तो एक ही दिन दो-दो बारात निबटानी पड़ती थी उन लोगों को।

लेकिन हो सकता है अब और भी पार्टी आ गई हो इतने वर्षों में या फिर समाज में अपनी बदनामी के भय से वह कहीं और चला गया हो। उसके कहीं चले जाने की आशंका मात्र से कमली का मन बुझ गया था। दोष उसका था या नहीं उसके बारे में सोचे बगैर कमली ने अपनी नियति से समझौता कर लिया था पर क्या लल्लन भी अपनी नियति से समझौता कर पाया होगा?

कमली बेचैनी में सीट पर कसमसा उठी थी। एक ठण्डी साँस अनायास ही बाहर आ गई थी। "बाई जी इधर आकर बैठ जाइए। खिड़की में से लू लग जाएगी।" बैण्ड पार्टी में से एक बोला था। दूसरे ने उनकी बात काटी—

"शाम को लू लग रही है बे? अरे ये कहो कि स्वयं ठण्डे होना चाहते हो।"

और दोनों ही एक साथ बेहयाई से हो हो कर हँस पड़े थे। कमली के चेहरे पर एक घृणा का भाव पसर गया था और उन्हें हिकारत से देखते हुए उसने अपनी निगाहें खिड़की से बाहर गड़ा दी थीं। इस तरह की बातें सुनने की अब वह आदी हो चुकी थी। शुरू-शुरू में यह सब कुछ उसे अपमानित करता-सा प्रतीत होता था परन्तु धीरे-धीरे ये सारी बातें सामान्य-सी लगने लगी थीं। बस आगे बढ़ रही थी और कमली का मन पीछे।

एक छोटी-सी गलती जिसने उसकी पूरी दुनिया ही उलट-पुलट कर दी थी पल भर में। वह भी गलती ऐसी जो उसने की ही नहीं थी।

एकाएक बस एक झटके से रुक गई। कमली का अतीत अधूरा-सा रुक गया। खादिम ने बताया—

"बस पंचर हो गई है। नीचे आकर पेड़ की छाँव में बैठ जाओ।"

कमली निर्विकार भाव से उतरकर उस बरगद की छाँव में एक मजबूत तने पर जाकर बैठ गई थी। बैण्ड पार्टी वाले भी उतर गए आए थे अपने-अपने साजों के साथ।

शाम ढल रही थी। डूबते सूरज की लाल किरणें बरगद के घने पत्तों के बीच से छन-छन कर असंख्य जुगनुओं की तरह आँख मिचौली खेल रही थीं। चारों तरफ एक सन्नाटा सा पसरा था, बिल्कुल कमली के जीवन की तरह। पत्तों के झुरमुट में चिड़ियों की चहचहाहट बढ़ रही थी। कमली के मन में आया था. ..काश! वह भी इन चिड़ियों की तरह अपने हृदय के सारे बन्द द्वार खोल सकती। चीख-चीख कर बता देती जमाने को कि क्यों हुआ यह हादसा उसके साथ? मन की बेचैनी कमली के चेहरे पर झलक आई थी।

"बाई जी मन नहीं लग रहा है तो आइए तब तक रियाज ही करिए। मन बहल जाएगा।"

शहनाई वाले ने कमली के एकदम करीब आकर पूछा। कमली अभी भी अतीत और वर्तमान के बीच त्रिशुंक-सी झूल रही थी। अपरिचित भाव से वह शहनाई वाले को टुकर-टुकर देखने लगी थी। शहनाई वाले का उत्साह बढ़ा—

"कौन सी धुन छेड़ूँ?"

उसने शहनाई में फूँक मारते हुए पूछा।

"जो भी छेड़ना हो...।" कमली ने कुछ चैतन्य होते हुए संक्षिप्त सा उत्तर

दिया। "आप जिस पर थिरकना पसन्द करें...।" शहनाई वाला मुस्कुराया।

"नहीं, इस समय मेरा मन नहीं। केवल सुनूँगी।" कमली ने बेचारगी से कहा था।

कमली की बेचारगी को मेहरबानी समझ शहनाई वाला गद्‌गद् हो उठा।

"चलो भाई, जरा इस तबियत से बजाओ कि बाई जी का मन सँभल जाए और बस का पंचर जुड़ जाए।"

कहते हुए शहनाई वाले ने अपने साथियों की ओर देखकर अपनी एक आँख दबा दी थी। सभी कमली की ओर देखते हुए अपने-अपने साजों को सँभाल घेरा बनाकर खड़े हो गए। शहनाई वाले ने अलाप भरी थी। खादिम भी आकर कमली के पास ही बरगद के एक उभरे तने पर बैठ गया था और अलाप के साथ सिर हिलाने लगा था। ड्राइवर और खलासी भाग दौड़ करके पहिया ठीक करने में लगे थे। दूल्हे और अन्य बारातियों की गाड़ी अभी पीछे ही थी।

"जंगल में मंगल हो रहा है।"

खादिम ने कमली को छेड़ा।

"हूँ।"

"गर्मी काफी है।"

पुनः खादिम ने ही शुरू किया।

"हूँ।" वही संक्षिप्त उत्तर।

"आखिर आज तुम इतनी चुप क्यों हो कमली? कुछ सोच रही हो क्या?"

खादिम ने अपने पोपले स्वर में कुछ मुलामियत भरते हुए कहा।

"हाँ, कुछ सोच ही रही हूँ। कुछ देर तुम चुप रहो खादिम तो ठीक है।"

कमली कुछ उखड़-सी गई थी।

"ठीक है, ठीक है...।"

खादिम हँसते हुए मिमियाया था। कमली ने उस ओर कोई ध्यान नहीं दिया। इतने दिनों साथ रहने के बाद अब वह खादिम की कमजोर नस पकड़ चुकी थी। वही उसकी रोजी-रोटी का सहारा थी अब। खादिम का यह खानदानी पेशा था। माँ के मरने के बाद बहन के धन्धे के साथ जुड़ गया था। उसी बीच कमली भी तो आई थी उनके पास। आज वह इस धन्धे के सारे दाँव पेंच समझ गई थी। कितना अन्तर आ गया है इस अनुभवी तेज-तर्रार कमली में उस फानूस ढोने वाली कमली की तुलना में। सभी से खुलकर बातें करना, भाषा में शहरीपन। वह स्वयं आई थी या लाई गई थी, इसके बारे में आज भी वह निश्चित नहीं कर

पाती थी क्योंकि खादिम के यहाँ लाने के बाद भी चन्द्रबली ने उससे पूछा था–

"यहाँ रहना पसन्द करोगी या फिर तुझे तेरे गाँव छोड़ आऊँ? यह तेरी मर्जी। कोई जोर जबर्दस्ती नहीं है। बस यही है कि वापस जाने पर...।"

कमली के मन में आया था कि वह एक झन्नाटेदार थप्पड़ चन्द्रबली के गाल पर जड़ दे। उसने क्रोध में हाथ उठाया था और अपने ही गाल पर तड़ातड़ कई थप्पड़ लगा लिए थे। विक्षिप्तों की तरह अपने बालों को नोचते हुए वह चिल्ला पड़ी थी–

"क्यों जाऊँगी अब वहाँ? क्या रखा है वहाँ?" खादिम ने दौड़कर कमली का हाथ पकड़ लिया। उसकी बहन दिलबहार भी आकर कमली के पास खड़ी हो गई थी। स्नेह से कमली को सहलाते हुए बोली–

"हम तुमसे कुछ नहीं पूछेंगे। रहो हमारे साथ तुम। नाचना गाना हमारा खानदानी पेशा है। खादिम भाई तुम्हें भी सिखा देंगे।"

तभी से कमली उनके खानदान की होकर रह गई थी। पिछले साल दिलबहार भी खादिम और उसे छोड़कर दुनिया से कूच कर गई थी। उसे कोई गम्भीर बीमारी हो गई थी जिसके बारे में उससे बताते-बताते रुक गई थी दिलबहार। उम्र का भारी अन्तर शायद कहीं-न-कहीं कमली से दूरी बनाए रखने के लिए उसे विवश करता था। अन्तिम साँस लेने से पहले शायद उसके अन्दर की मृतप्राय नारी भी क्षणिक चैतन्य हो गई थी। उसने कमली को पास बुलाया और समझाया–

"नाच गाने से जितना पैसा मिले उसी में गुजारा करने की कोशिश करना। शरीर का धन्धा बहुत दिन तक साथ नहीं देता। कोशिश करके किसी एक ही सरदार पर बैठ जाना।"

और तब से वह नाच गाने के साथ ही दिलबहार की भावी पीढ़ी बनकर खादिम के साथ रह गई थी। खादिम के साथ रहने में वह स्वयं को सुरक्षित महसूस करती थी। अपने धन्धे में थोड़े ही दिनों में वह इतनी चमक गई थी कि उसकी कोठरी धन-दौलत से जगमगा गई और उसकी रक्षा के लिए उसने उस पर बूढ़े नाग खादिम को बैठा दिया था।

उस रात वह कितना हँसी थी। एक विकृत हँसी। जिस रात यह नाग उसे डँसने की कोशिश में धीरे से सरक कर उसके बिस्तर पर आ गया था, पर फुँफकारने के सिवाए कुछ भी करने में असमर्थ हो गया था।

बैठे-बैठे कमली के होंठों पर एक विद्रूप हँसी तैर गई थी। उसने खादिम की ओर देखा। वह अभी भी शहनाई की धुन पर झूम रहा था।

दूल्हे वाली कार भी आकर खड़ी हो गई थी। एक बुजुर्ग आदमी कार से बाहर निकला।

"क्या बात है ड्राइवर?"

उनकी भारी आवाज गूँजी। बैण्ड पार्टी वाले खामोश हो गए थे।

"पहिया पंचर हो गया था। बस ठीक ही हो गया है।" ड्राइवर ने पहिए को जोड़ते हुए जवाब दिया।

दूल्हे ने भी एक हाथ से अपने सेहरे की लड़ियों को परे सरकाते हुए कार की खिड़की से झाँका था।

कमली ने देखा, दूल्हे की आँख में एक उम्मीद और आत्मविश्वास का सागर उमड़ घुमड़ रहा था। वह उसे एकटक देखने लगी थी। हर दूल्हे की आँख का यही भाव तो उसे हमेशा बाँध लिया करता था। बारात में अपने माई-बाबू के साथ ही वह भी सिर पर फानूस लेकर चलने का काम करती थी। जब भी वह बारात में अपने काफिले के साथ सिर पर झिलमिलती बत्तियों की झाड़फानूस लेकर चलती तो उसकी आँखें दूल्हे पर ही टिकी होतीं। बैण्ड की सुरीली धुन पर वह भाव-विभोर हो उठती थी और उसके पैर संगीत की लय के साथ ही उठने गिरने लगते। मन कहीं दूर कल्पना लोक में उड़ जाता, जहाँ वह भी लाज से छुईमुई दुल्हन होती और सपनों का राजकुमार खड़ा होता प्यार से जयमाल डालने के लिए।

केवल लल्लन ही उसके मन के ये सारे भेद जानता था। कमली को आश्चर्य होता था। यह लल्लन क्या कोई जादूगर है जो उसके हृदय के सारे भेद बिना बताए ही जान लेता है? उस दिन बारात में वह कमली के ठीक आगे-आगे ही फानूस लेकर चल रहा था। बारात रुक-रुक कर चल रही थी क्योंकि नृत्य का कार्यक्रम भी साथ ही चल रहा था। कमली भाव विभोर सी बाजे का मीठा शोर सुन रहा थी।

"तुझे बैण्ड बहुत पसन्द है ना? अपनी शादी में ऐसा ही बैण्ड लेकर आऊँगा।"

लल्लन ने धीरे से कमली को सुनाया था। बैण्ड की धुन पर थिरकते लड़कों की ओर देखते हुए कमली लजा गई थी और कनखियों से लल्लन की ओर देखते हुए कहा था–

"धत्। हर वक्त ऐसी ही बातें करता है तू।"

"सच कमली, जो जो तुझे पसन्द है सब करूँगा। अपनी भी शादी कोई

बार-बार थोड़ी ही होगी।''

लल्लन की आँखों में कल्पना के अगणित दीए झिलमिला उठे थे। कमली ने एक निगाह सजे-सँवरे बारातियों पर डाली थी और लल्लन की ओर मुखातिब हुई थी।

''हम लोगों की शादी में यह फानूस लेकर कौन चलेगा? ये लोग?''

कमली ने शरारत से हँसते हुए पूछा था। दोनों एक साथ हँस पड़े थे। एक बचकानी हँसी।

''बड़ी हँसी-ठिठोली हो रही कमली? क्या बात है?''

पीछे चल रहे कतवारू ने भेद भरे ढंग से कमली को देखते हुए पूछा। कमली के तन-बदन में मानो आग-सी लग गई थी। इस आदमी से वह जितना ही चिढ़ती थी वह उतना ही उससे चिपकने की कोशिश करता। कमली ने चिढ़कर उत्तर दिया–

''तुम्हारा ही राज है क्या कि हँसी बोली पर रोक लगा लूँ?''

कुछ देर के लिए बैण्ड रुक गया था। शायद नई धुन शुरू होनी थी।

''तू तो राज करना ही नहीं चाहती, नहीं तो राज तो तेरा ही होता।''

बूढ़ा कतवारू बेहयाई से हँसा था। बैण्ड फिर शुरू हो गया था। कमली जमीन पर थूकते हुए बड़बड़ाई थी–

''सठिया गया है हरामी।''

कमली की गाली कतवारू तो न सुन सका था परन्तु लल्लन के कानों में दोनों की ही आवाजें पहुँची थीं। फानूस सिर पर रखे-रखे वह कमली की ओर मुँह करके खड़ा हो गया था।

''क्या बात है कमली? तू इस कतवारु से इतना चिढ़ती क्यों हैं? कोई बात है क्या?''

लल्लन बेचैन हो उठा था। कमली को मानो सहारा मिला। उसकी आँखें भर आई थीं। उसने आँखें नीची करके फुसफुसाकर बताया था–

''मुआ, मेरी शादी अपने लड़के से करने के लिए कितने दिन से माई बाबू से जोर मार रहा है।''

''पर उसका तो वही एक ही लड़का है न? और वह भी तुमसे उम्र में छोटा ही होगा।''

''हाँ! कहता है शादी कर दो। तुम्हारा भी भार सस्ते में निपट जाए और मेरे भी घर में दो रोटी सेंककर देनेवाला कोई आ जाए।...औरत जो मर गई है

हरामजादे की। यही चाल रही होगी तभी...।" —कमली ने क्रोध में बड़बड़ाते हुए एकाएक स्वयं को रोक लिया था। कहीं सारी बातें लल्लन समझ न जाए।

"उसकी कौन-सी चाल कमली?" लल्लन पूछ बैठा था।

"कोई नहीं, ऐसे ही...। चलो आगे बढ़ो। बारात चल रही है।

कमली को मौका मिल गया था। दोनों पुनः अपने-अपने फानूस सँभाल धीरे-धीरे आगे बढ़ने लगे थे। कमली ने सोचा जब से उसने लल्लन को जानबूझकर अपने आगे चलने के लिए राजी कर लिया है तब से कतवारू कितना चिढ़ा-चिढ़ा-सा रहता है। फिर भी कुत्ते की तरह पीछे-पीछे जरूर चलता है। कभी-कभी तो कमली को एहसास होता है जैसे उसके पीछे से कतवारू की गन्दी निगाहें उसे चुभ रही हैं। वह पलटकर देखती है तो सचमुच कतवारू उसे घूर रहा होता हैं। मन में आता है, सिर का फानूस उसकी आँखों में घुसेड़ दे वह। न रहे बाँस न बाजे बाँसुरी। उसे बहू बनाना चाहता है और खुद कितनी गन्दी नीयत रखता है। पहले जब फानूस लेकर वह उसके आगे-आगे चलता था तो बारात रुकने पर जानबूझकर भीड़ का बहाना लेकर वह कमली से सटकर खड़ा हो जाता था। उसके पसीने की दुर्गन्ध से उसकी नाक फट जाती, पर संकोच और माई बाबू के डर से वह कुछ नहीं कहती थी पर उस दिन तो हद ही हो गई जब उसने अनजान बनते हुए अपनी कुहनी कमली के सीने पर जोर से गड़ा दी। दर्द के मारे वह तिलमिला उठी थी।

"आँख फूट गई हैं क्या?"

कमली गुस्से में लाल होते हुए बोली थी।

"अब आँख अगर पीठ में भी होती तो क्यों तुझे यह तकलीफ देता मैं।"

कहते हुए कतवारू बेहयाई से हँसा था। कमली तिलमिलाहट में कुछ बोल न सकी थी। तभी माई ने आवाज लगाई थी। सभी के साथ ही कमली ने भी अपने सिर पर से फानूस उतारकर जमीन पर रख दिया था और सिर पर रखे कपड़े की बिड़ई को उतारकर झाड़ने लगी थी। उसका चेहरा अब भी तमतमाया था। सभी लोगों को नाश्ता बँट रहा था। कमली भी सिर झुकाए पाँत में बैठकर नाश्ता करने लगी थी। पाँत के दूसरे छोर पर लल्लन बैठकर नाश्ता करते हुए कुछ सोच रहा था। सामने बाराती मेज कुर्सियों पर बैठे कोल्ड ड्रिंक पी रहे थे।

क्या बतिया रहा था कतवारू? माई ने भेद भरे स्वर में पूछा।

"बस ऐसे ही...।" कमली ने सिर झुकाए जवाब दिया था।

"उसे नाराज मत करना। तेरा होनेवाला ससुर है वह।"

"मुझसे इस तरह की बातें न करो माई।"

कमली ने झुँझलाते हुए कहा।

"तू तो न जाने किस अकड़ में रहती है दिन रात? कमा खा रहा है। लड़के की उमिर तुमसे दो तीन साल ही तो कम है। ऐसे लड़के से शादी बियाह होने पर विधवा होने का डर कम होता है। लड़कियों की उमिर तो भगवान पहाड़-सी बना देता है। देखती नहीं अपने साथ ही रमपत्ती काकी को? आज बीस साल से रँड़ापा खे रही है।"

माई ने एक ठोस तर्क देने की कोशिश की थी। कमली के ऊपर अपनी बातों का कोई असर न पड़ते देखकर माई ने दूसरा तर्क दिया था–

"हमारी औकात जितनी है उतनी ही तो बात करेंगे।"

"इसी का तो रोना है। केवल पेट के लिए हम पैदा होते हैं और उसी को पालने में मर जाते हैं।"

कमली ने गुस्से में हाथ धो लिया था। "तो पैदा हो गई होती किसी रईस खानदान में। क्यों यहीं जनम ले ली?"

माई भी दुखी हो गई थी। कमली की बढ़ती उम्र और चिड़चिड़ा होता स्वभाव माई बाबू के लिए चिन्ता का कारण बन रहा था। वह चौदहवें वर्ष में थी। गोरा रंग जो बचपन की भूख और मिट्टी धूल के कामकाज से फीका-फीका लगता था वह अब युवावस्था की तपिश से निखर सा गया था। कमली ने माई को मनाने का अच्छा अवसर देखा और झिझकते हुए अपनी इच्छा माई के सामने रख दी–

"यदि मेरे ब्याह की ज्यादा चिन्ता है तो लल्लन से कर दे माई। वह ठीक आदमी लगता है मुझे।"

"क्या कहा? लल्लन के साथ...? उस अनाथ के साथ? जिसके न माँ-बाप का पता है और न जाति धरम का। अरे हमारी भी तो कोई मान मरजाद है या नहीं? हम गरीब हैं पर इज्जतदार हैं। क्या खराबी है कतवारू में? लल्लन भी फानूस ढोता है और वह भी। कोई ओड़िया राजा है क्या लल्लन?"

कमली माई का रुख देखकर सहम गई थी। माई ने हाथ धोते हुए पुनः क्रोध से कहा–

"आज समझ में आया कि कतवारू सही कहता था।" कमली ने अपनी प्रश्नवाचक निगाहें ऊपर उठाई थीं मानो जानना चाहती हो कि क्या कहा कतवारू ने?

"आजकल लल्लन से तेरी बड़ी हँसी-ठिठोली होती है। कहीं कोई ऊँच-नीच हो गया और हमारी इज्जत डूबी तो तुझे जिन्दा ही सरजू में बहा आएँगे। समझ ले।"

कमली का दिल डर के कारण जोर-जोर से धड़क उठा था। माई चण्डी-सी लग रही थी। तो क्या केवल मर्दों से बातचीत करने से ही कुछ ऊँच-नीच हो जाता है? तो क्या उसके साथ भी कोई ऊँच-नीच हो गया है? भउजी तो उस दिन मजाक में बता रही थी कि मर्दों के साथ बिस्तर पर रहने से कुछ गड़बड़ हो जाता है, पर वह तो लल्लन से केवल बातें ही करती है, जैसे अपने बाबू से। फिर ऐसा क्यों हो गया? उस दिन माई ने एकाएक पूछ लिया था। तू कब से कपड़े से नहीं हुई रे कमली? वही पहली बार तुझे धोती फाड़कर दिया था तब से आज दो महीने हो गए।" उसका तो जैसे गला ही सूख गया था। तभी बाबू की आवाज पर माई बाहर चली आई थी, लेकिन तब से लेकर उस दिन तक कमली उलझन में ही थी। उसने उड़ती-उड़ती सी बात सुनी थी कि औरतें पेट से होती हैं तो कपड़े से नहीं होती, पर उसने तो कुछ किया ही नहीं, फिर ऐसा कैसे हो गया? किससे पूछे? किसको बतलाए? कितनी शरम वाली बात हो गई उसके साथ। उसने अपना पेट खोलकर देखा था। सब तो सामान्य ही लग रहा था। एक बार मन में आया था कि भउजी को सब बता दे, पर अगले ही क्षण उसने मन को समझाया था। भउजी के पेट में पानी नहीं पचेगा। वह तुरन्त जाकर माई से बता देगी और फिर उसके बाद...?

कमली सिहर गई थी। लल्लन को पता चलेगा तो क्या वह सोचेगा उसके बारे में? बड़ी सीता-सावित्री बनती थी। एक बार मन में आया था खुद ही जाकर सरयू में छलाँग लगा दे। किस-किसको सफाई देगी कि उसने कुछ नहीं किया है? न जाने ऐसा क्यों हो गया है, पर मौत के डर से रूह काँप गई थी। अपने को मारना सबसे कठिन काम है। कमली ने महसूस किया और दूसरे ही दिन शौच के बहाने वह घर छोड़कर भाग आई थी। ट्रेन में बैठी थी और अपने साथ ही यात्रा कर रहे अधेड़ से चन्द्रबली के साथ अगले स्टेशन पर उतर गई थी घरेलू कामकाज की नौकरी की आस में। नौकरी भी मिली थी पर अपने अन्दर की औरत को मारकर। वह बेहोशी की हालत में ही लड़की से औरत बना दी गई थी।

दो महीने बाद जब दिलबहार उसे साथ लेकर स्वयं को महिला डॉक्टर के दिखाने गई थी तो उसने अपनी उस उलझन के बारे में पूछ लेना उचित समझा था जिसे वह माई के घर से लेकर चली थी। माँग में कृत्रिम सिन्दूर और माथे पर बिन्दी लगाए कमली को देखकर डॉक्टर को उसकी वास्तविकता का पता नहीं चल पाया था। हाथों में दस्ताने पहनते हुए डॉक्टर ने पूछा था—

"कितने दिन से मासिक चढ़ा है।"

"जी, यही कोई चार महीने से।" कमली ने बेंच पर लेटते हुए बताया।

"उम्र क्या है?"

"जी, यही लगभग चौदह-पन्द्रह वर्ष।"

"क्या, इतनी कम उम्र? कैसे माता-पिता ने शादी कर दिया? मासिक कब से हो रही हो?"

"बस एक बार...चार महीने पहले।"

डॉक्टर जाँच कर चुकी थी। हँसते हुए बोली–"बच्चा नहीं ठहरा है। ऐसा अक्सर होता है। पहली बार मासिक होने के बाद चार छः महीने रुक भी जाता है। यह एक कॉमन बात है। घबराओ मत, पर अब से सावधान। चार-पाँच साल तक कोई उपाय कर लेना।" कमली को लगा जैसे आसमान उसके सिर पर भहरा उठा हो और उसकी चीखें उसमें दबकर रह गई हों।

"चलो, खिड़की के पास वाली सीट पर बैठ जाओ। रात भर अभी सफर करना है, आराम रहेगा।" खादिम ने उसकी बाँह पर थपथपाते हुए कहा था। कमली चौंक पड़ी थी। वह कब से अपने ही ख्यालों में खोई थी। एक ठण्डी साँस लेते हुए वह उठ खड़ी हुई।

"पान चलेगा बाई जी?"

खलासी ने उसके कन्धे पर लगभग झुकते हुए मुस्कुराकर पान का पत्ता उसकी ओर बढ़ाया। शायद इस कमली पर अभी तक वह फानूस ढोने वाली कमली हावी थी। उसने लगभग झपट्टा मारते हुए खलासी के हाथ से पान लेकर दूर फेंक दिया था और बिफरते हुए बोली–

"अपनी औकात का ध्यान रखो।"

पर अगले ही पल उसे एहसास हुआ था अपनी वास्तविकता का। वह तो केवल नारी जाति की है, वास्तविक नारी नहीं। जो नारी पुरुषों के वास्तविक प्रेम का केन्द्र बिन्दु होती है उसे तो कब का मार चुकी है। अपने नारीत्व की सुरक्षा का भय ही नारी का वास्तविकता सौन्दर्य है। जिस दिन नारी के अन्दर से यह भय समाप्त हो जाता है उस दिन से वह नारी नहीं रहती, शेष कुछ भी हो सकती है, जैसे पुरुष, वेश्या जानवर, वगैरह-वगैरह। कमली के होंठों पर व्यंग्य-भरी मुस्कान तैर गई थी। जैसे वह स्वयं। वह भी तो कब का मुक्त हो चुकी है इस भय से तभी तो इतने अपरिचित पुरुषों के बीच भी वह सहज और सामान्य है।

बस चल पड़ी थी। रात भर चलती रही थी। कमली बस की खुली खिड़की में अपनी बाँहों पर सिर टिकाए रात-भर जागती रही थी। बस में सभी लोग नींद में ऊँघ रहे थे, पर कमली की आँखों में आँसुओं और उम्मीदों ने अपना कब्जा कर रखा था। मन के किसी कोने से एक चाहत बार-बार सिर उठा रही थी। काश! लल्लन मिल जाए उस बारात में। क्या करेगी वह? उससे लिपटकर रो पड़ेगी। अपने मन के गुबार धो डालेगी आँसुओं में, पर लोग क्या कहेंगे लल्लन को...? एक वेश्या से...। नाचने वाली से...। नहीं, नहीं, वह अपने लल्लन को बदनाम नहीं करेगी। वह पहचानने से इनकार कर देगी उसे, पर क्या लल्लन उसे पहचान लेगा...? फानूस वाले तो नाचनेवालों से दूर खड़े होते हैं। नहीं देख पाएगा लल्लन, पर अगर देख लिया तो...? दौड़कर वह माई को ले आएगा। कहेगा देख काकी, कमली जिन्दा है। अपनी कमली। माई से लिपट कर तो वह रो ही पड़ेगी। माई भी तो उसे छाती से लगाकर माफ कर देगी। कहेगी जो हुआ सो हुआ। भूल जा...। चल, तेरी शादी अब लल्लन से कर दूँ। मेरी आँखों के सामने रहना। कभी मत जाना। तू नहीं जानती कितना फटा है मेरा कलेजा तेरे जाने के बाद। मेरी बच्ची, कमली...।

कमली के आँसू बह-बहकर ब्लाउज की आस्तीन भिगो रहे थे। आसमान पर छिटपुट तारे बिखरे दिखाई पड़ रहे थे। चाँद का दूर-दूर तक पता न था। अन्धेरे में पेड़ों के साए तेजी से पीछे छूट रहे थे। कमली ने खिड़की के बाहर झाँका। भोर से पहले का गहरा अन्धेरा छाया हुआ था।

द्वारपूजा होने की तैयारियाँ पूरी हो चुकी थीं। बिजली की झालरों और पंक्तिबद्ध फानूस की चमचम से पूरा दरवाजा और आसपास का वातावरण झिलमिला रहा था। कितने वर्षों बाद उसने अपनी पुरानी धरती पर पाँव रखा था और किस रूप में...फानूसवाली कमली पुनः जीवित हो उठी। जैसे इस धरती में कोई संजीवनी थी। खादिम की पीढ़ी का दिल धड़क उठा। क्या होगा यदि माई यहाँ मिल गई...? लल्लन कहीं दीख नहीं रहा है? उसका लम्बा कद तो पूरे झुण्ड में अलग दीखता था। केवल बाबू ही उसके कन्धों तक थे। उफ्... इतनी भीड़ में वह देखे भी कैसे? जब तक निगाहें कहीं ठहरती हैं, कोई न कोई बीच में आ जाता है। कमली ने चोर निगाहों से पुनः फानूसवालों को निहारा था, परन्तु बत्तियों की जगमगाहट में कुछ भी दिखाई नहीं दे रहा था। उसका दिल जोर-जोर से धड़क रहा था। वह और लोगों की तरह घुड़च-घुड़च कर इसी जिन्दगी

को जीने के लिए विवश नहीं होगी। यदि लल्लन या माई ने जरा भी...। वह यहीं रुक जाएगी। फिर से लौट आएगी अपनी पुरानी जिन्दगी में। खादिम का डर. ..। "हुँह...वह क्या करेगा? मरा हुआ नाग...। चला जाएगा वहीं अपनी बस्ती में। सारा पैसा-रुपया, जेवर सब उसी को दे दूँगी। पाप की कमाई पापी को ही मुबारक...। क्या कहा? पापी...? तुम क्या हो कमली...? अन्दर कोई ठठाकर हँसा था। मैं तो विवश थी...। यह तर्क बेकार है। पहले भी तो लौट आ सकती थी. ..? अन्तर का व्यंग्य तीर की तरह विषैला...आग बुझा। लेकिन इसी ऊहापोह में तो इतने दिन बीते...नहीं, झूठ बोल रही हो कमली। जैसे ही अपनी गलती का एहसास हुआ था तुम्हें लौट आना चाहिए था। पर शायद तुम्हें भी वहाँ की चकाचौंध अच्छी लगने लगी थी। नहीं ऽ ऽ...।"

"क्यों नहीं? चलो बाई जी। समय हो गया है।" खादिम ने कमली की बाँह में अपने कन्धे से ठुमका दिया था। दूल्हे की कार के आगे-आगे बैण्ड वाले प्यारी-सी चैती धुन निकाल रहे थे—यहीं ठइयाँ मोतिया हेरइलैं हो रामा ऽ ऽ ऽ। गीत के मद्धिम लय की ही तरह कमली के मन और पाँवों की गति थी। पूरा वातावरण फूलों की भीनी गन्ध और संगीत की स्वर-लहरियों में बेसुध सा। एकाएक फानूस की रोशनी में कमली को चेहरा नहा गया, लगा जैसे किसी ने पूरी रोशनी उसके ऊपर उँड़ेल दी हो, परन्तु अगले ही पल नाच देखनेवालों की भीड़ में सब गड्डमड्ड हो गया। जोर-जोर से धड़क उठा कमली का दिल। पाँव शिथिल से और चेहरा नीचे झुक गया शर्म से। क्या लल्लन था यह...?

अक्सर ऐसा वही करता था। जब भी वह मन्त्रमुग्ध-सी बारात में सजे सँवरे दूल्हे की ओर टकटकी बाँधे देखने लगती वह फानूस की रोशनी का रुख उसके चेहरे की ओर कर दिया करता। "क्यों करते हो ठिठोली सबके सामने?" कमली आँखें मिचमिचाते हुए नाराज हो उठती...। "इसलिए तो कहता हूँ दूसरों को इतना ध्यान से मत देखा कर। मुझे न जाने कैसा लगता हैं" "और यदि दूसरे मुझे देखें तो?" कमली छेड़ देती। "...जी करता है...।"

सोच अधूरा। बैण्ड थम गया। एक शोर। कमली चैतन्य हो उठी। अतीत मिट गया, वर्तमान सामने। सभी लोग एक तरफ दौड़े। कमली भी सबके साथ वहाँ पहुँची थी। एक लम्बा चौड़ा आदमी औंधे मुँह पड़ा था। लुंगी और बनियान में उसकी बलिष्ठ भुजाएँ अभी भी भिंची थीं।

"क्या हुआ...? क्या हुआ...? भीड़ में से घबराहट भरी आवाजें एक साथ।" "शायद करेन्ट मार दिया।" फानूस सिर पर लिए एक अधेड़-सी महिला बता रही

थी। "लेकिन कैसे...?" कन्या पक्ष के किसी व्यक्ति की घबराई हुई आवाज आई। बेटी के ब्याह में अशुभ की आशंका से उनका शरीर काँप रहा था। फानूस वाली महिला बता रही थी। यह मेरे आगे-आगे ही चल रहा था। हमारे साथ बचपन से यह है, पर कभी ऐसा नहीं किया। आज ही न जाने एकाएक इसके मन में क्या आया कि फानूस को नीचे रखा और पलक झपकते बिजली के खम्भे पर चढ़ गया. ..। शायद नाच देखने क्योंकि बार-बार वह उधर ही मुड़-मुड़ कर देखने की कोशिश कर रहा था...जब तक हम लोग कुछ सोचते-समझते वह गिर पड़ा।

किसी ने गिरे व्यक्ति को सीधा कर दिया था। कमली भी भीड़ को चीरती हुई सामने आ गई।

"बेचारा...। अनाथ, आज अपने भी...।" किसी महिला की आवाज से कमली के पाँव जमीन से चिपक गए। दिमाग साँए-साँए कर रहा था। पागलों की भाँति वह झपटकर उस आदमी के पास घुटनों के बल बैठ गई थी और उसके माथे पर झुक आए बालों को हटा दिया था। माथे पर चोट का पुराना निशान दिखाई पड़ा था। कमली के दिल पर हथौड़ा-सा पड़ा था और मुँह से बेसाख्ता निकला—"लल्लन...।" उसने चेहरा घुटनों में छिपा लिया था। वह रोना चाह रही थी पर आँसू नहीं निकल पा रहे थे। मन से चीख निकल रही थी पर होंठों के किवाड़ न जाने क्यों वज्र हो गए थे। समय थम गया था, सब कुछ शून्य सा। कुछ भी तो न था आस पास। बस आकाश ही आकाश। अन्दर बाहर एक मुर्दा शान्ति।

"बाई जी! आप इसे जानती थीं?" एक आवाज आई थी।

कमली तड़प उठी थी—"बाई जी नहीं, लल्लन की विधवा ऽ ऽ ऽ...।" चीखों को रास्ता मिला था और वे हिलक-हिलक कर गले से बाहर निकलने लगी थी। वह विक्षिप्तों की तरह पास ही पड़े लल्लन के फानूस को सहलाने लगी थी।

"कमली...।" एक मद्धिम और कोमल स्वर। खुरदुरी पर स्नेहिल हथेलियों का चिर-परिचित स्पर्श कमली को विस्वल कर गया था। उसने आँखें उठाई थीं और आँसुओं में धुँधलाती आकृति को पहचान लिया था—"माई ऽ ऽ ऽ...। मैं वापस आ गई हूँ...। और माई ने उसे अपनी दोनों बाहों में समेट लिया था।

"मैं तुम्हारी इज्जत मिट्टी में...।" आगे के कमली के शब्द हिचकियों में दब गए थे। उसकी माँ ने उसे कसकर सीने चिपका लिया था मानो उसकी कमली को कोई छीनने जा रहा हो। कमली रो रही थी—

"...माई, मैं जानबूझकर नहीं भागी थी माई। बस...नहीं जान पाई थी अपने तन का धर्म। उसी भरम में तुम्हारे डर से...। सब खतम हो गया माई। मेरा

लल्लन...तुम्हारी मरजाद...मेरी इज्जत... ।"

"चुप कर कमली। हम इतने बड़े आदमी नहीं हैं कि अपनी मरजाद बचाने के लिए भूलकर फिर वापस आई बेटी को पहचानने से मना कर दें। नहीं बच्ची, नहीं। मेरी ऐसी मरजाद नहीं, भगवान ने फिर से तुझे मेरे आँचल में डाल दिया बस यही बहुत है।"

और कमली की माई ने आसमान की ओर देखते हुए अपना आँचल फैला दिया था।

टेपरा

चील्हा अपनी चारपाई पर लेटे-लेटे सब कुछ देख रही थी। सरपत और ऊँख की सूखी पत्तियों से बनी झाँझर सिरकी से छनकर थोड़ी-थोड़ी धूप उसकी चारपाई पर भी पड़ रही थी। धूप के उन छोटे-छोटे टुकड़ों में धूल के कण हवा के साथ हिलते-डुलते साफ दिखाई दे रहे थे। सिरकी के बाहर आवाजाही तेज थी। रहट्ठा के झाड़ू से सामने वाली जगह को उसका पति नक्कू बुहार रहा था। धूल का एक बवंडर झाड़ू के पीछे से उठता गिरता जा रहा था। लग रहा था आज सभी के बाहर भीतर एक बवँडर उठा हुआ था। बस्ती के बच्चों के चेहरे पर उत्सुकता थी तो औरतों और मर्दों के मन में भय के साथ-साथ कौतूहल भी समाया हुआ था। आज लखनऊ से उनके क्षेत्र के बहुत बड़े नेता इस बस्ती में आ रहे हैं चील्हा से मिलने। असली बात जानने और सरकार को जनाने कि अपने क्षेत्र के दुख-दर्द का पूरा ख़्याल रखते हैं वे। पता नहीं कैसे अखबारों से होती हुई यह खबर नेताओं के बीच तक बहस का मुद्दा बन गई थी।

चील्हा का दर्द टीस उठा था। उसने अपने दोनों हाथों को धीरे से उठाकर आँखों के सामने किया। कलाई से थोड़ा ऊपर तक खाल उधड़कर एक दूसरे पर चिपक गई थी। जगह-जगह से लाल सफेद घाव से मटमैला पानी जैसा द्रव रिस रहा था। ऊपर पोती गई पीली दवा उसी के साथ बह-बहकर कुहनी तक आ गई थी। घावों में तेज जलन हो रही थी। चील्हा ने उस पर मुँह से धीरे-धीरे फूँक मारी। भिनभिना रही मक्खियाँ कुछ दूर उड़कर फिर घाव के आसपास मँडराने लगीं। एक हफ्ता ही हुआ था जले लेकिन घाव जैसे बहुत पुराने से लग रहे थे। चील्हा सिहर उठी उस दिन को याद कर। किस तरह महतो ने बस्ती के लड़कों को साथ लेकर जबरदस्ती उसके दोनों हाथ खौलते तेल में डलवा दिए थे। वह कसाईखाने में हलाल होते भैंसे की तरह डकर उठी थी।

“उठ के बैठ जा लाट सहबाइन, तेरा झोंटा ठीक कर दूँ।” हाथ में कँघी और कटोरी में सरसों का तेल लिए उसकी सास चटकबत्तीसी सी चारपाई के पास आकर खड़ी हो गई।

“आज दारू नहीं दी। हाथ बहुत दरद कर रहा है। थोड़ी पी लेती हूँ तो भूल जाती हूँ।” चील्हा ने बहुत कठिनाई से उठते हुए कहा।

“नपोस मारी, आज भी दारू की पड़ी है तुझे। तेरी मइयत उठाने आ रहे हैं नेता जी। उन्हीं से माँगना दारू। पहले से पिला दें और लगे बकने उल्टा सीधा उन्हीं के सामने तो बस हो गया पूरी बस्ती का काम तमाम।” चटकबत्तीसी ने झटके से उसके सिर को अपनी ओर खींचा और पूरा तेल चील्हा के बालों में उँड़ेल दिया।

“नहीं बकूँगी। बस थोड़ी सी दे दो।” उसने फिर चिरौरी की।

“अपनी भी दुर्दशा करवानी है क्या मुझे? थोड़ी देर बर्दाश्त कर। नेता जी आकर चले जाएँ तब दे दूँगी।” चटकबत्तीसी उसके बालों में कँघी फिराने लगी।

“थोड़ी सी दे दो।” वह रिरिया उठी थी।

उसकी बात पर ध्यान न देते हुए चटकबत्तीसी उसे समझाने में लगी थी–

“देख, उन लोगों के सामने कुछ उल्टा-सीधा मत बकने लगना। आखिर रहना तो इन्हीं मर्दों के साथ है हमें। नेताजी के साथ तो जाना नहीं।”

“हूँ, पर ये लोग हमें जानवर से भी गया-गुजरा समझते हैं। मारपीट तक तो ठीक है, लेकिन यह दुर्दशा? कसाई को भी रहम जा जाए।”

चील्हा ने अपने जले दोनों हाथ आगे कर लिए।

“फिर लगी नेताइन बनने? बस्ती में और औरतें नहीं हैं क्या? कोई बोलता है तेरी तरह?” अपनी मुट्ठी में उसके बालों को जकड़े हुए चटकबत्तीसी थोड़ा झुक आई चील्हा के चेहरे की ओर।

“किसी का हाथ फुँकता है इस तरह?” चील्हा भी गुर्रा उठी।

“फूँकने वाला करम करेगा तो क्यों नहीं फुँकाएगा। सितरनी पकड़ी गई थी एक काजा के साथ तो उसे गरम लोहे से दागा गया था बीड़ी में। फूला को भी बीड़ी रखाई में डाँड़ भरना पड़ा था, क्योंकि टेपरा में नोनियान के एक लौंडे के साथ हँसी ठट्ठा करते धराई थी। तू ही एक नोखे की तो नहीं है न?” चटकबत्तीसी ने बस्ती के कई उदाहरण चील्हा के सामने परोस दिए।

“किसी ने देखा था क्या हमें टेपरा में उस बभना के बेटउआ के साथ?” चील्हा की आँखों से चिनगारी निकल रही थी।

"खुद तेरा आदमी ही न आ के बताया सगरी बस्ती को कि तू साँझ के अन्धेरे में टेपरा वाले पीपल के पास गई थी जयकिशुन से मिलने।"

"वो नासपीटा नक्कुआ के देह में कीड़े पड़ें। अरे वो मरद है मेरा?...अरे वो तो कसाई है, कसाई। एक दिन बस जयकिशुन से हालचाल क्या पूछ ली कि लगा उसकी आँख में भाला गड़ने। जैसे अपने चोर है, उसी तरह दुनिया को समझता है। दारू उतारते, ढोर बेचते, पुलिस वालों से चोरी छिपे सब गन्दा करम करते सोच रहा है कि हम भी वैसे ही हैं।" चील्हा का स्वर तेज हो उठा।

"अरे, बड़ी बाघ बन रही है आज तू। क्या नेता और पुलिस वाले यहीं तेरे साथ रात-दिन बिताने आ रहे हैं जो इतना कुछ बोल रही है मेरे सामने ही। सुन लेगा तो पीठ पर की चमड़ी उधेड़ देगा नक्कुआ, समझ ले।" चटकबत्तीसी ने उसके बालों को एक झटका देते हुए कहा।

"छोड़ो मेरा बाल। मेम साहब बना रही है मुझे। अरे आ रहे हैं तुम लोगों की असलियत जानने या मेरी सूरत देखने? पतुरिया हूँ क्या जो उनके सामने सज कर जाऊँगी?" चील्हा को आज अपना पलड़ा भारी लग रहा था।

"ले मर। अभी तेरी दुर्दशा लिखी है।" चटकबत्तीसी ने गुस्से में उसके बाल बिखेर दिए और रोनी सूरत बनाते हुए बाहर जाने लगी।

"हाँ, आज आर-पार हो ही जाएगा। देखूँ, किसकी फजीहत होती है। दारू बनवाती हो, चोरी-चोरी कसाईखाने गाय गोरू बेचवाती हो, सब कहूँगी उन लोगों के सामने।" चील्हा ने पीछे से तेज आवाज में सुनाया।

"क्या कहा रे, फिर से बोल तो। ज्यादा बहक रही है तो होश ठिकाने लगा दूँ।" नक्कू हाथ में झाडू लिए सिरकी के दरवाजे पर आकर खड़ा हो गया। उसकी आँखें क्रोध में दहक रही थीं।

"जाने दे नक्कू। आज किसी तरह बीत जाने दे ये सब, फिर देखेंगे।" जल्ला ने आकर नक्कू को कन्धे से पकड़ लिया।

"नहीं, हट जाओ बाऊ तुम। इसे समझा दूँ आज कि इसकी औकात क्या है? हमारी बीड़ी में जो फैसला होता है वही सही है। बाहरी लोगों का दखल नहीं हो सकता हमारी बस्ती के नियमों में। चाहे सिक्खन आए चाहे थाना, हमें किसी का डर नहीं।" नक्कू गुर्राते हुए अपनी पत्नी चील्हा की ओर बढ़ रहा था।

"मैं तुम्हारा बाप हूँ। नक्कू, आज कोई नया बखेड़ा मत खड़ा कर।" जल्ला ने नक्कू को कसकर दबोच लिया था।

“मारेगा न, आ मार...मार...।” चील्हा चारपाई पर बैठे-बैठे गला फाड़कर चिल्ला उठी। उसके खुले बाल चेहरे पर बिखर गए और सुर्ती से पीले दाँत दोनों ओठों के बीच से दिखाई पड़ रहे थे। ब्लाउज के स्थान पर पहनी गई लम्बी कुर्ती का दो बटन आगे से खुल गया था। छींटदार साड़ी का आँचल पहले से ही चारपाई पर ढुलका पड़ा था।

“तो, ले ऽ ऽ ऽ...।” जल्ला के हाथों में जकड़े नक्कू ने झपटकर पैर से एक वार चील्हा के पेट पर किया तो वह और जोर से चीख पड़ी।

“अरे माटी मिला, मार रहा है। कीड़े पड़ें, नाश हो जाए...हाय राम...आने दे, आज तेरा नशा उतरवाती हूँ सिक्खन से। सब कहूँगी। इसी सिरकी में न दारू उतारता है तू। पिछवाड़े हाँड़ी गाड़ता है न। चल, आने दे आज। सब खोल के रख न दिया तो असल बाप की नहीं।”

चील्हा ऊँचे स्वर में उसे शाप दे रही थी और नक्कू दाँत पीसते हुए जल्ला की पकड़ से छूटने को छटपटा रहा था।

“अरे चुप काहे नहीं रहती रे...क्या करवाने पर लगी है लातमारी। आदमी के बराबर चढ़कर बोल रही है?” कहते हुए जल्ला नक्कू को खींचकर बाहर की ओर ले जाने लगा।

“अरे तू, तू बोल रहा है? महतो के साथ मिलकर सारा डिरामा करवाया, अभी को सिधवा बन रहा है?” चील्हा जल्ला के ऊपर भी उखड़ पड़ी।

“लात का भूत बात से नहीं मानता बाऊ। हमें छोड़ो, जरा इसका भूत उतारकर आता हूँ नहीं तो ये अण्ड-बण्ड बकेगी उन लोगों के सामने भी।” नक्कू ने कसमसाकर छुड़ाने का प्रयास किया तो जल्ला ने भी अपने हाथ ढीले कर दिए।

नक्कू ने झपटकर चील्हा को गर्दन से पकड़ लिया और दाँत पीसते हुए बोला–

“और चिल्लाएगी? ज्यादा बढ़ बढ़ बोलेगी? नेटुआ दबा दूँगा बस खिस्सा खत्म हो जाएगा। बहुत होगा तो जेहल ही न होगा। जमानत पर छूट कर आ जाएँगे, फिर ताव से जिन्दगी भर मुकदमा लड़ेंगे। पैसे मैं दम होता है दम। जहाँ ठनकाएँगे, सिक्खन, थाना, सब...। नेताजी को वोट से मतलब। तू क्या जान रही है कि सचमुच तेरा हाल लेने आ रहे हैं। अरे, अपना वोट पक्का करने आ रहे हैं। और वो जो संस्था वाले आए थे,...औरतों का ठेका लिए, वो भी लाखों-करोड़ों रुपए सरकार और विदेश से इसी नाम पर ऐंठते हैं। फोटू खींचे तेरी तो क्या

तू उनकी बहिन लगती थी? अपनी मतलब साध रहे थे। उसी को दिखाकर और माल लूटेंगे कि मैं ये कर रहा हूँ, वो कर रहा हूँ। उस दिन देखी नहीं, बस्ती के नंग-धड़ंग बच्चों के साथ खिचड़ी खा रहे थे हमारी बस्ती में और पूरी फोटो तैयार हो रही थी सिनेमा दिखाने के लिए। खिचड़ी खिलाकर वो कितने दिन का भला करने आ गए थे हमारी बस्ती का? तू किस भरम में पड़ी है रे चुड़ैल। तू उन लोगों से कह देगी और हम लोगों को फाँसी हो जाएगी? थाना के सारे सिक्खन लोगों को हम लोग पैसा देते हैं तब वो गोरू जानवर कसाईखाने तक हाँक कर ले जाने देते हैं। वो तुम्हारा जला हाथ देखकर हमारे सामने आँख मिलाकर खड़े हो जाएँगे? किस मुँह से?"

नक्कू ने उसके गाल को नोचते हुए एक झटका दिया था। कुछ देर के लिए चील्हा हतप्रभ सी हो गई परन्तु अगले ही पल वह सँभलकर बोली–

"मैं गाय गोरू नहीं हूँ जो पैसा देकर कसाईगिरी कर लोगे?"

"अच्छा, तो तू लाट साहब है। बिरादरी से बड़ी है। अन्धेरे में जाकर दूसरे लोगों से मिलेगी और बीड़ी रखाई में उम्मीद करेगी कि महतो सबसे कह देंगे कि इसको मालाफूल पहना दो। बेचारी बड़ा अच्छा करम करके आ रही है।" नक्कू एक-एक शब्द को चबाते हुए बोल रहा था।

"कौन सा करम कर दिया था मैंने? बस उसी जयकिशुन का हालचाल पूछ लिया था, यही। अरे उसे गऊ-हत्या भी तुम्हीं लोगों के कारण तो लगी है। बेचारा टेपरा में पीपल के पेड़ के नीचे रात बिताता है। भूत-परेत से किसको डर नहीं लगता है।"

"अच्छा, तो तू गई थी उसका भूत-परेत भगाने।" नक्कू ने पुनः उसका बाल अपनी मुट्ठी में पकड़ लिया।

"कक्कू, सिक्खन आइस।" जल्ला का दस वर्षीय भतीजा अँगूरे हाँफता हुआ सिरकी में घुसा था। उसके उभरे काले पेट से मटमैली जाँघिया बार-बार खिसक रही थी जिसे वह दोनों हाथों से सँभाल रहा था। नाक सुड़कने से एक आवाज बराबर हो रही थी। नक्कू और जल्ला एकाएक सावधान हो गए। जल्ला बाहर की ओर भागा और नक्कू चील्हा को लाल आँखों से घूरते हुए पुनः चेतावनी देने लगा, परन्तु इस समय उसकी आवाज फुसफुसाहट में बदल गई थी।

"देख कोई हरकत की उन लोगों के सामने न, तो जान लेना फिर क्या करूँगा।" वह बाहर जाने के लिए मुड़ गया।

सिरकी के बाहर ही दो पुलिस वाले आकर खड़े हो गए थे। जल्ला उनसे हाथ जोड़े कुछ बात कर रहा था। चील्हा सुन रही थी।

“जी साहब, हो जाएगा।”

“और नेताजी के आने से पहले ही ये सब मुर्गा-मुर्गी, बकरी-बकरा सब ताल की ओर हँकवा दो। उनके आने पर ये कुट कुट, में में, अच्छा नहीं लगेगा।”

“जी साहब, अभी। अरे अँगूरवा, ले जाओ सबको टेपरा में हाँक आओ।”

“अच्छा काकू।” अँगूरे हाँफता हुआ मुर्गे-मुर्गियों को दौड़ा-दौड़ाकर एक ओर ले जाने का प्रयास करने लगा।

“बड़े साहब ने हमें भेजा है सारा इन्तजाम देखने को। कहीं कमी न रहे। वे मन्त्री जी के साथ ही आएँगे यहाँ।”

“जी साहब।”

“और हाँ नक्कू, तुमने अपनी जोरू को समझा दिया न?”

“हाँ साहब। पर है बिल्कुल अड़ियल घोड़ी।” नक्कू ने भी हाथ जोड़ लिए।

“जोरू से दुनिया हारी भी है और उसी पर राज भी करती है। घोड़ी को काबू में नहीं रख पाता है तो रखा क्यों?” सिपाही गरज उठा।

“नहीं साहब, हमने समझा दिया है। बस जब तब भड़क जा रही है।”

“उस समय कुछ दूसरा बक गई तो क्या होगा? हम लोगों ने जो तुमसे रिपोर्ट ली है, उसी के मुताबिक ही उसका बयान भी होना चाहिए।” सिपाही ने चेतावनी दी।

“आप चिन्ता मत करिए साहब, हम उसे कच्ची पिलाकर सुला देते हैं। मन्त्री जी आएँगे तो...।”

“अच्छा, तो हमारा भी बोरिया बिस्तर बँधवाओगे? क्या सोचेंगे वे कि हम लोगों की नाक के नीचे यह भी धन्धा चलता है इस बस्ती में?” सिपाही गुस्से में लाल-पीला हो उठा।

“अरे नहीं साहब, गुस्सा मत होइए। हमारी इस नटों की बस्ती में कम से कम हजारों वोट हैं मन्त्री जी के...।”

“अच्छा बस, बस अपनी खैर चाहते हो तो उसे ठीक से समझा देना नहीं तो हम तो सरकारी नौकर हैं। कहीं चले जाएँगे, लेकिन तुम लोगों का ये सारा काला धन्धा बन्द हो जाएगा और जेल की हवा अलग से।”

“अरे साब, आप नाराज़ हो गए। हम काहे लिए ऐसा करेंगे। आप हम लोगों पर अपनी किरपा बनाए रखो। हम भी जो हो सकेगा करेंगे ही। बस यही हरामजादी मेहरिया का ये चक्कर न फँसा होता तो क्यों इतना बखेड़ा बढ़ता। सब कुछ तो समझदारी से चल ही रहा था।” नक्कू ने बात सँभाली। अपने कुर्ते की जेब से कुछ निकालकर उसने सिपाही की मुट्ठी में दबा दिया–

"साब, ई पान...।"

"बस, इधर का सब देख लेना।" सिपाही का स्वर नरम पड़ गया।

"साब, मन्त्री जी को चाय पानी...।" जल्ला ने पूछा।

"अरे वो तुम लोगों की बस्ती का कुछ खाएँगे पिएँगे? नेमी-धरमी हैं भाई।" सिपाही व्यंग्य से हँस पड़ा।

"लेकिन साब, पिछली बार जब आए थे तो हम लोगों के साथ पाँत में बैठकर खाना खाए थे।"

"अरे, उस समय चुनाव होने वाला था। उस समय का धरम वही था।" सिपाही खुलकर हँसा था।

"उसी धरमै खातिर तो ये सब बखेड़ा भी हुआ साब।" जल्ला भी सिपाही के साथ हँस पड़ा।

"क्या मतलब?" सिपाही चौंका।

"हाँ साहब, न वो काजा के साथ पकड़ाती, न ही बिरादरी की सज़ा उसे मिलती।"

"काजा मतलब क्या?" सिपाही ने अपनी अनभिज्ञता प्रकट की।

"मतलब, साब ई हमारी भाषा है। जो हमारे धरम का नहीं होता वह काजा होता है, उसके साथ गलत-सलत देखने पर हमारी बीड़ी में यानी पंचायत में उसे सज़ा दी जाती है। कभी डाँड़ भी लगाया जाता है। ये हमारा अपना कानून है। अपनी बीड़ी की बात हम इनकार नहीं करते।" जल्ला ने स्पष्ट किया।

"इसी बात को मन्त्री जी को जरूर बताना। ये तो यार सालिड कारण है।" कहते हुए सिपाही जाने के लिए मुड़ा। जल्ला और नक्कू भी उनसे बतियाते हुए टेपरा तक छोड़ने के लिए बढ़े।

चील्हा धीरे से खिसककर अपनी चारपाई पर लेट गई। पीछे सिरकी की झाँझर टाटी से टेपरा में दूर तक फैली ऊबड़-खाबड़ ऊसर भूमि दिखाई पड़ रही थी। जगह-जगह कुश और सरपत की झाड़ियाँ रूखी सूखी खड़ी थीं। अँगूरे बकरियों और भैसों को हाँक कर टेपरा के बीचोबीच ले जा रहा था। वहाँ चरने के लिए घास भी थी और दूर से ढोर जानवर दिखाई भी नहीं पड़ते थे। पीपल का वह पेड़ अपनी पूरी हरियाली के साथ खड़ा था, जिसके नीचे जयकिशुन रात बिताता है। चील्हा को दुख हुआ। अपने जले हाथ की टीस की तरह।

बेचारा जयकिशुन...। नाहकै सजा भोग रहा है। दिन भर बभनौटी में भीख माँगता है और अपने लिए खाना बनाता है। रात उस पीपल के नीचे...बाप रे

कितना डर लगता होगा। टेपरा में तो दिन-अछते भयावह लगता है फिर रात में तो? साँझ से ही कोई उधर जाता ही नहीं। बभनौटी और नोनियान के लोग टेपरा उस पार और नटों की बस्ती इस पार। जाड़े और बरसात में तो भूतखाना लगता है टेपरा। बस सियार और तरह-तरह के जानवरों की बोली। अँगूरे की माँ कह रही थी कि भूत जिन्नात भी जानवर का भेष बना घूमते हैं टेपरा में। उन्हीं की बोली बोलते हैं। कभी-कभी चिड़िया चुनमुन भी बन जाते हैं।

सोचते हुए चील्हा ने करवट बदलकर मुँह टेपरा की ओर खड़ी टाटी की ओर कर लिया। दिन में कौन डर? यही बात तो वह जयकिशुन से भी पूछने गई थी उस दिन।

"डर नहीं लगता मलिकार रात में?"

"कौन-सा डर? हाँ, थोड़ा सुनसान लगता है।" जयकिशन ने बताया था। चील्हा ने देखा था एक उदासी का भाव जयकिशुन के चेहरे पर।

"मलिकार, हमारा ही दोष था। न हम गाय ले जाते न वो पपवा उसे सज़ा देता।" वह दुखी हो उठी।

"नहीं, गलती तो हमारी थी भाई। थोड़े से पैसे के लालच में न पड़ते तो गऊ-हत्या का पाप क्यों लगता? बेचारी बूढ़ी हो गई थी तो क्या, पड़ी रहती नाद प्रर। टेपरा में छोड़ आते चरने को तो भी अपना पेट वो भर लेती। लेकिन हमारे ही भीतर लोभ जागा न? मरकही थी पर हमें कभी हुँकाई तक नहीं।" जयकिशुन के चेहरे पर पश्तताप था। वह चील्हा से उम्र में लगभग चार-पाँच वर्ष छोटा था। दो वर्ष पहले ही गौना आया था।

"क्या तुम लोगों की बिरादरी में हम लोगों की तरह कोई डाँड़-वाड़ भरने से दोख-पाप नहीं कट जाता?" चील्हा के भोलेपन पर जयकिशनु हँस पड़ा। उसे उसकी हँसी अच्छी लगी।

"चलो मलिकार, इसी बहाने तुम हँसे तो। नहीं तो चेहरे पर जैसे मरघट जैसा...।"

बात अधूरी छोड़ते हुए चील्हा ने अपनी कुर्ती की जेब से सुर्ती वाली चुनौटी निकाली और चुटकी में सुर्ती भरकर अपने निचले ओंठ के पीछे दबा लिया।

"नहीं, हम लोगों के यहाँ डाँड़ भरने से या बिरादरी को हंडा परात देने से दोख-पाप नहीं कटता। उसके लिए प्रायश्चित्त करना होता है। उस पर से गऊ हत्या के लिए? बहुत बड़ा पाप होता है यह। पूरे इक्कीस दिन तक घर से बाहर भीख मँगाकर खाना होता है और गाँव से बाहर सोना पड़ता है। उसके बाद भागवत

पुराण, तीरथ वरत गंगा-स्नान...।" जयकिशुन ने बताया तो वह आश्चर्य में डूब गई।

"मान लो कोई न देखा होता तो कैसे जानते मलिकार कि गऊ-हत्या?" वह अपनी उत्सुकता रोक नहीं पा रही थी। उसका पति हफ्ते में दो-चार दिन तो जरूर ही ढोर मवेशी लेकर कसाईखाने जाता है। थाने वाले हफ्ता ले लेते हैं अपना। नोनियान वाले दो-तीन लड़के तो इसी धन्धे की दलाली भी खाते हैं। कमलेश तो दूर-दूर के गाँवों से बूढ़-ठेल बैला और गाय कम दाम में हाँक कर ले आता है और उसके मरद के हाथों बेचकर चला जाता है। दुगुना रकम लेता है एक-एक बैला का। ऊपर से कसाईखाने तक साथ जाने की दलाली अलग से।

जयकिशुन बता रहा था—

"अब न देखने की तो बात ही अलग है। यहीं कितने धन्धे हो रहे हैं। सब लोग जानकर भी चुप हैं। जब थाना पुलिस कुछ नहीं कर रही हैं तो अपना क्या? दो नहीं चार कसाईखाना खोल दें। कुछ लोगों को माँस खाना अच्छा लगता होगा तभी न? लेकिन हम लोगों के यहाँ तो यह पाप है। तिस पर से गाय की हत्या? उसकी तो हम लोग पूजा करते हैं। यदि अपने किसी बीमारी से भी मरती है तो जो आदमी खूँटा छुड़ाया रहता है उसे प्रायश्चित्त करना पड़ता है।"

"बाप रे, बड़ा भारी नेम है मलिकार तुम लोगों के यहाँ?" वह सुर्ती की पीक एक ओर थूकते हुए बोली।

"अरे हमने स्वयं देखा है कि जिस आदमी को गऊ-हत्या लगी होती है, उसे पहले तौला जाता है और फिर नहलाकर तौला जाता है। अगर हत्या लगी होती है तो उसका वजन नहाने के बाद बढ़ जाता है और हत्या नहीं लगी रहती तो दोनों बार वजन बराबर रहता है।"

जयकिशनु बता रहा था और चील्हा की आँखें आश्चर्य से फटी-फटी थीं।

"मलिकार, हमारा कोई दोख पाप होगा तो माफ कर दो।" वह सहमी सी उठकर जयकिशुन के पैरों की ओर झुकी थी।

"अरे नहीं, नहीं, छुओ नहीं। हमें छूना नहीं चाहिए। हम पर गऊ-हत्या का पाप चढ़ा है न? इसीलिए।"।

जयकिशुन ने हड़बड़ाकर चील्हा को दोनों हाथों से धीरे-से परे धकेलते हुए कहा।

"हम क्या करते मलिकार? हम तो सोचे थे कि पाल पोस कर एक बार भी गभिन हो जाएगी तो रुपया वसूल हो जाएगा, पर वही हमारे मरद को सींग लगा दी न, बस उसी पर...।"

"चिल्हवा, अरे चिल्हवा...।" चिल्लाते हुए नक्कू कब उन दोनों के पास तक आ गया था, इसका पता ही उसे नहीं चला। क्रोध में नक्कू की आँखें अँगारा हुई थीं। उसने क्रोध में जयकिशुन को घूरते हुए चील्हा के बाल पकड़ लिए और घसीटते हुए अपनी बस्ती की ओर जाने लगा। अपने को उसकी पकड़ से छुड़ाने का प्रयास करने में उसका आँचल जमीन पर गिर गया और ब्लाउज अस्त-व्यस्त हो गया था।

"अब समझ में आया कि दिन डूबे तू रोज टेपरा की ओर क्यों आती है?" नक्कू क्रोध में चिल्ला रहा था। वह भी दुगुने वेग से चिल्लाकर विरोध कर रही थी, लेकिन नक्कू के लात घूँसों के आगे वह धीरे-धीरे पस्त होती गई, उसी तरह जैसे उस दिन बिरादरी की बीड़ी में वह चीख-चीखकर अपनी सफाई दे रही थी, लेकिन उसकी किसी ने नहीं सुनी। महतो ने उसे सजा सुना दी थी–

"औरत होकर इसने बिरादरी की नाक कटवाई है। काजा के साथ टेपरा में हँसते-बोलते इसका मरद खुद रंगे हाथों पकड़ा है। इसलिए बीड़ी इसे सजा देती है कि इसके दोनों हाथ खौलते तेल में डाल दिए जाएँ। यदि चील्हा सही होगी तो इसका हाथ नहीं जलेगा।"

वह चिल्लाती रह गई थी और जबरदस्ती उसके दोनों हाथ खौलते तेल में डलवा दिए गए।

चील्हा एक हफ्ते पहले की वह क्रूर घटना याद कर पुनः सिहर उठी। असलियत तो वह जानती थी, फिर भी उसका हाथ झुलस गया। जयकिशुन के साथ सिवा बोलने बतियाने के और कोई सम्बन्ध नहीं था उसका। महतो की आँख उस दिन फूट गई थी क्या? क्यों नहीं किया न्याव उस दिन, जब नक्कू मुर्गा लड़ाने में अपनी ही बस्ती के अमीरका से दाँव हार गया था और शर्त के मुताबिक जबरन उसे ले जाकर अमीरका की सिरकी में ढकेल आया था रात भर के लिए। तब कहाँ थी इज्जत मरजाद उसकी? केवल उसकी सास चटंकबत्तीसी ने थोड़ा विरोध किया था–

"ई क्या रे नक्कुआ? मुर्गा लड़ा रहा है तो रुपया-पइसा, बर्तन-भड़वा लगा दाँव पर। मेहरिया क्या सामान होती है जो किसी के हाथ पर धर देगा?"

"तू चुप रह अभी।" वह अपने लाल वाले मुर्गे को ललकारने लगा था। बस्ती के बूढ़े, अधेड़ और बच्चे सभी मुर्गों की लड़ाई देख रहे थे। वह दूसरी वाली सिरकी में रात के लिए लकड़ी के चूल्हे पर खाना पका रही थी। चटकबत्तीसी की आवाज सुनकर वह बाहर निकल आई थी।

दोनों मुर्गे भीड़ के बीचोबीच अपनी-अपनी कलगी उठाए एक दूसरे को क्रोध के साथ निहार रहे थे।

"शाबाश बेटा, जा भिड़ जा। ए...ए...ए...र जा...।" अमीरका ताली पीटकर खुशी से झूम उठा। नक्कू वाला मुर्गा मैदान छोड़कर भाग गया था।

"चल हार गया शर्त। ले आ अपनी मेहरिया।"

वह उमंग में बोल रहा था।

"ए हरामी की औलाद, मुर्गा समझ लिया है क्या हमें भी कि गला दबोचा और काम तमाम।" चील्हा अपनी कमर पर एक हाथ रखे दूसरा हाथ चमकाते हुए बोली।

"चुप्प, औरत जात की तरह रह। मर्द की शान एक। हार गया तो हार गया। मुकर नहीं सकता।"

नक्कू को चील्हा की बात पर जोश आ गया था। बस्ती के तमाम लोग तमाशा देख रहे थे।

"देख लो पंचो, ई जमाना। रुपया-पइसा के साथ अपनी मेहरिया भी जुआ में हार रहा है। वाह भाई वाह।" चील्हा गला फाड़-फाड़ कर चिल्ला रही थी, पर कोई कुछ न बोला था। महतो ने भी सुना तो बस इतना सा फैसला दिया था–

"यह तो ईमान की बात है। जब दाँव हार गया तो हार गया।"

"अरे ई अन्याय तो हम नहीं सहेंगे। बाकी चीजों में तो बड़े लोगों की नकल करते हो। क्या ऊ लोग भी जुआ में मेहरिया दाँव पर लगाते हैं? पैर की जूती समझते हैं औरत को? ना, वो लोग अपनी औरत को रानी की तरह रखते हैं, रानी की तरह। तुम लोगों की तरह नहीं कि दारू पीकर धुत्त। जुआ चोरी...।" चील्हा चिल्ला रही थी और नक्कू उसे चुप कराने के लिए बाल पकड़कर पीट रहा था।

"चार दिन बभनौटी क्या चली गई कि अकल भुला गई। नकल करने लगी उन लोगों की। वाह...मार के टँगरी तोड़ देंगे। अगर अब कभी गई तो।" नक्कू ने उसे अपने कब्जे में कर लिया था। मार खाकर वह परास्त हो चुकी थी।

पहली बार अपनी सास चटकबत्तीसी के साथ जयकिशुन के घर गई थी चील्हा। जयकिशुन का गौना आया था। उसकी सास ने अपनी बहू को गोदना गोदवाने के लिए उसकी सास चटकबत्तीसी को बुलाया था। चटकबत्तीसी ने उसे भी चलने को कहा–"चल रे चिल्हवा, तू भी बभनौटी चल। अकेले गवनई गाने में साँस फूलती है।" चटकबत्तीसी ने अपनी गोदना वाली दउरी में सब सामान सहेजते हुए कहा।

"वो जरा भँगरैया उखाड़ ले आ चील्हा।" टेपरा में पीछे चलती हुई उससे चटकबत्तीसी ने कहा। वह लपककर भँगरैया उखाड़ने लगी। गोदना गोदते समय भँगरैया भी मसलकर लगाती थी उसकी सास।

"दुलहिन आ जाओ। देखो, चटकबत्तीसी आ गई है।" जयकिशुन की माँ ने उन दोनों के दरवाज़े पर पहुँचते ही कहा। पीले रंग की गोटेदार साड़ी में लम्बा-सा घूँघट निकाले जयकिशुन की दुलहिन आकर बैठ गई उन लोगों के पास। हाथों में भरी-भरी लाल चूड़ियाँ और पैरों में गुलाबी रंग बहुत अच्छा लग रहा था। चील्हा एकटक उसे देख रही थी। हाथ-पैर इतने गोरे गोरे थे। उसका मन मचल उठा था दुलहन का मुँह देखने के लिए।

"अम्मा, जरा मुँह दिखा दें।" उसने कह दिया। जयकिशुन की अम्मा अभिमान के साथ उठीं थीं और दुलहन का घूँघट थोड़ा ऊपर उठा दिया। गोरा रंग और सुन्दर चेहरा। दुलहन ने अपनी आँखें मूँद रखी थीं। अपलक निहारती रह गई थी चील्हा।

"बहुत सुन्दर मेहरिया पाए हो मलिकार।" आसपास ही टहल रहे जयकिशुन से चील्हा ने कहा तो दुलहन ने लजाकर अपना सिर घुटनों में गाड़ लिया।

"तू क्या मँडरा रहा है रे किशुन।" उसकी माँ ने झिड़की दी तो वह झेंपकर चला गया।

"क्या गोदूँ दुलहिन? मछली कि बुन्दकी। दो ठो बुन्दकी सीने पर जरूर गोदवा लो। अगले जनम में भी माँ बेटी साथ रहोगी।" चटकबत्तीसी ने दउरी में से अपना सामान निकालते हुए पूछा। दुलहन ने डर के कारण इनकार में सिर हिलाया तो उसकी सास बिगड़ पड़ी–

"एक बुन्दकी कलाई पर गोदवा लो नहीं तो तुम्हारे हाथ का पानी कौन पिएगा।'

"अम्मा पहिले दुलहिन के मैके से आया कोई चीन्हा और आखत रख दो सूप में। बड़े भाग से ये दिन आता है।" चटकबत्तीसी ने दुलहन का हाथ अपने हाथ में लेते हुए कहा था और सोहर कढ़ा दिया–

"गोकुला में बाजेला बधइया तो जनमे कन्हइया
त जनमे कन्हइया ना हो...मोरी सासू... ...।"

"गाओ रे चिल्हवा। टुकुर-टुकुर ताक क्या रही है?" चटकबत्तीसी ने उसे कुहनी से टिहोका दिया तो वह चैतन्य हो उसके स्वर में स्वर मिलाने लगी थी। उसकी अपनी कलाई पर न जाने कितने गोदने गुदे हुए थे। सीने और ठुड्डी पर भी तीन-तीन बुन्दकियाँ तो उसकी सास ने आते ही गोद दिए थे, पर यहाँ तो अपनी बहू के इनकार करने पर उसकी सास केवल एक ही बुन्दकी गोदने के लिए राजी हो गई। कितना मान-जान होता है इन लोगों का अपने घरों में। जयकिशुन की अम्माँ बता रही थीं कि उनकी दुलहिन को बहुत सारा सामान और गहना भी मायके से मिला है। उसकी बस्ती में तो उल्टे लड़के वाले कँड़िया भर पैसा लड़की के बाप को देते हैं और लड़की ले आते हैं अपने घर। इसीलिए तो सब जरखरीद लौंडी समझते हैं औरतों को। चील्हा को याद आया था जब वह कुछ ही महीनों पहले अपनी ससुराल आई थी। ससुराल क्या बस दस घर छोड़ अपनी ही बस्ती में। उसके ससुर बड़ा माँस ले आए थे सुखाने के लिए।

"इसको जतन से सुखा कर रख ले। कुछ दिन चलेगा।"

चील्हा ने किसी तरह नाक पर आँचल बाँध उसे खटिया पर फैलाया था और सरकारी हैंडपाइप से पानी लेने चली गई थी। चटकबत्तीसी पिछवाड़े दारू उतारने के लिए गाड़ी गई कमोरी में महुआ और चावल भर रही थी। नक्कू बस्ती के ही लड़कों के साथ सामने ढोल बजाकर आल्हा गा रहा था। तभी न जाने कहाँ से दो-तीन कुत्ते आए थे और खटिया पर फैले माँस पर मुँह मारने लगे थे। किसी लड़के न नक्कू को बताया तो गुस्से में लाल पीला होता उसके पास आया और बाल पकड़कर नीचे जमीन पर पटक दिया।

"साँड़ कहीं की, इधर-उधर फेरा लगा रही है बस्ती भर। इसीलिए कँड़िया भर पैसा देकर लाया तुम्हें?"

"हुँह, शुरू से ही वह राछस रहा है।" सोचते हुए चील्हा ने दुलहन को भर नजर देखा। कम से कम इन लोगों को वह ताना तो नहीं सुनना पड़ता है। ससुराल आते ही मुर्गा मुर्गी, भैंस बकरी लेकर चराने तो नहीं जाना पड़ता है। बस घर के भीतर खाना-पीना बनाया और आराम किया। मरद जाति बाहर का काम धन्धा। कितना अच्छा है। उसकी अपनी बिरादरी में सारा काम औरतों के माथे। दारू उतारें वो, खाना बनाएँ वो, जजमानी भी कमा आएँ वो और ऊपर से मरद लोग का धौंस। जब न तब धमक देते हैं सब, जैसे औरत न होकर भैंस हों।

"आपके यहाँ औरतों को मारते हैं मरद?" चील्हा अपने को रोक न सकी थी और दुलहन के सामने ही पूछ दिया जयकिशुन की माँ से।

घूँघट के भीतर ही खिलखिलाकर हँस पड़ी दुलहन और जयकिशुन की अम्मा भी मुस्कुरा उठीं–

"राम, राम हमारे यहाँ औरतों पर हाथ उठाना पाप है। अब कोई शराबी-कबाबी हो जाए, आवारा-लोफर हो जाए तो उसका क्या कहना?"

"अरे नपोसमारी, क्या-क्या पूछती है? इन लोगों के यहाँ ये सब नहीं होता है।" चटकबत्तीसी ने दुलहन के हाथ पर दवा मलते हुए चील्हा को डाँटा था।

वह खिसियाकर चुप हो गई परन्तु उसके मन में वह दृश्य छप गया था। जयकिशुन का दुलहन के आसपास मँडराना और दुलहन का घुँघट की ओट से ही एक गर्व के भाव के साथ अपने दूल्हे को कनखी से निहारना।

"लो, दो रोटी खा लो।" उसकी देवरानी सितरनी सिरहाने अल्युमिनियम की थाली लिए खड़ी थी। चील्हा सोचों के बीहड़ से बाहर निकल आई।

"नहीं, थोड़ी दारू दे दे सितरनी । बहुत टपक रहा है दोनों हाथ।" चील्हा ने पुनः चिरौरी की।

"नहीं, सब लोग मना किए हैं। लोग आकर चले जाएँ तब।"

"कब तक आएँगे?" वह कराह रही थी।

"बस थोड़ी ही देर में। घुरिया कह रहा था कि थाने के पास तक कई गाड़ियाँ आ चुकी हैं।"

"गया था क्या?"

"हाँ, टोह खबर तो लेनी ही है न? कोई दूसरा सिखा पढ़ा न दे। वैसे ही नपोस मारे अखबार वाले सारे जहान में हल्ला मचा दिए हैं। कितनी बार बीड़ी में कितना फैसला हुआ सबका, डाँड़-मेड़ सब भरा लोगों ने, लेकिन ऐसा कभी नहीं हुआ। पता नहीं, बभनौटी से बात फैली होगी। उसी बस्ती में बुरा लगता था लोगों को हम लोगों का बैला का व्यापार।" सितरनी ने बुरा-सा मुँह बनाते हुए रोटी का कौर तोड़कर चील्हा के मुँह में ठूँस दिया।

मुँह चलाते हुए उसने टाटी की झिरी से टेपरा की ओर देखा था। उसी टेपरा में तो नोनियान के कमलेश, खेदू और नोहर अकसर खरीदे हुए बूढ़े गाय, बैल, भैंस, पँड़वा या भैंसा लेकर आते थे। नक्कू के साथ ही बस्ती के कई लोग दाम अधिक लगाकर उन्हें खरीद लेते थे और रातों रात हाँक ले जाते थे। एक बार तो नक्कू ने उसे ही भेज दिया था कमलेश से बैला ले आने। बूढ़े बैला की

रस्सी थमाते हुए कमलेश ने उसका हाथ पकड़ लिया था तो वह गुस्सा उठी थी–

"हे बाबू ई मजाक अपनी बहिन से करना।" और वह बैला को खींचकर अपनी बस्ती की ओर चली आई थी। उसी कमलेश की चुगलखोरी पर ही नक्कू उसके पीछे पड़ा था। कमलेश ने ही जयकिशुन से उसकी बूढ़ी गाय को बेचवा देने का सौदा भी तय करवाया था।

"जयकिशुन, नक्कू की औरत गरभ से है। नई बछिया खरीदने की सामर्थ्य कहाँ उसमें? अपनी गइया बेच दो उसे। खिला-पिलाकर सब गाभिन कर लेंगे। तुम्हारे यहाँ नाद पर बूढ़ी गाय अच्छी नहीं लगती।"

"बहुत मरकही है यार।" जयकिशुन ने बताया।

"कोई बात नहीं। आखिर तुम भी कहीं से लाए ही रहे होगे। तुम्हारे यहाँ आने पर मरकही नहीं हुई है न?"

जयकिशुन को ठीक लगा था। सौदा तय हो गया। गाय आ गई थी, पर उसी दिन सिरकी के पिछवाड़े जब नक्कू कुछ काम से गया तो उसने अपनी दोनों सींग से उसे एक धक्का दे दिया था। बस फिर क्या था? उसने मोटा बाँस उठाकर...।

"जल्दी करो। मन्त्री साहब की गाड़ी आ रही है।" चील्हा का ससुर जल्ला हड़बड़ाकर सिरकी के भीतर घुसा था। उसने सितरनी के हाथों से थाली छीनकर जल्दी से चारपाई के नीचे रख दी और अन्तिम चेतावनी देते हुए चील्हा रो कहा–

"देखो, उन लोगों के सामने कुछ भी बकर बकर मत करना नहीं तो कच्चा ही भून डालूँगा।"

चील्हा असहाय सी उसकी ओर देख रही थी।

"सितरनी, जल्दी से इसका बाल और साड़ी ठीक कर, मैं बाहर देखता हूँ।" जल्ला तेजी से निकल गया। बस्ती के घरों में कई मर्द बाहर ताक झाँक कर रहे थे जबकि औरतें दरवाज़े के पीछे से छिपकर तमाशा देख रही थीं। पहली बार बस्ती में ऐसा तमाशा हो रहा था। हमेशा तो रात बिरात आल्हा नौटंकी होती थी तो घर की औरतें दूर दराज़ से देख लिया करती थीं पर इस बार उन्हें छिपकर देखने की मनाही भी नहीं थी। बस्ती के महतो दो दिन पहले से ही कहीं रिश्तेदारी में चले गए थे।

"साहब, हमारे धरम पर वार किया गया। हमारी इज्जत पर लात मारी गई। हम गरीब लोग उन लोगों से कैसे लड़ सकते हैं, इसलिए अपने ही बाल-बच्चों को न...।" जल्ला मन्त्री जी के बगल में हाथ जोड़े समझाते हुए सिरकी में प्रवेश

कर रहा था। सितरनी चील्हा के पास खड़ी थी।

"अरे तो बाल-बच्चों को समझाने की जगह पर तुम लोग कानून हाथ में ले लोगे? किसी को जलाकर मार डालोगे? गरीबी की आड़ में ये सब हरकत करोगे?" मन्त्री जी के चेहरे पर क्रोध उभर आया। पीछे चल रहे थे थानेदार और पुलिस के बड़े अधिकारियों के चेहरों पर हवाइयाँ उड़ने लगीं। चील्हा ने सुना तो उसका मन खुशी से धड़कने लगा। कम से कम दुनिया में कोई तो है दुखियों का पक्ष लेने वाला।

जल्ला का चेहरा क्षण भर को सफेद पड़ गया था। मन्त्री जी कहीं नाराज हो गए तो उसकी खैर नहीं। साथ ही साथ पुलिस वाले भी तंग कर डालेंगे।

"क्या नाम है तुम्हारा?" मन्त्री जी ने चील्हा से बहुत मुलायमियत से पूछ रहे थे।

"जी बाबू जी, चील्हा।" उसकी आँखें डबडबा आईं।

"किसने जलाया तुम्हें?" उन्होंने पूछा तो चील्हा कुछ क्षण को मौन रही। किसका नाम बताए पहले। महतो तो भाग गया है बस्ती छोड़कर। नक्कू का नाम बताएगी ताकि फिर कभी ऐसी हरामजदगी न कर पाए। एक बार जेहल की हवा खा आएगा और दस बेंत पड़ जाएगा पीठ पर तो जान जाएगा सवाद मार खाने और दुख झेलने का।

"आप लोग क्या करते रहे थाने में? मालूम है इस मामले को लेकर विपक्ष वाले किसी तरह हम लोगों के पीछे पड़े हैं? मानवाधिकार आयोग में जाने की धमकी दी जा रही है। महिला संगठनों और मीडिया ने तो नाक में दम कर रखा है। रोज इस मामले को चटखारे ले-लेकर उछाला जा रहा है। आप लोग अपना क्षेत्र तक नहीं सँभाल सकते और हमें पूरे देश की समस्या सँभालनी है?" मन्त्री जी पुलिस वालों को डाँट रहे थे और चील्हा मन ही मन खुश हो रही थी। कैसे बड़े-बड़े पुलिस अफ़सर लोग बकरी की तरह मिमिया रहे हैं नेताजी के सामने।

"साहब, हमारी भी सुन लीजिए। बस एक फरियाद साहब।" जल्ला ने मन्त्री जी के सामने हाथ जोड़ लिए।

"क्या है बोलो?" मन्त्री जी सिरकी से बाहर निकल आए थे। छोटे दरवाजे से निकलते हुए उनका सिर ऊपर लगी बाँस की फर्री से टकरा गया था। वे चिहुँक उठे। माथे पर क्रोध की सिलवटें थोड़ी और गहरा उठीं। पुलिस अधिकारियों के चेहरे और पीले पड़ गए। कहीं दारू बनाने वाली बात भी मन्त्री जी न पूछ दें। शिकायत गयी होगी तो इसकी भी होगी। पुलिस विभाग की नाक के नीचे

यह सब हो रहा है।

जल्ला बता रहा था–

"साब, बभनौटी की अपनी पार्टी अलग है। नोनियान की पार्टी अलग है। वोट सबका बँट जाता है। बस हमारी बस्ती के लोग जिसको मिलकर वोट देते हैं, साब, वो हरदम ही जीत जाता है। अब आप ही को पिछली बार जिताना था तो सारी पार्टी वाले एड़ी चोटी का पसीना बहा डाले साहब लेकिन हमारी बस्ती के लोग टस से मस नहीं हुए। महतो ने ऐलान कर दिया कि आपको ही देना है तो बस आपको ही दिया। अब साब, ऐसे में अगर घर की औरतें ही इतनी आजाद हो जाएँ कि हमारी बात न मानें, मनमानी करें तो क्या होगा साहब? बात तो बिगड़ेगी ही न? फिर औरत जात को इतना सिर चढ़ा देंगे तो अपनी ही इज्जत माटी होगी न?"

जल्ला की बात समाप्त हो गई थी परन्तु मुँह अभी तक खुला था और हाथ जुड़े थे।

मन्त्री जी को बात कुछ-कुछ समझ में आ गई थी।

"क्या रिपोर्ट लगाया है तुम लोगों ने?" मन्त्री जी पुलिस अफ़सर की ओर मुड़े थे।

"जी सर, जैसा आप कहें।" वह तनकर सावधान की मुद्रा में खड़ा हो गया था।

"सांप्रदायिक दंगे की साजिश नजर आती है इसमें।" मन्त्री जी ने सिर खुजलाते हुए कहा। उनकी आँखें सोचने की मुद्रा में सिकुड़ी थीं।

"यस सर।" अफ़सर ने और तन कर खड़े होते हुए कहा।

"दुर्घटनावश ऐसा हो गया।" मन्त्री जी के शब्द बाहर निकले थे।

"यस सर...।" अफ़सर ने हवा में ही उनका आशय लपक लिया।

"और इन लोगों को परेशान न किया जाए। आवश्यकता पड़े तो साजिशकर्त्ता को धारा...।"

"यस सर।"

मन्त्री जी अपनी कार की ओर बढ़े थे। पीछे-पीछे बस्ती के लोगों की भीड़ अधिकारियों से थोड़ी दूरी बनाए चल रही थी। चील्हा का सिर घूम रहा था क्योंकि मन्त्री जी का निर्णय उसके भी कानों में पड़ा था। बिना उसकी बात सुने ही मन्त्री जी ने सब कुछ कैसे समझ लिया? वह धम्म से चारपाई पर गिर पड़ी थी। आँखों

से झर-झर आँसू गिरने लगे। टेपरा में रूखे-सूखे सरपत हवा के साथ हिलडुल रहे थे और जगह-जगह जानवरों के खुरों से धूल उड़ रही थी। उसे बस्ती की सारी औरतें टेपरा जैसी लग रही थीं, जिसमें छुट्टा पशु चरने आते हैं। हरियाली के नाम पर उगते हैं सरपत और कँटीले झाड़। कभी-कभी ही कोई आता है जयकिशुन जैसा, अपने पाप का प्रायश्चित करने, वह भी कुछ दिनों के लिए।

उपसंहार : अब क्या करे?

अंजना की यह कथा या यूँ कहें तो सत्यकथा जो आज के यानी इक्कीसवीं सदी के एक महत्त्वपूर्ण वर्ष के एक महत्त्वपूर्ण महीने के महत्त्वपूर्ण तारीख यानी विश्वकर्मा पूजा वाले दिन की घटना है। सूरज भी पूरा नहीं निकला था उस दिन। रात की कारी बदरिया सुबह के सूरज को मुँह ही न खोलने दे रही थी। गंगा उफनाई-सी घाटों मन्दिरों से टकरा-टकराकर हरहरा रही थी। बढ़ी हुई गंगा के आर पार के गाँव और कस्बे से लेकर गंगा की गोद तक की एक अति सामान्य-सी कहानी लोका दी गई थी अंजना के रूप में। लोकाना उछालने और फेंक देने के मध्य की क्रिया है और इसी प्रकार के मध्य वर्ग की लड़की अंजना की इस कहानी का क्रिया और कर्म भी है। कर्म का फल पाने के बाद भी साँसें चल रही हैं। वह जीवित है। हाँ, कर्त्ता के सम्बन्ध में मतवैभिन्य है। पिता को कर्त्ता कहें, प्रेमी को कर्त्ता कहें या उस अभागे पति को कर्त्ता कहें जिससे कुछ ही महीनों पूर्व अंजना का विवाह हुआ था। अब कर्त्ता कोई भी हो, कहानी का त्रिकोण यानी तीनों कोने स्पष्ट हैं। पिता की इच्छा के आगे सिर झुकाते हुए अनजान व्यक्ति से विवाह करने के लिए विवश अंजना, प्रेमी को न भूल पाने के कारण गौने के पूर्व ही उसके साथ भाग खड़ी होने का निर्णय लेती अंजना और प्रेमी द्वारा बीस-पचीस दिनों में ही जीवनभर का आस्वाद ले चुकने के बाद गले पड़ी मुसीबत को गंगा में विसर्जित कर आने तक की कुचक्र-कथा अंजना। सब कुछ बाढ़ के पानी की तरह फैला भी, स्पष्ट भी। एक सामान्य-सी प्रेम कहानी, पर ऐसे समाज की, जहाँ प्रेम सामान्य बात नहीं, बल्कि एक घटना है और समय-समय पर यह एक दुर्घटना का रूप लेती रहती है। इतिहास से वर्तमान तक।

अंजना की इस कहानी के त्रिकोण को साहित्य की त्रिकोणीय दृष्टि से देखना चाहने पर तीन विचारधाराएँ मुख्य रूप से उभरकर सामने आती हैं—प्रथम परम्परावादी, द्वितीय प्रगतिवादी और तृतीय स्त्रीवादी दृष्टिकोण।

परम्पराओं पर प्रगतिवादी की धींगा-मुश्ती दादागिरी अकसर चलती रहती है और कभी यह चित तो कभी वह पट होता रहता है। प्रगतिवादी माफिया की तरह कुछ रंगदारी वसूल दाएँ बाएँ हो लेता है, तो शुरू होता है परम्परावाद का चीखना-चिल्लाना और एकालाप। प्रगति के नाम पर मजबूत से मजबूत परम्पराएँ दरकती-चटकती रहती है। कभी-कभी खण्डित भी होती हैं। ऐसे ही टूटी एक परम्परा बाबू अमरनाथ राय के घर की। राय साहब खानदानी रईस। जाति से राय नहीं थे। अंग्रेजों की भक्ति के फल के रूप में मिली थी चार आने जमींदारी और राय बहादुर की पदवी। जमींदारी तो छिन गई पर पदवी आज तक पीढ़ी-दर-पीढ़ी हस्तान्तरित होती आ रही थी। वास्तविक जाति शूद्रों से एक सीढ़ी ऊपर यानी वैश्य। अर्थात् ब्रह्मा के जाँघों की ठसक रक्त में घुली मिली, इसीलिए सुदृढ़ परम्पराओं के पोषक।

खानपान, विवाह आदि में जातीय शुद्धता आज तक सुरक्षित रखे रहने का गर्व अकसर ही राय साहब की दूधिया मूँछों में फड़फड़ाता रहता। बेटे-बेटी के विवाह के अवसर पर परम्परावाद द्वार चार से लेकर समधी-मिलना तक उनकी पीली धोती और गुलाबी पगड़ी से झाँकता रहता क्योंकि विवाह और प्रेम जैसे मामलों में केवल पाँव से पैदा हुए वर्ग में ही प्रगतिवाद खुले आम घूमता है। पूरी हेकड़ी के साथ। आज अमुक की बेटी का अपने आदमी से छुट्टा छुट्टी की पंचायत है। फलाँ ने अपनी पहली वाली को छोड़कर चार बच्चों की माँ से सगाई कर लिया। अमुक का आदमी लुधियाना कमाने गया और उसकी घर वाली भसुर के साथ बैठ गई। परम्पराओं की नकार और प्रगतिवाद का पोषक यह वर्ग स्त्रीवादी विचारधारा का भी जनक कहा जा सकता है। स्त्रियों को हर वो अधिकार प्राप्त हैं जो पुरुषों को। श्रम वह साथ-साथ करेगी तो धूम्रपान, मदिरापान में भी पीछे नहीं। पुरुष का हाथ अकसर उठता है तो कभी-कभी स्त्री के हाथ में भी चूल्हे की जलती लुकाठी उठ जाती है और तब पुरुष दुम दबाए इधर-उधर हो लेता है। प्रगतिवादी और स्त्रीवादी का ढँका मुँदा रूप कभी-कभी अति विकसित समाज और तथाकथित अति अभिजात्य वर्ग में भी दिखाई पड़ जाता है, परन्तु परम्परावाद पूर्ण रूप से मध्यवर्ग के नाम रह गया है, आजानुमुख। पाँव और मस्तक प्रगतिशील वर्ग के नाम।

तो बाबू अमरनाथ राय के घर की परम्परा टूटी और उनकी छोटी बेटी अंजना

जो मात्र पाँचवें नम्बर के बेटे से बड़ी थी, उसे सह शिक्षा वाले कालेज में एडमिशन दिलाया गया। यहाँ पर कई विवशताएँ एक साथ काम कर गईं। एक तो गाँव के आसपास कोई लड़कियों का कालेज नहीं था। था भी तो अभी निर्माणाधीन। सुनने में आया कि लड़कियों की शिक्षा के नाम पर कई लाख का अनुदान लेने के लिए उक्त कालेज का निर्माण कराया जा रहा था, परन्तु अधिकारियों और प्रबन्ध समिति की मिलीभगत से सब कुछ कछुआ-चाल हो रहा था। राय साहब को उम्मीद बँधी थी। जब भी यह कालेज बन जाएगा, वे अंजना का नाम कटवाकर यहीं लिखवा लेंगे। जान टँगी रहती है। सयानी लड़की सीवान खेत धाँगते जाती है कालेज तक। ठाँव कुठाँव पाँव पड़ जाएँ तो? कुछ दिनों तक बड़ा बेटा अवधेश जाता रहा स्कूटर से छोड़ने, पर दिन में घर से चार चक्कर आना-जाना शरीर से ज्यादा बटुए को थकाता था। दिनोंदिन बढ़ता डीजल-पेट्रोल का दाम और मँहगाई। अपने घर खानदान की साख बचाए रखने के लिए राय साहब को जो पापड़ बेलने पड़े थे उसे वे ही समझते थे। पाँच बेटों में केवल एक किसी तरह क्लर्क की सरकारी नौकरी में आ सका था। बाकी खेती पाती से किसी तरह इज्जत ढँक मुँद जा रही थी। अंजना के लिए सायकिल खरीद दी। पड़ोस के रामसमुझ विश्वकर्मा का दस वर्षीय पौत्र भी उसी विद्यालय में कक्षा छह का विद्यार्थी था। अकसर वह भी अपनी टूटी साइकिल से खड़ खड़ करता अंजना के पीछे-पीछे चलता। पैडिल पर पाँव पूरे नहीं पड़ते थे, इसलिए सीट पर ही कभी दाएँ कभी बाएँ टेढ़ा होकर पैर से पैडिल को ढकेलता। अकसर चेन उतर जाने की शिकायत अंजना अपनी माँ से करती।

"ये क्या एक पहरुआ साथ भेज देती हो अम्माँ? मन होता है छोड़ कर चली जाऊँ इस पप्पुआ के बच्चे को। रास्ते में पन्द्रह बार चेन उतरती है उसकी और पन्द्रह दूना तीस मिनट देर से मैं कालेज पहुँचती हूँ।"

"अरे अंजू, छोटा है बेचारा। तेरे साथ रहता है तो उसके माँ-बाप भी निश्चिन्त रहते हैं। सुनसान रास्ता है। बच्चा है, डर भी सकता है। तुझे भी दुहाँस रहता है।" माँ अंजना को समझाती, पर वास्तविकता यह थी कि पप्पू को साथ भेजकर वे लोग निश्चिन्त रहते थे। कम से कम गाँव पड़ोस का कोई तो संग साथ रहे अंजना के। रामसमुझ से कहकर ही उन्होंने पप्पू का भी एडमिशन अंजना के ही कालेज में करवा दिया था। गरीबी के आधार पर राय साहब ने स्वयं प्रिंसिपल साहब से बात करके पप्पू की फीस माफ करवा दी तो रामसमुझ कृतकृत्य हो उठा था।

"बाबू साहब, हमारा पप्पुआ है छोटा पर बड़ा होशियार है। बड़े-बड़ों का कान काटता है। लवनी के समय क्या मजाल कि एक डाँठ भी इधर से उधर हो जाए। आप निश्चिन्त होकर रहिए। वह परछाई की तरह अंजना बिटिया के साथ लगा रहेगा।"

"अरे ऐसी कोई डकैती थोड़े ही पड़ रही है अंजना के लिए जो वह परछाईं की तरह लगा रहेगा। बस मैं तो साथ आने जाने के लिए कह रहा था। लड़की जात, उतनी दूर आती जाती है, बस।" राय साहब के अहं को कहीं झटका लगा था।

और डकैती पड़ी थी। पहले अंजना के किशोर हृदय में सेंध लगी और फिर डकैती भी। साथ-साथ जाने वाला पप्पू लौटते में कभी-कभी अकेले आने लगा था। एक-दो बार राय साहब ने अंजना से पूछा तो उसने एक्स्ट्रा क्लास होने का कारण बता दिया।

"चल, तुझे आज मैं छोड़ आता हूँ। उधर से ही शहर चला जाऊँगा। कचहरी से लौटते हुए तुझे वापस ले भी लूँगा।"

एक दिन राय साहब ने स्वयं ही प्रस्ताव रख दिया था। लड़की जात को समय-समय पर चेक करते रहना चाहिए। उनके खानदान में लड़कियों को रामायण, गीता की हिन्दी टीका मिलाकर पढ़ लेने भर ही की शिक्षा दिए जाने की परम्परा थी। अब तो प्रगति के नाम पर स्त्री-शिक्षा की माँग वर पक्ष की तरफ से भी उठने लगी थी। दान दहेज में कोई कमी नहीं हुई, अलबत्ता लड़कियों की पढ़ाई का बोझ और चिन्ता भी सिर पर सवार हो गई हैं। मरता, क्या न करता? बिना पढ़ाए अच्छा वर मिलना कठिन था। गाँव के तिवारी की बड़ी लड़की विधवा हो गई तो ससुराल वाले बोझ को पटक गए मायके। अब बेचारी तिवारी जी विधवा बेटी और उसके तीन छोटे बच्चों की परवरिश कर रहे हैं। एक चिन्ता उन्हें घुन की तरह चाट रही है कि उनके बाद बेटी और उसके बच्चों का क्या होगा? बेटे तो अभी से अपना-अपना परिवार लेकर अलग हो गए हैं। इस तरह का भय भी राय साहब की विवशता बना।

अंजना चुपचाप पिताजी के स्कूटर पर आकर बैठ गई थी। उसके चेहरे पर चिन्ता की रेखाएँ बन मिट रही थीं। कहीं पुलिया पर बैठकर प्रतीक्षा करता देवराज कोई नासमझी न कर दे पिताजी के सामने। गंगा उस पार शहर है और इस पार कस्बे में उसका घर है। प्रतिदिन वह स्कूटर से आकर उसी पुलिया पर उसका इन्तजार करता है। अकेली रहने पर वह घण्टा आधा घण्टा उससे बैठकर

बात कर लेती अन्यथा पप्पू के साथ होने पर वह बस उसकी साइकिल के आगे-पीछे स्कूटर से धीरे-धीरे चलता रहता। एक दूसरे को देख लेने भर से भी, मन तृप्त हो उठता। आँखें जुड़ा जातीं। जब देवराज से कोई परिचय नहीं था, तब भी अंजना की साइकिल न जाने क्यों पुलिया के पास आकर धीमी हो जाती। आँखें दुपट्टा ठीक करने के बहाने उसे देख लेतीं। उसे भी अपनी ओर देखता पा उसकी हथेलियाँ पसीज उठतीं। उस समय पुलिया का निर्माण कार्य चल रहा था। देवराज ने ही उसका ठेका ले रखा था। अपनी स्कूटर पर बैठ वह मजदूरों और मिस्त्रियों के कार्यों का निरीक्षण करता रहता। अंजना को आता देख वह उठकर इधर-उधर टहलने लगता। हिदायतें देने के बहाने अंजना को भरपूर देख लेने का बहाना मिल जाता। पुलिया के बगल वाले सँकरे रास्ते से पप्पू के साथ अपनी साइकिल का हैंडिल सँभाले धीरे-धीरे चलती हुई अंजना को अपनी आँखों में बसाते हुए देवराज को पप्पू किरकिरी-सा लगता। एक दिन उसने उसे लक्षित करके अपने मजदूर से कहा था—

"अपने साथ ये पोछिल्ला लेकर क्या चलते हो?"

"जी साहब, क्या? हम समझे नहीं।"

पर मजदूर भले न समझा हो लेकिन अंजना देवराज की बेचैनी अच्छी तरह समझने लगी थी। उसे अच्छा भी लगता था देवराज को पागलों की तरह अपनी ओर आकृष्ट देखकर।

एक दिन पप्पू ने पुलिया पर से गुजरते हुए उससे फसुफसाकर कहा था—"दीदी, कल आप छुट्टी पर थीं। मैं अकेले ही स्कूल जा रहा था। ये साहब जी न...।" वह हिचकिचा उठा।

"कौन साहब रे...?" अंजना ने तुनकने का नाटक किया।

"अरे वही, देख नहीं रही हैं, जो लाल कोट और सफेद पैंट पहने हैं?" पप्पू ने पुलिया पर खड़े देवराज की ओर इशारा किया था। अंजना को भी देखने का एक वैधानिक अवसर मिला था। देवराज से आँखें मिली थीं और न चाहते हुए भी दोनों के ओठों पर मुस्कान फैल गई थी।

पप्पू ने यह सब देखा तो आगे की बात बताने का साहस बढ़ा था।

"दीदी, वह वाले साहब, जो अभी देखकर आपको मुस्कुरा रहे थे।"

"अच्छा, अच्छा, वही। हाँ तो क्या कह रहे थे?"

"कह रहे थे कि मैं एक कागज दूँ, तुम अपनी दीदी को दे दोगे?" पप्पू बता रहा था।

"तूने ले लिया क्या?" अंजना की बातों में वर्जना से अधिक उत्सुकता थी।

"नहीं, आज देने को कहे थे। ले लूँ जाकर।"

"मैं क्या जानूँ? ये तेरा उनका मामला है। मैं क्यों बीच में पड़ूँ?" अंजना के हृदय में मीठी झुरझुरी-सी उठने लगी थी।

और इस प्रथम कागज के लेनदेन के बाद मध्यस्थ को बहिष्कृत कर दिया गया था। प्रत्यक्ष हृदय-व्यापार में मध्यस्थ की भूमिका की क्या आवश्यकता?

उड़ती-उड़ती खबर राय साहब के कानों तक पहुँची तो कान खड़े हो गए, पर अंजना से सीधे पूछने का साहस न हुआ। कहीं बात सही निकल गई और जमाने का देखादेखी अंजना को भी आँखें मिलाकर अपना निर्णय लेने देने का साहस आ गया तो फिर खानदान की प्रतिष्ठा तो धूल में मिल जाएगी। इसलिए उन्होंने पहले पुख़्ता सबूत ढूँढने का विचार किया। हो सकता है ये सब लड़की को बदनाम करने की नीच हरकतें हों।

अपने-अपने विचारों में डूबते-उतारते राय साहब और अंजना स्कूटर से पुलिया के पास पहुँचने वाले थे। पुलिया से पहले ही अंजना सजग होकर अपनी सीट पर कसमसाई थी। पुलिया शब्द से राय साहब भी पहले से परिचित होने के कारण कुछ चौंकन्ने हो उठे थे। उन्होंने चलती स्कूटर पर ही अपने बैठने की मुद्रा को थोड़ा-सा बदला था। पुरानी सीट चरमाई थी। साइड ग्लास को थोड़ा-सा और दाहिने घूमा दिया। पीछे बैठी अंजना का चेहरा उसमें अब साफ दिखने लगा। उसके चेहरे के भावों को पढ़ने के लिए उन्होंने गति थोड़ी धीमी कर ली और सामने पुलिया पर दृष्टि दौड़ाई। स्टैण्ड पर खड़ी स्कूटर पर बैठा एक नौजवान निश्चिन्त भाव से सिगरेट फूँक रहा था। बढ़े हुए बाल और आधुनिक तंग पैंट से उसके व्यक्तित्व का अपने दृष्टिकोण से मन ही मन आकलन करते हुए उन्होंने शीशे में देखा था। एकाएक भवें तन गई थीं। खानदानी खून खौलने की हद तक गरम हो उठा। तो यह बात है। बिना आग के धुँआ नहीं उठा करता। अंजना उनकी बेचैनी से बेखबर अपने ओंठों पर एक हाथ की तर्जनी रखे उस युवक को चुप रहने का मौन इशारा कर रही थी। उसे देखकर युवक की कसमसाहट और फिर एकाएक दूसरी ओर देखने का बहाना करना राय साहब की अनुभवी आँखों से छिपा न रह सका।

उन्होंने स्कूटर मोड़ लिया घर की ओर।

"क्यों, दाऊजी, क्या हुआ?" अंजना सशंकित भाव से पूछ रही थी। क्रोध के मारे राय साहब की बोली नहीं फूट रही थी। इस लड़की की खातिर उन्होंने

अपने खानदान की परम्परा तोड़ी, पढ़ने भेजा और उसने उस पर कीचड़ उछालने की कोशिश की। अच्छा हुआ, समय रहते बात खुल गई और वह भी बिना किसी हल्ला-गुल्ला के। कहीं बात बढ़ जाती तो कहीं के न रहते वे। उन्होंने अपने क्रोध पर बलपूर्वक काबू पाया और दबे स्वर में अंजना से कहा—"कुछ जरूरी काम याद आ गया है इसलिए अब दूसरे दिन करूँगा कचहरी का काम।"

"तो मैं पैदल ही चली जाऊँ यहाँ से कालेज?" अंजना ने डरते-डरते पूछा था।

"नहीं ऽ ऽ ऽ।" इस बार न चाहते हुए भी राय साहब दहाड़ उठे।

अंजना समझ गई थी कि चुप कराने वाली तर्जनी ने सारा भेद खोलकर रख दिया है दाऊजी के सामने। लाज से गड़ी जा रही थी वह। पाँव मन भर के हो उठे थे। कैसे घर में सबको मुँह दिखाएगी वह। दाऊजी कम से कम अम्मा को तो जरूर बता देंगे। अम्मा की भेदती निगाह का सामना वह कैसे करेगी? हे भगवान...। स्कूटर पर बैठे-बैठे उसने पीछे मुड़कर पुलिया की ओर देखा था। देवराज खड़ा होकर उसी को देख रहा था। कातरता में भर आई थीं आँखें अंजना की। अद्भुत होता है प्रेम, भय और लज्जा का त्रिकोण। बिना किसी परिणाम के भी समन्वित। तीनों कोणों का योग अलग-अलग।

प्रगतिवादी के पाँवों पर परम्परा ने मौका देखकर कुल्हाड़ी मारी थी। अंजना की पढ़ाई बीच में रोक दी गई थी। आनन-फानन में दूर के रिश्ते में विवाह तय कर दिया गया था। गाँव में सबको बता दिया गया कि अंजना के ससुराल वाले नहीं चाहते कि उनकी होने वाली बहू उतनी दूर पढ़ने जाए। शादी हो जाने के बाद परीक्षा दिला दी जाएगी। उसके आगे की पढ़ाई अंजना गौना के बाद अपनी ससुराल से करेगी।

विवाह के बाद पहला पेपर देने जा रही थी तो उसकी निगाहें पुलिया के चारों ओर चुपचाप फेरा लगा आई थीं। देवराज की एक झलक भी नहीं मिली थी। वह लम्बी साँस लेकर रह गई। विवाह के तीन-चार महीने बाद वह कालेज के लिए निकली थी। इतने दिनों में तो न जाने कितनी बार आकर देवराज पुलिया पर बैठा होगा और निराश होकर चला गया होगा। उसने चुपके से एक पत्र पप्पू को दिया तो था डाकखाने में छोड़ आने के लिए। रो-रोकर अपना हाल और विवाह कर लेने की दुर्दशा का बयान उसमें किया था उसने। कितना सदमा लगा होगा देवराज को। उसे छली-प्रपंची सब समझ रहा होगा। परीक्षा के पहले ही दिन एक अन्तर्देशीय पुनः लिखकर कालेज के चपरासी को डाकखाने में छोड़ आने को

दिया। भइया स्कूटर से लेकर आते थे परीक्षा दिलाने। तीन घण्टे अपना समय इधर-उधर बैठकर या फिर गंगा पार शहर जाकर बिता आते। घर की चारदीवारी से बाहर आते ही अंजना में तमाम भावनाएँ हिलोरें लेने लगी थीं। कालेज आने के दिनों में अकसर खाली पीरियड में वह लाइब्रेरी में बैठ कर पत्र-पत्रिकाएँ उलटती-पलटती रहती। स्त्री मुक्ति आन्दोलन और प्रगति के नए-नए मुहावरों से वह परिचित होने लगी थी। कभी-कभी किसी पत्रिका में छपी कहानी या लेख में अन्तर्निहित खुले-खुले शब्दों की मुक्ति पढ़कर उसकी कनपटियाँ जलने लगतीं। कई दिनों तक शब्द चित्र बन-बन कर मन में ताकझाँक करते रहते। वह भी उन्मुक्तता के नाम पर वह सब चाहती। देह की मुक्ति का नारा उसकी भी नसों को चटकाता रहता पर परम्पराएँ बेड़ियों की तरह जकड़े रहतीं उसे।

लेकिन उसका दूसरा पत्र पाकर जब देवराज उससे मिलने कालेज पहुँच गया तो बेड़ियों को उसने झनझनाकर तोड़ डाला। उसे भी अपना निर्णय स्वयं लेने का अधिकार है। वह गाय बैल तो नहीं, जिसे किसी भी खूँटे से बाँध दिया जाए। हर मामले में पितृसत्ता ही क्यों प्रभावी रहे? स्त्री की अपनी अलग अस्मिता है। वह स्वतन्त्र है। मुक्ति की कामना उसकी रग-रग से फूटने लगी थी और वह चुपके से परीक्षा समाप्त होने से पूर्व ही नई परीक्षा देने देवराज के साथ निकल भागी थी। सहेलियों और अध्यापकों ने समझा, उसका पति आया है, नई-नई शादी के बाद दुलहन से मिलने की चाह लिए। यही बात उसके भइया को भी बताई गई जब वह परीक्षा समाप्त होने के काफी देर बाद तक अंजना के बाहर न निकलने के बाबत जानकारी लेने प्रिंसिपल-कक्ष में गया तो।

“आ जाएगी घर। संकोच में नहीं बताई होगी।” एक अध्यापक ने हँसते हुए समझाया था।

“गौना रखने वाली शादियों में इसी तरह की बेचैनी होती है। अब लड़का-लड़की मैच्योर हैं तो उन्हें अलग-अलग रखना ही नहीं चाहिए। विदा करके पिण्ड छुड़ा लेना चाहिए।” दूसरे अध्यापक का मज़ाकिया लहज़ा अंजना के भाई को जैसे चुभने से लगा था। उसकी घबड़ाहट बढ़ गई थी। यदि अंजना घर न पहुँची तो? पता नहीं सचमुच उसका पति ही आया था या कोई और? पिताजी को जाकर वह क्या बताएगा?

किराए की कोठरी में देवराज के साथ रहते हुए इन बीस दिनों में हजारों बार अंजना को अपना घर और ससुराल के लोग याद आए थे। दाऊजी और अम्माँ की स्थिति सोच-सोचकर उसकी आँखें भर आतीं। क्या मुँह दिखा रहे होंगे

आस पड़ोस के लोगों को? ससुराल वाले उसे कितना लाँछित कर रहे होंगे। देवराज समझाता। कोर्ट मैरिज कर लेने के बाद सब ठीक हो जाएगा। कुछ दिनों बाद वे लोग भी स्वीकार कर लेंगे। अपनी सन्तान से कोई दुश्मनी थोड़े ही रखता है।

परन्तु जब देवराज को पता चला कि उसका नाम पता ढूँढकर उसके नाम से पुलिस में रिपोर्ट लिखाई गई है और पैसे रुपए लेकर पुलिस जासूसी कुतिया की तरह देवराज नाम के चोर को तलाश रही है तो उसके भीतर का शृंगार रस का सोता सूखने लगा। अंजना उसे अब एक रूखी खुरदरी चट्टान-सी लगने लगी जिसे गले में बाँधे-बाँधे वह भी डूब जाएगा। उसने गले का बन्धन ढीला करना चाहा। बढ़ी हुई गंगा में इस चट्टान के जल समाधि लेने की अव्वल तो किसी को खबर ही नहीं होगी और यदि दूर कहीं किसी किनारे उतराई मिल भी गई तो उससे क्या वास्ता? उसके घर वाले जानें।

सवेरे अखबारों की चटपटी खबर बन गई थी अंजना की प्रेम कहानी। प्रेमी नहीं जानता था कि स्त्री केवल निर्णय लेना ही नहीं जानती, तैरना भी जानती है। भोर के अन्धेरे में पुल से जबरन गंगा की लहरों पर उछाली गई अंजना जाने कितनी दूर तक मृत्यु को धक्का देते हुए ले आई थी। कुछ मल्लाहों ने देखा जीवन को लहरों के साथ दो-दो हाथ करते। उन्होंने उसे निकालकर किनारे लगाया। केवल प्राण छोड़कर बाकी सभी वस्त्रों ने गंगा की लहरों में ही साथ छोड़ दिया था। मल्लाहों ने कपड़े जुटाए, उसका अंग ढँका, दवाओं और तसल्लियों से कुछ चैतन्य किया तो अंजना को होश आया। सत्य बोलने के अलावा कोई रास्ता नहीं। दनादन मीडिया के फ्लैश चमकने शुरू हो गए। खबरनवीसों के लिए अच्छा मसाला था। बिक्री कुछ तो बढ़ेगी अखबार की। कुछ ने प्रेमी को कोसा, कुछ ने माता-पिता की दकियानूसी सोच को। बड़ी-बूढ़ी महिलाओं ने तो अंजना के मुँह पर ही तानों की बौछार शुरू कर दी। माँ-बाप की नाक कटा दी। मर ही गई होती तो अच्छा रहता। कौन-सा मुँह लेकर जाएगी घर या ससुराल। चार अक्षर पढ़-लिख जाने पर इज्जत मरजाद का ध्यान नहीं रहता लड़कियों को। अरे, सब ऐसे ही थोड़े रहती हैं। अपनी शुक्लाइन की लड़की को देखो। आँख नीची किए जाती है और आँख नीची किए ही आती है। क्या मजाल जो आज तक कोई उँगली भी उठाई हो किसी ने। गऊ है गऊ।

अंजना विचलित है अन्दर ही अन्दर। इन बीस दिनों की देह-मुक्ति या नारी-मुक्ति को किस तरह ढोए? अंजना की इस कहानी का अन्त भी विचलित

हो रहा है। त्रिकोणीय साहित्यिक विन्यास के अनुरूप क्या होना चाहिए अन्त इसका? प्रगतिवादी ने तो मझधार में छोड़ दिया। स्त्रीवादी सोच ने हाथ-पैर मारने की ताकत तो दी पर किनारे पर लाकर ऐसा पटक दिया कि कहीं की न रही वह। क्या पुनः परम्पराओं की चौखट पर जाए वह? प्रगतिवादी, परम्परावाद और स्त्रीवाद, तीनों ही दृष्टिकोणों से इस कहानी को अलग-अलग लिखने के बाद भी उपसंहार वहीं एक यथार्थ पर आकर ठिठक जा रहा है कि अंजना अब क्या करे?

रालू

जबसे उसने प्रधानमंत्री द्वारा निजी क्षेत्रों में भी आरक्षण नीति के प्रस्ताव वाली खबर सुनी थी, उसके सपने सतरंगी और रातें रंगीन हो उठी थीं। अब उसे फिल्म इंडस्ट्री में जाने से कोई रोक नहीं सकता। मिस वर्ल्ड तक रह चुकीं बॉलीवुड की तमाम सुन्दर-सुन्दर नायिकाएँ कम से कम वस्त्रों में आकर उससे स्वप्न में लिपटने चिपटने लगी थीं। गले में बाँहें डाले कोई रोमांटिक गीत गाते-गाते उसके खुले मुँह से जब लार की एक अनवरत रेखा उसकी तकिया से होकर गाल का स्पर्श करती तो वह चौंककर स्वप्न से जाग जाता। सतरंगी सपने इधर-उधर हो जाते। वह अपनी धुआँई कोठरी की झिंलगा खटिया पर स्वयं को लेटा हुआ पाता। बगल में जमीन पर कथरी बिछाकर बेखबर सोई उसकी पत्नी सुगनी के खर्राटे पूरी कोठरी में गूँज रहे होते। साड़ी अस्त-व्यस्त हो टाँगों और वक्ष से बगावत कर रही होती। एक कोने में जलती ढिबरी का धुआँ आँखों को कड़वाहट से भर देता। पीली मद्धिम रोशनी में गाढ़ी नींद के कारण सुगनी के खुले मटमैले दाँत डरावने से प्रतीत होते। अपने भीगे गाल को गमछे से सुखाते हुए वह सुगनी पर गुर्रा उठता—

"उठ, उठ रे डाइन...सोने का सहूर नहीं। रावण की तरह नाक बोला रही है आधी रात को। लग रहा है कान पर नगाड़ा बजा रही है।" ऐसा अकसर ही होने लगा था अब। उसने अपने दोनों पैर चारपाई से नीचे लटका दिए थे। कमर वाला भाग झिंलगा खटिया में और धँस गया था। सुगनी को कुछ भी सुनाई नहीं पड़ा था।

"अरे हे कुंभकरण की आजी, जरा ठीक से सोओ।" उसने अपने पैरे से टिहोका दिया था।

"ऊँ ऽ ऽ", कहते हुए सुगनी ने दूसरी ओर करवट बदल ली थी। खर्राटे बंद हो गये थे कुछ क्षण के लिए। वह चारपाई से उठा था और लघुशंका के लिए बाहर निकला था।

बाहर शरद ऋतु का चंद्रमा अपने पूरे स्वरूप के साथ खिल रहा था। हल्के कुहासे के बीच चारों तरफ एक स्तब्ध किंतु खूबसूरत सन्नाटा फैला था। हल्की सिहरन उसकी नसों में दौड़ गई थी। ठंड की शुरुआत हो चुकी थी। उसने कन्धे पर झूल रहे गमछे को गले के चारों ओर लपेट लिया था। कुछ देर पहले का स्वप्न आँखों के सामने पुः नाच उठा। कितना सुन्दर दृश्य था। ऐसी ही धुआँ-धुआँ-सी रात और पहाड़ी के बीच मोहक सा बगीचा। कैसे उससे लिपट-लिपटकर गा रही थी ऐश्वर्या।...जूही एक किनारे खड़ी अपनी बारी की प्रतीक्षा में थी। अपने सीने पर कैसी हल्की गरमी महसूस कर रहा था वह उस समय। उसकी लघुशंका तीव्र हो उठी थी। वह जल्दी से मिट्टी के बाड़े के पिछवाड़े दीवार से सटकर बैठ गया था। वह सोच रहा था। नंगी टाँगों और ऊपर भी बहुत कम कपड़े पहने हँसती खिलखिलाती किसी हीरोइन के साथ जब उसकी फोटो अखबार के पन्ने में छपेगी तो सुगनी तो जल मरेगी। कितना हायतोबा मचाएगी। समझाना मुश्किल हो जाएगा कि ये सब तो बस ऐक्टिंग है। असली जीवन की तो वही हीरोइन रहेगी। पर अकल कहाँ इतनी इन औरतों को। फोटो छपते ही गाँव से लेकर नइहर तक बवाल मचा देगी। चलो, इस तरह भी अपना प्रचार ही होगा। ऐसे तो लोग अखबार के उस पन्ने को अलग उठाकर रख देते हैं। एक दिन तो चाय की दुकान पर मास्टर साहब कह रहे थे कि अखबार वाले इन दो पन्नों की छपाई अन्य पन्नों से कितनी अच्छी करते हैं। दुकानदार हँसा था—“हां कागज भी हीरो-हीरोइन के गाल की तरह चिकना लगाते हैं। बाकी पन्ने तो बस गोबरहवा छाप... ।”

“लेकिन इन दो पन्नों को कौन पढ़ता ही है। रिक्शे टेम्पो वाले भले इसमें छपी तस्वीर को निहारें लेकिन भला आदमी तो नहीं ही खोलता उसे।” मास्टर साहब ने उपेक्षा से कहा था।

“हुँ, बुढ़ौती में ऐसे ही सब भजन करने लगते हैं। फिल्में तो इन्हीं रिक्शे, टेम्पो वालों और गली-मुहल्लों के आवारा लड़कों से हिट होती हैं। मास्टर को फिल्मी दुनिया की क्या जानकारी?”

सोचते हुए वह झटके से लघुशंकर करके उठा था। अपनी कोठरी की ओर लौटते हुए उसकी चाल थोड़ी गर्वीली हो उठी। उसने अपने बालों पर हाथ फिराते हुए जोर का झटका दिया। कनपटी से ऊपर बिल्कुल छोटे कटे बाल ऊपर जाकर खूब लम्बे छोड़े गये थे ताकि झटकने पर वे उछलकर दोनों ओर बिखर जाएँ। बीच में सीधी माँग दिखाई पड़ती रहे। ऐसा ही हुआ था। आजकल यह स्टाइल फैशन में थी। एक फिल्म में शाहरुख खान ने ऐसे ही बाल कटवाये थे। अब तो यह स्टाइल

हर रंगरूप के फैशनेबुल लड़के की पसन्द थी। उसने भी तो शहर के एक नामी सैलून में जाकर अपने बाल इस तरह कटवाये थे। अपने बाजार वाले पन्नालाल नाऊ से एक बार कटवाकर वह भोग चुका है। सिर के बीचोबीच कटोरा रखकर अगल बगल के सारे बालों को उसने कुतर डाला था। बहुत बुरा भी नहीं लग रहा था। उस समय तक यह फैशन बिल्कुल नया-नया था। कोई जानता तक न था। उसी ने तो अखबार में छपी हीरो की फोटो पन्ना नाऊ को दिखाई थी और वैसे ही बाल काटने को कहा था।

उस समय वह दोबार हाईस्कूल वाली परीक्षा देने वाला था। तीन साल पहले एक बार दे चुका था लेकिन चिट लिए दिए पकड़ा गया था। बस, तीन साल बाद फिर फार्म भर दिया। प्राइवेट होते हुए भी कृपा ही की थी प्रिंसिपल साहब ने कि उसे स्कूल आने देते थे। लेकिन उस दिन जब बाल कटे देखे तो उनका क्रोध भड़क उठा था। बड़े कड़क थे। उन्होंने प्रार्थना सभा में ही सबके सामने उसे बुलाया था और बाल पकड़कर हिलाते हुए पूछा था—

"पढ़ने आए हो या मजनूँगिरी करने।"

वह चुप रहा था लेकिन अन्दर ही अन्दर खौल उठा था।

"बोल, हीरो बनना है?" वे अब तक बाल पकड़कर हिला रहे थे।

डर के मारे उसने भीतर से जोर लगाकर बोलना चाहा था 'नहीं', लेकिन यह क्या हुआ था। उसके मुँह से 'हाँ' निकला था और प्रार्थनासभा के लिए खड़े सभी लड़के हँस पड़े थे।

"अच्छा तो अब मेढकी भी चली नाल गढ़ाने।" प्रिंसिपल साहब ने उसकी पीठ पर एक धौल जमाते हुए कहा था—"कल से सभी विद्यार्थियों की तरह छोटे-छोटे बाल कटवाकर नहीं आए तो इम्तहान में बैठने न दूँगा।"

"हुँ, किसको किताबी कीड़ा बनना ही था। मैं तो वह बनना चाहता था जिसे दुनिया देखे सुनहरे पर्दे पर। तालियाँ बजें ढिशुम ढिशुम पर। मोटरसाइकिल समेत छत फाँद कर इस पार आ खड़ा हो और हीरोइन को खलनायक के चंगुल से छुड़ा कर अपने पीछे बैठा ले और गाना गाते हुए तुरन्त हिमालय की गोद में पहुँच जाय। लेकिन छत से फाँदने की कल्पना मात्र से वह सिहर उठा। अगले ही क्षण अपने को समझाया था। ये सब खतरनाक काम तो हीरो के डुप्लीकेट करते हैं। उसे नहीं करना पड़ेगा।"

लघुशंका कर लेने बाद उसकी तबीयत कुछ हल्की हो गई थी। अपनी झिलगी खटिया में लेटते हुए उसे फिल्मों का वह झूला याद आ गया था जिसमें नायिका

अकसर लेटकर झूलती है और नायक उसके अंग-प्रत्यंग चूमता हुआ गाना गाता है। भावविभोर नायिका आँखें बंद किये उस सुख को अपने भीतर उतारती है। उसे रोमांच हो आया। नसों में जैसे कुछ रेंगने-सा लगा था। उसने खर्राटे लेती सुगनी की ओर देखा था। न जाने कब चित लेट गई थी वह। साड़ी टाँगों से ऊपर खिसक गई थी। उघड़ी काली टाँगें बबूल के कुन्दे की तरह ढिबरी की रोशनी में दिखाई दे रही थीं जिन पर काले-काले रोएँ अँधेरे में भी साफ दिखाई दे रहे थे। उसने मुँह फेर लिया।

प्रिंसिपल साहब फिर याद आए थे।

हुँः, बड़े कड़क बनते थे। कहते थे—"फिल्मों में जाना आसान नहीं होता। बहुत संघर्ष करना पड़ता है तब कहीं जाकर एक हजार में से कोई एक हीरो बन पाता है।" अब पूछूँगा बच्चू से। बस जरा एक बार उसमें घुस लूँ। सबसे पहला आवेदन मैं भेजूँगा तो होने की गुंजाइश भी सौ प्रतिशत रहेगी। बाकी लोग तो जागते जागते जागेंगे न? अभी तुरन्त कहाँ सब उसमें भर्ती होने के लिए सोच लेंगे। मिलिट्री में ही भर्ती के लिए उसके साथ रामराज और कन्हैया भी गये थे। पर नाप जोख के समय ही सबकी पैंट ढीली हो गई। भाग आए सब, जब सेनानायक ने पूछा कि देश के लिए मरने को तैयार हो?

"भाग सारे, नहीं तो जिनगी नहीं बचेगी। अपनी मजदूर मंडिए भली।" सेनानायक के जरा-सा दूर खिसकते ही कन्हैया ने फुसफुसाकर कहा था। लघुशंका के बहाने सब भाग आए थे। वह अकेला क्या करता वहाँ? सो वह भी पीछे-पीछे चला आया। अपनी जान की परवाह भला किसको नहीं होगी?

दूसरे दिन मजदूर मंडी में सब इकट्ठा हुए तो पेट पकड़कर हँसते-हँसते बुरा हाल हो गया था सबका। जिस ठीकेदार के साथ उस दिन वे सब लोग लगे थे, उसने भी कुछ चुटकी ली। इन लोगों को अलग से सुर्ती खाने के लिए पैसा दिया। ठीकेदारों को भी तो नये-नये रंगरूट ही चाहिए, ताकि जमकर खट सकें। बूढ़े पुरनियाँ मंडी में बेचारे खड़े ताकते रह जाते हैं और ठीकेदार चुन चुन कर जवान लेबर मिस्त्रियों को अपने साथ लेकर चले जाते हैं बिल्डिंग की ढलइया या प्लास्टर में। देर सबेर भूला भटका कोई ठीकेदार मंडी में आता है तो मिलते हैं वही बूढ़े मजदूर। उनकी मजदूरी भी कम हो जाती है क्योंकि एक तो बूढ़े होते हैं दूसरे दिन चढ़ आया होता है। उतने पैसे कट जाते हैं। बचपन से ही दद्दा के साथ मजदूर मंडी जाते-जाते उसे उसका गुणा गणित समझ में आ गया था। दद्दा तो उसे पढ़ाना चाहते थे पर उसका ही मन कभी नहीं लगा। स्कूल से भाग आता था वह। अढ़िया में गिट्टी मसाला लेकर ऊपर खड़े मिस्त्री को पकड़ाना उसे कलम पकड़ने से हलका लगता था। ऊपर से

मास्टर साहब की डाँट फटकार। किस तरह से वह हाईस्कूल तक पहुँच पाया था।

उसने करवट बदल ली थी। पुराने बाध से बीनी गई खटिया चरमराई थी। उसकी आँखों में नींद नहीं थी। कई दिनों से वह ऐसे ही जागता रह जाता। नींद आती भी तो बॉलीवुड के अभिनेता, अभिनेत्रियाँ उसकी आँखों में छा जाते। अभिनेत्रियाँ तो सीने पर साँप की तरह लोटने लगतीं। 'रालू-रालू...आई लव यू' का सीत्कार उनके ओठों से गूँजने लगता। वह नज़रें चुराकर सुगनी की ओर देखता फिर डूब जाता उसी दुनिया में।

कई दिनों की माथापच्ची के बाद फिल्म इंडस्ट्री के लिए वह अपना नाम 'रालू' चुन पाया था। राम लुटावन से रालू, जैसे जय किशन से जैकी। धूम मचा देगा वह रालू नाम से। सबसे पहले वह चोपड़ा परिवार से मिलेगा। महाभारत बहुत चला था टी.वी. पर। सड़कें खाली हो जाती थीं उस समय। पता नहीं क्यों, रामायण नहीं बनाया उन्होंने। उनसे रामायण बनाने के लिए जिद्द करेगा वह। नहीं होगा तो दो-चार एम.पी., एम.एल.ए. से दबाव भी डलवाएगा। अब तो अधिकारपूर्वक वह बात कर सकता है। इनूकार नहीं कर पाएँगे वे। राम बनने की इच्छा कब से उसके मन में धरी की धरी रह गई थी। शहर से सटे अपने कस्बे में होने वाली रामलीला के मालिक से एक बार उसने स्वयं जाकर बात की थी—

"चौबे जी, मुझे भी रामलीला करनी है।"

आसपास खड़े लोग उसकी ओर देख हँस पड़े थे।

"हाँ, हाँ, चौबे जी, रख लीजिए। बहुत मेकअप नहीं करना होगा। बस पीतांबर ओढ़ा दीजिएगा। बाकी तो दर्शक को दिखाई नहीं देगा गैस की रोशनी में।"

पास खड़ा व्यक्ति मजाक में बोल पड़ा था।

"देखो बेटा, यह लीला एक विशेष प्रकार की होती है। सभी लोग उसमें भाग नहीं ले सकते। महीना भर पहले से पात्रों को नियम संयम से रहना होता है। तामसिक चीज़ नहीं खाते-पीते। अगली बार आना तो कोशिश करूँगा। सेना में रख दूँगा।"

हुँः सेना में रख रहे थे चौबे जी। जब राम बनकर साक्षात् परदे पर दिखाई पड़ूँगा तो हाथ जोड़ेंगे। कितने लोग तो रामायण देखते समय टी.वी. पर ही माला फूल चढ़ाकर अगरबत्ती दिखाते थे। तब वह बहुत छोटा था। दद्दा का हाथ पकड़कर बरखू लोहार के घर टी.वी. देखने जाया करता था। बड़े धनी थे बरखू लोहार, लेकिन जब से बंबई में खटाल खोल लिए तब से यहाँ से नाता ही टूट गया।

उसे नींद नहीं आ रही थी। बार-बार करवट बदलने से चारपाई की चरमराहट रात का सन्नाटा भंग कर रही थी। कई दिनों से चह मजदूर मंडी भी नहीं जा पाया था। पता नहीं क्यों उसे उस स्थान से अरुचि सी हो गई थी। बगल के ओसारे में पड़ी चारपाई पर उसके पाँचों बच्चे आड़े बेड़े सोये थे। पास ही दद्दा की भी खटिया पड़ी थी। कई दिनों से दद्दा उसे टोक भी रहे थे—

"क्या हुआ रे तुमको? मंडी काहे नहीं जाता?"

"ऐसे ही। मन नहीं करता।" वह बाल झटकते हुए बता देता। अन्दर की बात अन्दर ही रह जाती। ओठों से बाहर आने की हिम्मत न होती।

"मन तो ढोर होता है रे। मुँह उठाए चलता ही रहता है। पढ़ने-लिखने के दिन में भी मन नहीं किया और अब कामकाज के बखत भी नहीं कर रहा हैं। चार ठो बाल बच्चों के मुँह में अन्न का दाना कैसे जाएगा?"

वह चुपचाप बाज़ार निकल जाता। समय आने पर दद्दा को स्वयं सब कुछ पता चल जाएगा। पहले से ही क्या बकना? उसकी आँखों का सपना और गहरा जाता। उसी सपने की कड़ी में उसने इस बार के उपचुनाव में सत्ता पार्टी के अपने क्षेत्र के उम्मीदवार का दिन-रात जमकर प्रचार किया था। रात-रात भर जागकर पोस्टर और बैनर चिपकाए थे। साइकिल में उनके चुनाव चिह्न वाला झंडा टाँगकर और सिर पर वैसी ही टोपी लगाए वह दिन-दिन भर चलता रहा था। जुलूस में नारा लगाते-लगाते गले की नसें खिंच जातीं और कड़ी धूप में उसका रंग और गहरा जाता। ओठों के दोनों किनारे झाग से भर जाते। आखिर नेता बन जाने के बाद अपनी बात भी तो संसद के भीतर तक ये ही नेता लोग पहुँचाते हैं। वादे करेंगे, आश्वासन देंगे, तभी तो जनता उन्हें ऊँची कुर्सी तक पहुँचाएगी। वोटरों पर ही तो उनका सारा विश्वास और आस्था टिकी होती है। वह निष्ठापूर्वक जुड़ा था।

उसने चारपाई पर पुनः करवट बदली थी। सपनों के लिए सोना जरूरी था और सोने के लिए श्रम, जो आज कई दिनों से बंद था। उसने सुगनी को हिलाकर जगाया था। चारपाई की चरमराहट के साथ तैयार होने लगा था मजदूर मंडी के लिए एक और श्रमिक, सपने देखने वाला एक और वोटर।

❑ ❑ ❑